SV

Michael Scharang
Komödie des Alterns

Ein Roman

Suhrkamp Verlag

Erste Auflage 2010
© Suhrkamp Verlag Berlin 2010
Alle Rechte vorbehalten, insbesondere das der Über-
setzung, des öffentlichen Vortrags sowie der Übertra-
gung durch Rundfunk und Fernsehen, auch einzelner
Teile. Kein Teil des Werkes darf in irgendeiner Form
(durch Fotografie, Mikrofilm oder andere Verfahren)
ohne schriftliche Genehmigung des Verlages reprodu-
ziert oder unter Verwendung elektronischer Systeme
verarbeitet, vervielfältigt oder verbreitet werden.
Druck: CPI – Ebner & Spiegel, Ulm
Printed in Germany
ISBN 978-3-518-42135-2

1 2 3 4 5 6 – 15 14 13 12 11 10

Komödie des Alterns

Prolog

Es waren zwei Männer, ein Ägypter und ein Österreicher,
die verband von Jugend an eine tiefe Freundschaft. Daß
ihre Wege sich trennten, so zufällig wie sie sich gekreuzt
hatten, blieb ohne Einfluß auf ihre Freundschaft. Selbst
wenn das Meer zwischen ihnen lag, gewöhnlich das
Mittelmeer, manchmal der Atlantik, hatten sie doch das
Empfinden, miteinander verbunden zu sein, spürbar, wie
damals in der Jugend, als sie Felswände durchkletterten,
der bergkundige Alpenbewohner am oberen, der sternen-
kundige Wüstenbewohner am unteren Ende des Seils.
Sofern kein Gewitter aufzog – im Sommer fuhren Blitze
nieder mit einer Angriffslust, daß man sich, die beiden
waren einmal in ein Unwetter geraten, freiwillig hinwarf
und das Gesicht ins Geröll drückte – und sofern im Winter der Fels nicht mit Eis überzogen war, unternahmen
die beiden jeden Sonntag eine Klettertour auf den Hochschwab, ein Kalkmassiv inmitten der Steiermark, nur
zweitausend Meter hoch, aber überreich an zerklüfteten
Felstürmen und lotrechten Wänden.
Zu dem Empfinden der beiden, entfernt voneinander zu
sein und doch Seite an Seite zu leben, gesellte sich die Gewißheit, daß sie, indem sie einander schrieben, in stetem
Austausch standen. Briefe zu schreiben bedeutete für sie
nicht, das Sprechen zu ersetzen, denn sie schrieben nicht
im Plauderton, sondern wohlüberlegt, und suchten für

die Sache, um die es ging, den schönsten Ausdruck, der Sache wegen, aber auch aus Lust am Klang der Wörter, den sie, wenn einmal ein Satz gelungen war, in ihrem Überschwang für die Sache hielten.

Das erforderte Zeit. Einen Brief zu schreiben hieß, sich einen Tag freizuhalten. Und da keine Woche verging, ohne daß sie einander schrieben, verwandten sie in einem Monat vier, manchmal fünf ganze Tage auf nichts anderes als auf ihre Korrespondenz. Entsprechend knapp faßten sie sich im Umgang mit der übrigen Welt.

Hunderte Briefe, sorgsam gesammelt, gern wiedergelesen, waren es im Lauf der Jahrzehnte geworden, der Abstand von Brief zu Brief wurde nicht länger, die Briefe nicht kürzer. In ihnen offenbarten die zwei Männer Gefühle, die sonst im Verborgenen geblieben und dort erstickt wären, weil ihnen die Lebensluft gefehlt hätte, und sie vertrauten einander Gedanken an, vor deren Kühnheit sie, mit sich allein, zurückgeschreckt wären, Gedanken, die, wie die beiden sich ausdrückten, mit dem Kopf durch die Wand, nicht an ihr zerschellen sollten.

Und dann, im Alter, dieser Haß. Sinnesverwirrt und kraftlos traten sie gegeneinander an, zwei brüchige Windmühlen, die sich für Ritter hielten, bereit zum tödlichen Hieb gegen den Halunken, der, so wüst dachten sie voneinander, diese schöne Freundschaft gemein verraten hatte. Für beide gab es nur einen Schuldigen: den anderen. Sie konnten, zerfressen von Haß, das Glas nicht mehr halten, verschütteten den Wein, mit dem sie sich Mut hätten antrinken wollen, Mut, um das Maul aufzureißen, damit der Fluch herauskann und sich im Feind verkrallt.

Gegen diesen Wahn, in dem sie sich suhlten wie in einer

Jauche, von deren Gestank sie nicht genug bekamen, gab es nur eine einzige Barriere, eine unscheinbare und doch haltbare Schranke, nämlich, daß es nicht in der Natur der beiden Männer lag, sich in Haß zu verzehren.

Sie waren dem Ausbruch dieser Pest nicht gewachsen, einer Gefühlspest, die auch den Körper, die beiden waren um die sechzig, an allen Ecken und Enden in Mitleidenschaft zog, als Kopf-, als Gelenks-, als Rückenschmerzen, in einem Ausmaß, daß das Herz, damit das Leben nicht stehenblieb, schneller und schneller schlagen mußte.

Das Herz befand sich im Wettlauf mit dem Tod. Der klopfte mit der Knochenhand einen aberwitzigen Takt, um es anzutreiben, bis es erschöpft aufgeben würde. An eine Ruhepause war in diesem Kampf nicht zu denken, schon gar nicht an einen heilsamen Schlaf, der doch für die beiden Männer, schon um zur Besinnung zu kommen, so wichtig gewesen wäre.

Sie hätten es als himmlisch empfunden, einmal, ein einziges Mal in diesen höllischen August- und Septemberwochen des Jahres 2001 in einen Schlaf zu fallen, der länger währte als zwei Stunden. Aber auch dieser Kurzschlaf war nur eine Art Ohnmacht, randvoll noch dazu mit Albträumen. Erwachten sie daraus, war es ein Aufschrecken, das den Körper von der Matratze katapultierte und ihn neben das Bett auf den Fußboden warf.

Als sie später darüber sprachen, konnten sie es nicht fassen, daß jedem das gleiche widerfahren war: von einem Albtraum aus dem Schlaf gerissen zu werden und, wach geworden, neben dem Bett sich wiederzufinden. Danach aber waren sie erst recht mit einem Albtraum konfrontiert, dem schrecklichsten: der Wirklichkeit ihrer, wie sie meinten, für immer zerbrochenen Freundschaft.

9

Der Österreicher, er hieß Heinrich Freudensprung, wußte nicht, in welchem Zustand der Freund sich befand,
sprach vom Ende seines Lebens, halblaut sprach er in
sich hinein, daß er diese Pein keinen Tag länger ertrage.
Der Ägypter mit Namen Zacharias Sarani, der seinerseits
nicht ahnte, wie es dem Freund erging, fühlte sich ster-
benselend. So könne er nicht leben. Der September war
noch nicht zu Ende – der Monat, in welchem unweit des
Hauses, in dem der Österreicher wohnte, im südlichen
Teil Manhattans, die beiden höchsten Gebäude New
Yorks nach Anschlägen zusammenstürzten; die Nachricht darüber kam ihm zwar zu Ohren, sein Verstand,
vom eigenen Unglück zerrüttet, vermochte sie jedoch
nicht aufzunehmen –, der September war noch nicht zu
Ende, als die beiden Freunde, gegen ihre Absicht, wie
jeder betonte, doch wieder miteinander sprachen, wenn
auch nur am Telefon.
Freudensprung war es, der sich überwand und aus New
York anrief. Er hatte sich ein paar Sätze zurechtgelegt:
daß man einander lange nicht gesehen, daß das Leben
ihm übel mitgespielt habe. Sarani sagte nur: Nimm die
nächste Maschine. Freudensprung antwortete: Die nächste Maschine nach Kairo fliegt morgen. Der andere sagte: Ich hole dich ab. Und legte auf.

Der Sandsturm

Was für ein Tag! rief Sarani. Er saß im Schatten eines Baums, schaute hinaus in das Sonnenlicht und sagte zu sich, daß es auf der Welt nichts Schöneres gebe, als sich im Schatten an der Sonne zu erfreuen, noch dazu im Herbst, wenn die Sommerhitze vorüber sei.

Nach einem langen Seufzer fuhr er fort: Das Leben ist schön gewesen. Auch wenn es in den nächsten Tagen zu Ende geht. Auch wenn mein Lebenswerk zerstört ist. Und um es neu aufzubauen, bin ich zu alt.

Was für ein Tag, flüsterte er. Zacharias Sarani war froh, daß unter diesem Baum eine Bank stand, und er genoß es, hier zu sitzen, an der kilometerlangen, kerzengeraden Prachtstraße zwischen Kairos Stadtzentrum und dem Flughafen. Auf einem breiten Streifen aus Erde und Sand reihte sich Baum an Baum, meist waren es Palmen, doch hie und da machte sich ein Laubbaum breit.

Stünde die Bank nicht hier, dachte er, hätte ich mich auf den Boden setzen müssen, denn weiter hätten die Beine mich nicht getragen. Das Auto hatte er am Straßenrand abgestellt, er wollte über den Streifen aus Erde und Sand gehen und dann weiter über die Nebenfahrbahn zur Autohandlung, wo er ein Geländefahrzeug bestellt hatte, nicht zum Kauf, sondern zur Miete, und nur für eine Woche. Danach würde er es nicht mehr brauchen.

Sarani stellte sich vor, unter dem Baum auf dem Boden

zu sitzen. Unvorstellbar, sagte er zu sich, mit verschmutztem Anzug zum Autohändler und dann zum Flughafen und dort verdreckt in der Ankunftshalle sitzen. Das wäre ihm sonst egal gewesen, nicht aber an diesem Tag.

Er war früher als gewohnt aufgestanden und hatte unter den Anzügen jenen ausgewählt, den er am liebsten trug, einen aus leichtem, hellgrauem Flanell, einen Zweireiher. Ein Blick in den Spiegel gab ihm recht: In diesem Anzug wirkte er, der kleine, hagere Mann, besonders stattlich. Er band die rote Krawatte um, hielt inne und sah, wie das dunkelgraue, gewellte Haar sich vorteilhaft von dem hellgrauen Stoff abhob.

Er wußte, wie und wann er sterben würde, darüber brauchte er sich keine Gedanken zu machen. Er wußte aber nicht, wie er bis dahin leben sollte. Würde er Sophie tatsächlich nicht mehr sehen? Er hatte ihr – sie schlief noch – einen Brief hinterlegt, voll mit Lügen, wie er seit Wochen seine geistige Zerrüttung und seinen körperlichen Zusammenbruch mit Ausflüchten vor ihr zu verbergen suchte. Er sei nicht mehr der Jüngste, war sein liebstes Argument.

Seine Frau, erinnerte er sich, hatte genickt und gelächelt. Sie höre diesen Quatsch, hatte sie gesagt, seit mehr als einem Jahr, seit seinem sechzigsten Geburtstag, und sie höre ihn gern. Mindestens einmal pro Monat beteuere er, es gehe mit ihm zu Ende, seine Kraft sei aufgebraucht. Ihr, Sophie, sei diese Marotte, die er von seinem Freund Heinrich angenommen habe, welcher diese Unart seit Jahren pflege, lieb geworden, denn nach jeder Ankündigung, er fühle den Tod sich nahen, sei er ungestümer gewesen denn je. Sie hatte recht, auch mit der Bemerkung, es sei doch selbstverständlich, daß im Alter die Kraft nachlasse. Ihr, Sophie – sie war nur drei Jahre jünger als Zacharias –, ergehe es nicht anders.

In dem Brief hatte er geschrieben, er sei spätabends angerufen und zu einer Besprechung nach Alexandria gebeten worden. Fachleute aus verschiedenen Ländern seien dort, die sich mit der Möglichkeit einer Bepflanzung der Wüste beschäftigten, sie wollten mit ihm eine internationale Konferenz zu diesem Thema vorbereiten. In einigen Tagen sei er zu Hause. Er hielt diese Ausflucht für glaubwürdig, weil es weltweit niemanden gab, der mehr Erfahrung in der Bewirtschaftung des Wüstenbodens hatte als er.

Ob seine Frau ihm glaubte oder nicht, hatte ohnehin keine Bedeutung. Man würde in einigen Tagen in seinem Haus in der Wüste drei Abschiedsbriefe finden und so erfahren, daß er tot ist. Ob man ihn selbst finden würde, war ungewiß. Die Briefe an seine Frau Sophie und seine Tochter Johanna hatte er bereits geschrieben, er trug sie bei sich. Den Brief an seinen Sohn David hatte er im Kopf. Er zögerte, ihn zu Papier zu bringen, der Brief schien ihm zu kurz und zu schroff. »Ich liebe Dich trotz allem.« Er hätte im Angesicht des Todes gern ein versöhnliches Wort angefügt – aber welches?

Sarani, als Naturwissenschaftler und Techniker ein Zweifler par excellence, zweifelte nicht, daß seine Frau und seine Kinder dafür Verständnis haben würden, daß er sich mit gebrochenem, durch keine Heilkunst zu kurierendem Herzen in sein Haus in der Wüste zurückzog und dort lebte bis zu seinem Tod, der, wenn die Wüste gnädig war, ihn bald ereilen würde. Er setzte seine Hoffnung in den nächsten Sturm.

Als Kind hatte er es als Kraftprobe empfunden, gegen

den Sandsturm anzugehen, als ein Experiment, wie nahe die Menschennatur der Naturgewalt kommen darf, ohne von ihr zermalmt zu werden. Es war ein Abenteuer gewesen, gewiß, doch eines, nach dem er sich sehnte, kein Unternehmen, bei dem er das Leben aufs Spiel setzte.

Im nächsten Sandsturm allerdings werde er, der Alte, umkommen, werde hinausgefegt werden aus dieser Welt – und endlich seinen beiden Brüdern und seinem Onkel nachfolgen.

Er hatte sie vor fünfzig Jahren verloren; zuerst nur aus den Augen. Der Sandsturm wurde immer dichter, die Brüder und der Onkel gerieten in Panik, rannten gegen Abermilliarden Sandkörner an, wohl in der Hoffnung, auf diese Weise, in einem Sprint, die besiedelte Oase zu erreichen. Die lag jedoch weit weg. Zwanzig Kilometer im Sandsturm waren, wenn man nicht gelernt hatte, sich darin zu bewegen, eine undurchdringliche Hölle, in der die maschinenhafte Einförmigkeit des Tosens das Schrecklichste war.

Ihn, den Jüngsten und Kleinsten, vergaßen sie in ihrer Todesangst; sie vergaßen aber auch, aufeinander zu achten. Als er sie zuletzt wahrnahm, umrißhaft, noch keine dreißig Meter entfernt, schienen sie nicht mehr die eigene Kleidung zu tragen, sondern waren umhüllt von Faltenwürfen aus Sand. Sie verschwanden so rasch, als müßten sie nicht gegen den Sturm ankämpfen, sondern als würden sie von ihm angesogen; und, für ihn der furchtbarste Eindruck: als würden sie nicht mit jedem schnellen Schritt an Kraft verlieren, sondern als eilten sie, von einer nicht bekannten Kraft angezogen, willfährig in diesen Sturm hinein.

Sie stoben in drei Richtungen auseinander, als wären sie

einander feind und als wäre der Gegner nicht der Sturm, gegen den man zusammenstehen sollte. Gleich darauf versanken sie in der Wand aus Sandkörnern, die sich vor ihm auftürmte. In diesem Augenblick, daran dachte Sarani unwillig, denn die Erinnerung schmerzte ihn, war ihm klar, daß seine Brüder und sein Onkel umkommen würden.

Er selbst zwang sich, ruhig zu bleiben, trotz der Angst, die ihn angesichts der maßlosen Wucht des Sturms überkam, eines Sturms, wie er noch nie einen erlebt hatte, und trotz des Schreckens, die Brüder und den Onkel verloren zu wissen. Ihm waren Sandstürme nicht fremd, er fühlte sich von klein an zu ihnen hingezogen. Ein Sandsturm war für ihn ein Abkömmling des Himmels, Wolken, die sich auf die Erde herabsenkten, dort als Sturm dahinrollten, jedoch nicht Regen in sich bargen, sondern Sand. In solche Wolken hineinzugehen, sich dort aufzuhalten, davon hatte er als Kind geträumt: Inmitten eines Sandsturms zu sein würde einen ahnen lassen, wie es im Himmel aussehe, im irdischen, an einen überirdischen hatte er nie geglaubt.

Er hatte einen Weg gefunden, sich jenen Traum zu erfüllen. Der eine der beiden Chauffeure des Vaters, ein Nubier aus Oberägypten, der Gestalt nach ein antiker Gott, war ihm wohlgesinnt, weil Zacharias es ablehnte, sich zur Schule fahren und Stunden später von dort, von der deutschen Schule in Kairo, abholen zu lassen. In der Zeit, die der Chauffeur dadurch gewann, konnte er – ohne Erlaubnis seines Dienstherrn – mit dem noblen Auto noble Hotelgäste, denen die Rezeption ein gewöhnliches Taxi nicht zumuten wollte, zu den Pyramiden kutschieren und so gutes Geld dazuverdienen, das er dringend brauchte, denn der Dienstherr hielt ihn knapp. Der Fahrer, der das Studium der Mathematik an einer Kairoer Universität absolviert, aber keine Arbeit als Mathematiker gefunden hatte, arbeitete, wie er Zacharias erklärte, gewissermaßen doch als Mathematiker, indem er zu dem dürftigen Salär die fetten Trinkgelder der Ausländer addierte – so weit trieb er die Selbstironie.

Zacharias war klar, daß der Chauffeur unerlaubte Fahrten unternahm, und das war ihm recht. Er konnte guten Gewissens eine Gegenleistung verlangen. Der Chauffeur mußte ihn, wenn von der Kairoer Wetterstation ein Sandsturm vorhergesagt worden war, hinaus in die Wüste bringen und ihn zwei, drei Stunden später abholen. Niemand durfte davon wissen. Wäre er im Sturm umgekommen, kein Mensch hätte sagen können – der Chauffeur würde sich gehütet haben, den Mund aufzumachen –, wie er in die Wüste gelangt war.

Dort sammelte er Erfahrungen, wie andere Kinder am Wüstenrand zerbrochene Muscheln, gebleichte Tierknochen und Alabasterstücke sammelten. Die Erfahrungen erweiterte er, indem er beobachtete, wie Beduinen sich verhielten, mit welchen Tüchern sie sich auf welche Weise einhüllten, mit welcher Art Sandalen sie im Sand gingen. Eine solche Ausrüstung, die er sich für wenig Geld im Basar gekauft hatte, nahm er mit auf seine Ausflüge.

Auch an jenem verhängnisvollen Tag, einem Sonntag, trug er wie seine Brüder und sein Onkel einen feinen, luftigen englischen Leinenanzug, darunter jedoch, als wäre es das Hemd, ein Beduinentuch; ohne diesen Schutz für Augen, Ohren, Nase und Mund wäre er nicht in die Wüste gefahren. Er wußte, daß zwar Kamele, nicht aber Menschen einen Sinn dafür haben, wann der Wind – der immerfort mit dem Sand spielt und fast nie zur Ruhe kommt – sich in einen alles verfinsternden Sturm verwandelt.

Für ihn war in den Jahren, in denen er die Wüste erforschte, eines zur beruhigenden Gewißheit geworden: Der Sturm, anders als der Wind, änderte nie die Richtung. Ging er direkt gegen ihn an, und so auch wieder zurück, gelangte er nach Stunden, während denen man nichts hatte sehen können, exakt zum Ausgangspunkt zurück.

Dazu kam die Erfahrung, daß er, wenn er frontal, mit der ganzen Breite des Körpers, gegen den Sturm marschierte, sehr bald völlig erschöpft einhalten und froh sein mußte, nicht rücklings zu Boden geworfen zu werden. Ging er aber seitlich, was den Beinen die Technik abforderte, einen Fuß nicht vor, sondern über den anderen zu setzen, kam er gut voran. Dank dieses Wissens war er, der Elfjährige, der einzige aus der vierköpfigen Ausflugsgesellschaft, der überlebte.

Zacharias Sarani erinnerte sich, daß man ihn, auf der Suche nach einer Erklärung, mit Fragen überhäufte. Doch er schwieg. Man hielt ihm zugute, er müsse von den Ereignissen zermürbt sein, und stellte keine Fragen mehr.

Erst Jahre später, in Österreich, dem neuen Freund gegenüber – hatte er *Freund* gesagt?; dieser Fehler durfte ihm nie wieder unterlaufen –, gab er die eine und andere Einzelheit preis und sprach, meist belustigt, über die Folgen jener Katastrophe. Er erzählte dem Österreicher, was damals schon die Rettungsmannschaften festgestellt hatten, daß das Auto, das der Onkel lenkte, zwanzig Kilometer vor dem Ziel defekt liegen blieb. Die Nockenwelle war gebrochen.

Wäre das sechzig Kilometer vor dem Reiseziel passiert, sie wären schicksalsergeben im Auto sitzen geblieben, hätten gewartet, bis im Lauf des Tages ein Fahrzeug vorbeikam und sie zur Oase mitnahm, von wo aus sie per Funk wieder an die Welt der Abschleppdienste und hauseigenen Chauffeure angeschlossen gewesen wären. Die läppischen zwanzig Kilometer aber glaubten sie zu Fuß zurücklegen zu können. Niemand, auch er nicht, ein Sandsturm war nicht abzusehen, hatte einen Einwand.

Man fand von seinen Gefährten nicht einmal eine Spur, sie blieben verschollen. Seine Brüder waren siebzehn und achtzehn Jahre alt, der Onkel, der jüngere Bruder von Saranis Vater, stand im vierundvierzigsten Lebensjahr. Bei der Suche nach ihnen scheute der ägyptische Staat keine Mittel, auch Militär wurde eingesetzt. Zeitungen und Radio behandelten den Fall als nationales Ereignis, man konnte sich an eine ähnliche Suchaktion nicht erinnern.

Nach zwei Wochen gab man auf, und das nationale Ereignis, an dem das Land sich gelabt hatte, wandelte sich zur nationalen Katastrophe. Alle Schuld wurde den Suchmannschaften, hauptsächlich dem Militär, zugeschoben. Es wirkte auf die Stadtbewohner in der Tat lächerlich, daß drei Menschen, die in der Nähe eines defekten Autos, das man bald gefunden hatte, verschwunden waren, von Aberhunderten Soldaten nicht, auch nicht tot, gefunden wurden.

Wenn in Kairo nur zwei Menschen beieinanderstanden, wurde in den ersten Tagen, nachdem der Mißerfolg zugegeben worden war, aufgeregt und lautstark bramarbasiert über die, selbstverständlich vorauszusehende, Unfähigkeit des Militärs. In den Tagen darauf war die

Rede bereits von dessen Unwillen. Hohe Offiziere hätten in dem weiträumig abgesperrten Gebiet – warum abgesperrt, fragte man sich – genau dort suchen lassen, wo die Vermißten gewiß nicht zu finden gewesen wären. Das Militär, das dem Königshaus feindselig gegenüberstehe, darin kulminierte das Meinungsgebräu, habe die drei Mitglieder der königstreuen Familie Sarani mit Absicht sterben lassen.

Man verdammte das unfähige Militär, mit Emporkömmlingen an der Spitze, welche dem König die Gunst, aufsteigen zu dürfen, damit vergalten, schon im nichtmilitärischen, im Katastropheneinsatz zu versagen – wenn nicht überhaupt illoyal zu sein. Der König wies die Kritik am Militär nicht zurück, er schien sie zu billigen, ja man hatte den Eindruck, daß er sie genoß.

Da geschah Unerhörtes. Flugzettel wurden verteilt, zuerst im Basar; Flugzettel des Inhalts, das Militär habe bei der Suchaktion nichts anderes getan, als den Befehlen ihres Oberbefehlshabers, des Königs, zu gehorchen. Offensichtlich wälzten die Offiziere die Schuld, die ihnen von der Bevölkerung aufgehalst wurde, auf den König. Das öffentlich zu tun wurde von der Bevölkerung als Hochverrat empfunden, und man erwartete die Verhaftung und Erschießung der Schuldigen. Der König aber sprach von den Offizieren als von seinen Kindern, die nach und nach erwachsen würden und entsprechend aufbegehrten.

Zacharias' Vater hatte im Familienkreis den König als weise gelobt und bedauert, daß dessen Tage gezählt seien. Ist der König krank? wurde erschrocken gefragt. Der Vater schüttelte den Kopf, und dabei beließ er es. Dem König jedoch sagte er sehr bestimmt, wie er später seiner

Frau und dem Sohn erzählte: daß jene Flugzettelaktion der Vorbote eines Militärputsches sei. Der König sah das auch so. Ob Vorkehrungen zu treffen seien, fragte der Vater. Der König schüttelte den Kopf. Er hing der Auffassung an, das gute Alte, das er repräsentiere, sei auf jeden Fall schlechter als das noch so schlechte Neue.

Einzig der Onkel hätte an diesem Gedanken Gefallen gefunden. Er war erst dreiundvierzig, als er starb, zwanzig Jahre jünger als der König, und doch dessen bester, manche sagten, einziger Freund. Der Onkel, von Kindheit an dem Klavierspiel verfallen, hatte fünf Jahre an der Wiener Musikakademie eine Meisterklasse besucht. Seine Lehrerin, die wegen ihres Sarkasmus gefürchtete Franziska Huppert, war aus Überzeugung antipädagogisch. Zur Begrüßung sagte sie jedem Schüler – Schülerinnen nahm sie nicht, sie war extrem frauenfeindlich –, er möge sich stets vergegenwärtigen, daß er eine Zumutung für die Musik sei. Gleichwohl hatte sie weltweit den Ruf, die beste Lehrerin zu sein, insbesondere für die Interpretation Schuberts.

Nach dem Klavierstudium wurde der Onkel von Konzertagenturen mit Angeboten überhäuft, doch er war an der Laufbahn eines Pianisten nicht interessiert. Er kehrte nach Kairo zurück, um wirtschaftliche Pläne zu verfolgen. Es waren vorerst vage Pläne, nichts, was eilte. Deshalb willigte er amüsiert ein, als der König ihn drängte, sein Klavierlehrer zu werden. Dem König lag an der Auffrischung seiner Kenntnisse. Die beiden spielten oft stundenlang vierhändig. Zu regieren gebe es ja nichts, antwortete er auf besorgtes Nachfragen des Pianisten, das Volk sei an Religion interessiert und lehne jeden Fortschritt ab, die Oberschicht sei an Privilegien interessiert und lehne ebenso jeden Fortschritt ab. Wenn schon alles vergeblich sei, so bleibe nur, diejenige Musik zu spielen, welche die Vergeblichkeit am vollkommensten ausdrücke, die Musik Schuberts.

Es konnte nur der Einfall des Onkels gewesen sein, einen Ausflug zu unternehmen, niemand sonst aus der großen Familie Sarani hatte jemals einen Ausflug unternommen, niemand war aus bloßem Vergnügen irgendwo hingefahren, irgendwohin in Ägypten. Ins Ausland selbstverständlich, nach Paris, wo man die Oper und die Museen besuchte, nach London, wo man sich mit Kleidung und Personenautos versorgte.

Der Onkel, erinnerte Sarani sich, war in Ägypten eine ebenso bekannte wie mißtrauisch beäugte Person. Er galt, auch innerhalb der Familie, als Hasardeur, doch das irritierte ihn nicht. Er stand unter dem Schutz seines Bruders, der ihn zu seinen Unternehmungen, die nach Meinung der meisten scheitern mußten, sogar ermunterte. Der Onkel tat wirtschaftlich das Gegenteil dessen, was in Ägypten üblich war, er kaufte ausländische Unternehmen, insbesondere Hotels mittlerer Größe, von denen er den Eindruck hatte, die Besitzer ließen sie verkommen.

Die Gäste, wollten sie die Pyramiden sehen, mußten mit diesen Absteigen vorliebnehmen. Reisten sie früher ab, als sie es geplant hatten, weil das kaputte Frühstücksgeschirr und die wackeligen Betten ihnen den Aufenthalt vergällten, störte das die Besitzer nicht, kamen doch unausgesetzt neue Touristen. Der Onkel renovierte solche Betriebe, führte sie erfolgreich, wodurch ein neuer Touristen-Typus angezogen wurde, Leute, die, nachdem sie sich drei Tage mit den Altertümern beschäftigt hatten, gern noch in der Stadt blieben, höchst erstaunt, daß diese einen interessanten Kontrast zu den meist einem Totenkult verhafteten Altertümern bildete.

Den Ausländern das Geschäft wegzuschnappen, deren Privileg es seit Jahrhunderten war, die Ägypter in allem zu bevormunden, dafür erntete der Onkel von den westlichen Geschäftsleuten diplomatische Proteste, von der Kairoer Geschäftswelt Argwohn und Verwünschungen. Doch der Bruder, und darauf kam es an, stand demonstrativ zu ihm. Er war nicht nur Oberhaupt der weitverzweigten Familie Sarani, er war auch, dem Rang nach, der zweithöchste Beamte des Landes, der Bedeutung nach der wichtigste. Vor ihm rangierte nur der Zeremonienmeister des Hofes.

Der Vater konnte den Tod des Bruders, Vater und Mutter konnten den Tod ihrer beiden älteren Söhne nicht verwinden. In ihrer Trauer suchten sie Halt beim Jüngsten, doch der war niemandem zugänglich. Die Eltern führten das auf den Schock zurück, die Brüder und den Onkel verloren zu haben, aber auch auf ein wahrscheinliches Trauma, ausgelöst vom Überlebenskampf im Sandsturm.

Er redete damals sehr wenig, aber nicht weil er unter Schock stand, sondern aus Berechnung. Er konstatierte, daß nach jenen Ereignissen niemand ein größeres Anrecht darauf hatte, seelisch und körperlich mitgenommen zu sein, als er, und er nutzte diese Chance, um, was er ohnedies vorhatte, sich mit seinen Problemen zurückzuziehen. Ohne jene Ereignisse hätte er das nicht mit solcher Kompromißlosigkeit tun können.

Er litt nicht sehr unter dem Verlust der Brüder, sie waren um etliches älter, er hatte wenig mit ihnen gemeinsam, der Verlust des Onkels aber ging ihm nahe. Der

Onkel war in der Langeweile des Alltags auch insofern ein Paradiesvogel gewesen, als er, anders als die übrigen Mitglieder der großen Familie, mit seinem Status als Aristokrat kokettierte und dem Neffen aberwitzige Geschichten von mazedonischen Vorfahren erzählte. Der Onkel jedenfalls fehlte ihm, aber er vermißte ihn nicht. Für ihn war das wichtigste, die Gunst der Stunde zu nutzen und sich gegenüber der Welt zu verschließen.

Aus gutem Grund: Er sah sich umstellt. Von seinem sehr mächtigen, sehr gebildeten, dabei liebenswürdigen Vater, unter dem er keineswegs litt, dem er nur Gutes nachsagen konnte – abgesehen von dessen Wunderglauben an eine gute Verwaltung. Er sah sich umstellt von der fürsorglichen, massigen, gleichwohl eleganten Mutter. Beide waren im Haus präsenter denn je, seit sie sich der Trauer hingaben, denn es fehlte an Gästen, seit keine mehr geladen wurden. Den Verwandten, Freunden, Bekannten, die in dem gastfreundlichen Haus, nach Belieben fast, aus und ein gegangen waren, hatte man beschieden, sich eine Zeitlang fernzuhalten, und aus dieser Zeitlang wurde eine lange Zeit – so hatten es die ausgesperrten Gäste empfunden, ohne zu ahnen, daß dieses prachtvolle Haus auf der Nilinsel ihnen nie wieder offenstehen würde.

Und er sah sich umstellt von Zufälligkeiten. Er entschied sich für dieses Wort, als er zu seinem Entzücken im Wörterbuch der deutschen Sprache neben »Zufall« auch »Zufälligkeit« entdeckte. Er hielt letztere, die Zufälligkeit, für den philosophisch bedeutsamen Begriff gegenüber dem bloßen Zufall. Über die Neigung der deutschen Sprache, durch Vor- oder Nachsilben harmlose Wörter zum Dröhnen zu bringen, klärte ihn erst später der Österreicher auf. Er jedenfalls, ohnedies

schon davon beeindruckt, daß die deutsche Sprache das
»Wesen« – angeblich die Substanz schlechthin – noch
zu steigern, gewissermaßen in die Tiefe zu steigern wußte durch die »Wesenheit«, erklärte die Zufälligkeit zu
dem Begriff, der ihm helfen würde, sein Dasein zu erklären.

Man kann sich die Eltern nicht aussuchen, so ging seine
Überlegung, so wenig, wie diese sich das Kind aussuchen können, das sie in die Welt setzen. Die Zufälligkeit
zwingt einen zusammen. In seinem Fall war das Zwangs-
verhältnis zu den Eltern gut – zufällig. Noch dazu wurde
er in eine reiche Familie hineingeboren – zufällig. Der
Satz, den er damals am öftesten vor sich her sagte: Ich
stelle nur fest. Er beklagte sich nicht über sein Schicksal,
er frohlockte nicht, er wollte nur festgehalten wissen,
daß dieses Schicksal zufällig seines war. Er hatte dazu
nichts beigetragen.

Und er sah sich umstellt von Gott. Genauer: von drei
Göttern, von denen jeder den anderen ausschloß, denn
es waren Götter von drei monotheistischen Religionen.
Der Vater war Kopte, Anhänger einer christlichen Religion, die Mutter Muslimin, der ungläubige Onkel war
mit einer Jüdin verheiratet, sympathisierte mit deren Religion und wäre dieser, wenn die Aufnahme nicht rituelle
Schwerarbeit erfordert hätte, auch beigetreten.

Zacharias kam in der selbstgewählten Einsamkeit, in die
er sich zum Nachdenken zurückgezogen hatte, zu dem
Schluß, daß unter all den Zumutungen, die einem ent-
gegenschlugen, wenn man in diese Welt hineingeboren
wurde, die Zumutung, daß es einen Gott geben soll, die
unverfrorenste war.

Er nutzte die Möglichkeit, den Trauernden zu mimen,

um, ohne dabei gestört zu werden, mit seinen forschenden Gedanken durch die Oberfläche der Welt zu dringen, einer Welt, die seiner Ansicht nach von Religionen bis zur Unbewohnbarkeit verkrustet war. Wo seine Gedanken auch hinzielten, sie stießen auf Schlacke, auf den unfruchtbaren Verbrennungsrückstand einer vor Tausenden Jahren vielleicht fruchtbaren Götterwelt, auf einen Aberglauben, der allergrößten Wert darauf legte, Glauben genannt zu werden. Der eine Teil der Menschheit, der kleinere, berief sich auf Gott, wenn er seinen Reichtum verteidigte, der andere Teil tat desgleichen, um redliche Argumente für seine Armut vorzubringen. Jeder, ob Muslim, Jude, Christ, rechtfertigte seinen Aberglauben damit, so Zacharias' Annahme, daß er für die jeweilige Situation, wie gut, wie schlecht sie auch war, gute religiöse Gründe fand.

Daß nach so vielen Jahrtausenden Menschheitsgeschichte, daß in der Mitte des 20. Jahrhunderts, der religiöse Unfug immer noch eine Antriebskraft der Gesellschaft war, wunderte ihn zwar, aber er nahm es hin. Als Angehörigen der Oberschicht – da materiell gesichert, überließ er sich bewußt geistiger Unsicherheit – konnte ihn, so jedenfalls sah er es, als er nun zurückblickte, keine noch so radikale Erkenntnis aus der Lebensbahn werfen.

Die beiden Gewichte, die auf einem schon lasteten, ehe man zur Welt kam, Eltern und Aberglaube, wurden, dessen war er sich nun gewiß, gewichtig ergänzt von der grandiosen Geschichte Ägyptens. Auch ein Phänomen, das schon immer vorhanden war und das sich einem nicht nur aufdrängte wie die Eltern und der Glaube, sondern, schlimmer, das sich ausgab als eine Art Natur, nicht als Geschichte, sondern als Erdgeschichte. Er hatte den Eindruck, die baulichen Großtaten der Altvorderen würden unmäßig verherrlicht, so als wären sie bereits vor der Wüste, vor dem Nil und vor dem Meer dagewesen.

Die Eltern starben langsam dahin, zwei Jahre nach dem Tod seiner Brüder waren auch sie nicht mehr am Leben. Er spielte sich nichts vor, als er, gerade dreizehn geworden, vor den Leichen stand, zuerst vor dem Vater, drei Monate später vor der Mutter, und dachte: Ich habe ihn gerngehabt; ich habe sie gerngehabt. Zum ersten Mal in seinem Leben weinte er bitterlich. Und dennoch, als sie begraben waren, sagte er zu sich: Nun bin ich allein und frei. Frei auch von den freundlichen und herablassenden Bemerkungen der Eltern und der Brüder, er sei für die Gedanken, denen er fortwährend nachhänge, viel zu jung. Er hatte sich deshalb auch nicht mehr geäußert, außer gegenüber dem Onkel, der ihm zu jenen Gedanken applaudierte.

Seit dem Tod der Eltern beschäftigten ihn Gott und die Gottesfrage nicht mehr, zur gleichen Zeit fühlte er sich befreit von der Geschichte. Und tatsächlich mied er sein Leben lang, soweit das einem Ägypter möglich war, die Beschäftigung mit der Geschichte des Altertums. Sein Forschergeist sagte ihm, Denken sei an lebendige Erfahrung gebunden, weshalb man aus der Geschichte vor allem lernen könne, daß man aus ihr nichts lernen kann.

Sarani erschrak über diese Erinnerung, die voll war von Toten, er erschrak aber auch darüber, wie er auf der Bank saß: völlig in sich zusammengesunken. Er riß sich zusammen, setzte sich gerade und straffte den Rücken. Dabei seufzte er unwillkürlich, es war ein Seufzen, das in ein Röcheln überging, was in ihm die Hoffnung weckte, auf der Stelle tot von der Bank zu fallen und nicht auf den Tod in der Wüste warten zu müssen.

Nein, rief er und stampfte wütend auf. Und zu sich sagte er, unhörbar, aber bestimmt: Ich bin nicht hierhergekommen, um zu sterben.

2

Der Todfeind

Sarani hatte es satt, sich den Tag mit düsteren Überlegungen zu vergällen. Er wollte wie in der ersten Minute, als er hier gestrandet war, die Sonne im Schatten des Baumes genießen. Den Gedanken, daß ein Schwächeanfall ihn auf die Bank gezwungen hatte, verscheuchte er; lieber horchte er in die Windstille hinein, kein Blatt raschelte, und voll Verwunderung betrachtete er den Baum, an dem selbst die dünnsten Zweige sich nicht bewegten.

Er wußte, daß in einer Wüstenregion selten Windstille herrscht. Das Wort *herrschen* irritierte ihn. Damit verband er Gewalt und Getöse; die Sprache aber, jene deutsche Sprache, die er im Alter von zehn Jahren zu lernen begonnen hatte und deren ewiger und dankbarer Schüler er war, wollte offenbar, daß auch die Stille *herrscht*; vielleicht bestand deren Gewalt in der Unterdrückung des Getöses.

Er wußte, daß der ständige Wind zur Wüste gehörte wie der Sand, der, vom Wind Hunderte Meter hochgewirbelt, gewöhnlich als eine dünne, graue Schicht über Kairo und den Nil hinwegzog wie ein endloses Tuch, das Tag für Tag, Monat für Monat unverändert und starr über der Stadt zu hängen schien und sich doch immerfort weiterbewegte – ausgenommen die Zeit der Windstille, in der man den wolkenfreien, blauen Himmel sehen konnte, was Sarani überaus entzückte, weil das klare Sonnenlicht, das auf den Laubbaum fiel, die Blätter als Schatten auf den Erdboden zeichnete. Er konnte sich an diesen Bildern nicht satt sehen.

Zugleich lauschte er den Geräuschen des Verkehrs, weil sie einerseits deutlich wahrzunehmen waren, andrerseits sich anhörten, als kämen sie von weit weg, wiewohl die sechsspurige Flughafenautobahn nur zehn Meter von der Bank entfernt war; da jedoch kein Wind den Lärm hierher trug, wirkten die Geräusche, als wäre die Straße ein Käfig, in dem sie tobten und am Gitter rissen, Sarani aber nichts anhaben konnten.

Als ärgerlich empfand er, daß Hunger und Durst ihm von Minute zu Minute stärker zusetzten. Er hatte in den vergangenen Wochen nur so viel getrunken, daß er nicht an Austrocknung starb. Versuchte er aber zu essen, blieb ihm der Bissen im Hals stecken. Wollte er nicht ersticken, mußte er ihn hinunterwürgen, woraufhin es ihm den Magen umdrehte.

Diese Art, sich zu ernähren, führte nur deshalb nicht zu seinem Tod, weil er vor dem Tod noch etwas zu erledigen hatte. In der Innentasche seines Rocks steckte neben den Abschiedsbriefen an Frau und Tochter ein auf einer Seite beschriebenes Blatt Papier, das ihm vor einem halben Jahr zugesandt worden war und das er dem Absender zurückschicken wollte, nach Wien oder nach New York, wo der Absender, der Österreicher, abwechselnd lebte.

Allerdings wollte er ein paar eigene Zeilen dazulegen, er hatte auch schon versucht, den einen und anderen Satz zu formulieren, doch er fand nicht die richtigen Worte, jedes erschien ihm zu schwach: Schurke, Verräter, Lügner, alles nichtssagende Wörter in Anbetracht der Schurkerei, des Verrats, der Lügen, deren der Österreicher sich schuldig gemacht hatte.

Dieser Mann hatte am Tag zuvor aus New York angerufen und völlig wirr gesprochen. Sarani fragte sich, ob der Mann den Zynismus auf die Spitze treibe, indem er nun sich selbst als Leidenden darstelle. Oder ob er sich als jemand stilisiere, den die Einsicht in seine Schuld niederdrücke und der nun hoffe, daß ihm verziehen werde. Beides war Sarani gleich widerwärtig. Den Zynismus des Täters, sich als Opfer zu geben, aber auch das Schuldbekenntnis eines Schuldigen wies er zurück, denn der Täter hatte das Schurkenstück über eine lange Zeitspanne geplant, zusammen mit seinem, Saranis, Sohn.

Schluß, befahl er sich, er wollte nicht, daß in seinem Kopf zum tausendsten Mal die Litanei in Gang gesetzt wurde über den Verrat des Freundes, über die Treulosigkeit des Sohnes, beides für ihn unfaßbar – in seinen wüstesten Alpträumen, in denen er die Liebe zu Sophie hatte enden, seine Kinder durch einen Unfall hatte sterben, sein Unternehmen durch ein Erdbeben hatte zerstieben sehen, war jenes Unglück nicht vorgekommen, das wirklich über ihn hereingebrochen war, so daß ihm kein anderer Weg offenstand als der in den Tod.

Seit er das wußte, ging es ihm besser. Am Morgen hatte er sogar, nach langem wieder, seinen Lieblingsanzug angezogen, wobei ihm auffiel, so frei war sein Kopf wieder, daß *etwas anziehen* nur korrespondierte mit *Anzug*, nicht mit Hose, Hemd oder Socken.

Der Anruf vom Tag zuvor brachte Sarani nicht aus dem Konzept. Sollte der Österreicher tatsächlich in Kairo landen, was Sarani für möglich, nicht aber für wahrscheinlich hielt, denn was ein Schurke verspricht, dem schenkt man nur bedingt Glauben, hätte das den Vorteil, daß er den Text, den er hatte zurücksenden wollen, ihm einfach in die Hand drücken konnte, ohne sich weiter darüber den Kopf zu zerbrechen, welche den Verfasser ins Herz treffenden Worte er beilegen sollte.

Sarani mußte seinen Plan nur geringfügig ändern: Er werde mit dem Geländewagen zum Haus in der Wüste fahren, nachdem er den Österreicher am Flughafen getroffen, ihn zu einem Taxi begleitet, ihm den Text überreicht und ihn aufgefordert habe, ins *Hotel Marriott* zu fahren und dort Quartier zu nehmen. Er werde ihn dort am nächsten Tag um elf besuchen. Er werde dann zum Österreicher sagen: Ich bin gekommen, um mich zu verabschieden. Der Kerl, der sich in der Nacht eine Erklärungs-, Entschuldigungs-, und Rechtfertigungsrede zurechtgelegt habe, werde diese nun loswerden wollen, er, Sarani, aber werde sich von ihm abwenden und weggehen.

Daraufhin, dachte er, werde er zum Wüstenhaus fahren. Die Windstille sei das sichere Vorzeichen für einen gewaltigen Sturm, und der sei ein Garant für den sicheren Tod. Sarani brauche sich nur mit Absicht falsch zu bewegen, und der Sand werde ihn unter sich begraben.

Bis dahin werde er das Wüstenhaus bewohnen, das David, der Sohn und Architekt, entworfen, nein, erfunden hatte, denn wie alle großen architektonischen Entwürfe war auch dieser eine Erfindung. Erfinden heißt, das hatte der Sohn ihn gelehrt, die Dinge neu zu entwickeln, was wiederum bedeutet, das gesamte Wissen über das Bauen in einer bestimmten Region, in diesem Fall der Wüstenregion, sich zu erarbeiten, und das ist leider nicht viel, denn das meiste ist verlorengegangen. Und dieses

Wenige an altem Wissen ist zu erweitern mit neuem, an das man auch nur mühsam herankommt.

Baukunst, das war sein Eindruck während der Planung gewesen, ist Wissenschaftskunst, die Kunst, das Avancierteste an technischem Wissen, das Beste und nicht das Ausgeklügeltste, zum Wohle eines Bauwerks zu organisieren, das Beste im ästhetischen, im sozialen, im wirtschaftlichen Sinn. Das Alte, der Lehm als Baumaterial, und das Neue, die Gewinnung von Sonnenenergie, sollten nicht nebeneinanderstehen, sondern einander überbietend ein Bauwerk der Moderne ergeben, gerade unter den extremen Bedingungen der Wüste.

Außerdem war das Haus gedacht als Prototyp. Bewährte es sich, könnte in derselben Bauweise um das Haus herum ein Dorf, ja eine Stadt entstehen. Das wäre nach der Farm die zweite Pioniertat. Und die dritte, entscheidende, weil von revolutionärer Kraft, auf den beiden anderen aufbauend, wäre – Sarani mußte innehalten, um den Satz zu Ende denken zu können – die Akademie gewesen.

Bis zum Sturm, dachte er, sei noch Zeit für einen Abschiedsbrief an David. Er werde seinem Sohn danken für die baukünstlerische Arbeit an dem Haus, in dem er seine letzten Tage verbringe. Er war froh, für den Abschied ein versöhnliches Motiv gefunden zu haben, er empfand es als bitter genug, den Freund verfluchen zu müssen, er wollte sich nicht auch noch den Sohn aus dem Herzen reißen.

Sarani rekelte sich auf der Bank, milde Wärme lag auf seinem Anzug und drang langsam in den Körper, der, in den vergangenen Wochen abgemagert, dankbar die Kraft der Sonne aufnahm. Die Taschenuhr – es war die silberne, die ihm sein Onkel geschenkt hatte, die goldene hatte er zurück in die Schatulle gelegt, sie paßte nicht zum Anzug – zeigte genau die Stunde an, zu der er mit dem Autohändler verabredet war. Er fühlte sich nun kräftig genug, die fünfzig Schritte bis zu dem Geschäft zurückzulegen, doch blieb er sitzen, nicht aus Schwäche, sondern aus Übermut.

Ein einziges Mal im Leben unpünktlich sein! Unrechtes tun aus Freude war ihm zeitlebens fremd gewesen, schon gar, wenn es um Pünktlichkeit ging. Auf jemanden, der zu spät kam, warten zu müssen, empfand er als Diebstahl von Zeit. Der Wartende, dachte er, sei reduziert, er könne nicht denken, nicht fühlen, nicht lesen, nicht schauen, er warte nur. Nie, behauptete er, habe er jemanden warten lassen.

Hatte er selbst warten müssen, vergalt er es dem Unpünktlichen damit, daß er die Beziehung abbrach oder aber, war das geschäftlich nicht möglich, den Konflikt konservierte, um ihn später auszutragen. Und nun ließ *er* einen Autohändler warten, bei dem er seit Jahrzehnten Lastkraftwagen für die Farm kaufte. Vor zwei Monaten erst hatte er, nicht aus freien Stücken, sondern weil der politisch-religiöse Einfluß des Großhändlers beträchtlich war, bei diesem aus privaten Mitteln einen Kühltransporter bestellt, um das Gemüse von der Farm zum Flughafen zu bringen.

Dieses Geschäft sollte die Existenz der Farm sichern helfen, nicht die ökonomische, sondern die pure, das Überleben; wenn auch Politiker zögerten, ein weltweit bekanntes Projekt, eine Farm in der Wüste, zu Fall zu bringen, religiöse Fanatiker hätten solche Skrupel nicht.

Auch wenn es Sarani gelüstete, angesichts des Todes

über die Stränge zu schlagen, durfte er, ob seiner Pünktlichkeit gefürchtet, nicht ohne Begründung unpünktlich sein, was er als schmerzendes Korsett empfand. Er hatte Angst, daß er seiner Tochter durch unbedachtes Verhalten schaden könnte, der Autohändler war ein mächtiger Mann. Sarani wußte aber auch, daß seine Furcht übertrieben war. Johanna hatte vor sechs Jahren die Leitung der Farm übernommen und diese krisensicher strukturiert.

Das Unternehmen gehörte allen, die dort beschäftigt waren, allerdings hatte die Gründerfamilie es sich in den ersten Jahren vorbehalten, das erwirtschaftete Geld nach ihren Vorstellungen zu investieren. Plädierten die Saranis für die Schaffung einer Musikschule auf dem Areal der Farm, später einer Grundschule, dann eines medizinischen Zentrums mit Zahnambulatorium und Operationssaal, kam es nie zu Kampfabstimmungen, denn die Leute, die auf dieser Farm arbeiteten und über den Ertrag ihrer Arbeit verfügen sollten, wußten durch Mundpropaganda, welche Konzeption das Unternehmen hatte, und es bewarben sich nur Leute, die dieser Idee etwas abgewinnen konnten.

Viele Menschen aus benachbarten Dörfern, die in Armut lebten und dringend Arbeit benötigten, bewarben sich nicht, weil es sie zwar reizte, nicht Lohnarbeiter, sondern Miteigentümer zu sein, sie aber ihren Anteil am Ertrag, der über den Lohn hinausging, nicht investiert sehen, sondern ausbezahlt haben wollten. Aus ihrer Armenhütte ein Häuschen zu machen, das war ihr verständliches Ziel, sie wollten nicht zum Bau einer Musikschule etwas beitragen müssen und diesen Zwang auch noch als eigene Entscheidung ausgeben.

Vielleicht, dachte Sarani, war schon seine Absicht falsch, ein Wirtschaftsunternehmen in den Mittelpunkt einer sozialen und schließlich gesellschaftlichen Reform zu stellen, geleitet von dem nach seiner Meinung revolutionären Gedanken, eine Änderung der Welt zum Besseren beginne mit der Änderung der Wirtschaft, nicht mit einer Änderung der Politik, die doch, zusammen mit Polizei und Militär, nur eine schützende Glocke über einer grotesken Wirtschaftsordnung sei.

Sarani bäumte sich gegen die eigene Resignation auf: O doch, meine Absicht war und ist richtig. In den Jahrhunderten vor der Französischen Revolution hatten die Feudalen die unumschränkte politische Macht, ökonomisch aber mußten sie, weil sie ihr Leben und ihre Politik anders nicht finanzieren konnten, die bürgerliche Ökonomie, den Kapitalismus, gewähren lassen. Daran gingen sie zugrunde. Der Kapitalismus zieht daraus die Lehre, nichts neben sich zu dulden. Ich ziehe daraus die Lehre, sehr wohl eine andere Art des Wirtschaftens, wenn bislang auch nur in Gestalt eines kleinen Unternehmens, dagegenzustellen. Das halte ich für revolutionär. Auch wenn der Österreicher, auch wenn die Welt es anders sieht.

Die nächste Stufe, eine kleine Stufe nur und für mich doch das Lebensziel, wäre die Akademie gewesen. Akademie, was für ein schönes Wort, wir haben nie ein anderes verwendet. Die Farm war das Unternehmen, die Akademie die Unternehmung. Nun ist sie tot, und ich folge ihr nach. Die Farm wird dank Johanna existieren, auch über den Tod meiner Frau hinaus, denn für Johanna ist die Farm nicht wie für mich eine ägyptische Sache und schon gar nicht eine Pioniertat, sie und die ägyptischen Mitarbeiter und Miteigentümer, mittlerweile mehr Frauen als Männer, stecken das erwirtschaftete Geld nicht mehr nur in die hiesige Farm, sie beteiligen sich an ähnlichen, wenn auch weniger radikalen genossenschaftlichen Unternehmen, einem in Südafrika, einem in Italien und an einer Bergbauerngenossenschaft in Österreich. Johanna will nicht in der Angst leben, eines Tages durch die Willkür eines politischen oder religiösen Regimes ihre Existenz gefährdet zu sehen. Droht jemand, daß ich gehen muß, pflegt sie zu sagen, dann drohe ich, daß ich gehe.

Sarani empfand Freude, als er daran dachte, daß niemand wußte, wo er war. Es war wie ehedem, als er, ein Kind, hinaus in die Wüste fuhr, um seine Kräfte an der Gewalt des Sturmes zu messen. Damals war es eine übermütige Freude, die ihn beflügelt hatte; an diesem Tag war es, er hatte nicht gewußt, daß es so etwas gab, eine traurige Freude, die auf ihm lastete. Er vermutete, als Kind seinem Bedürfnis, allein zu sein, so maßlos nachgegeben zu haben, daß es für immer gestillt war. Er konnte sich nicht erinnern, seit jener Wüstenzeit, wie er sie nannte, jemals mit Absicht allein gewesen zu sein.

Als er, es war während des Studiums in Graz, in der Pause eines Konzerts ebenso unvermittelt wie zufällig einer Frau gegenüberstand, in der er sofort die Frau seines Lebens erkannte, zum Glück empfand sie es ähnlich, hatte er fortan das Verlangen, Sophie zumindest einmal am Tag zu sehen, Sophie, die großen Wert darauf legte, daß das O in ihrem Namen betont wurde. Konnte er sie einmal nicht sehen, empfand er diesen Tag als trostlos.

Deshalb war es eine fragwürdige Freude, nach Jahrzehnten wieder allein zu sein. Frühmorgens hatte er gesehen, es sich aber nicht eingestanden, daß sein Anzug ihn mehr schlecht als recht kleidete, er hing von seinen Schultern wie von einem Knochenkleiderbügel, der Hagere war in den letzten Wochen spindeldürr geworden. Ein trauriger Anblick war der traurigen Freude vorangegangen.

Wieviel Zeit er doch hatte, nun, da seine Zeit abgelaufen war! Er hatte sich vorgenommen, den Text des Österreichers einmal noch zu lesen, ehe er ihn dem Schurken zurückgeben würde als Dokument beispielloser Heuchelei. Der Text trug den Titel: Entwurf für eine Rede zum sechzigsten Geburtstag.

Es sei ein Fehler gewesen, dachte Sarani, vorzuschlagen, daß sie gemeinsam den sechzigsten Geburtstag feiern sollten, obwohl er selbst diesen bereits im Vorjahr hatte, der Österreicher erst im Februar dieses Jahres. Er wollte ein Fest veranstalten, gewiß auch anläßlich der Geburtstage, vor allem aber zur Erinnerung an jenes Fest vor mehr als dreißig Jahren, mit dem der Österreicher die Gründung der Farm gerettet hatte. Sie bohrten damals seit einer Woche nach Wasser, sehr erfolgreich, die Arbeitsbedingungen waren erträglich, die Versorgung war gut, das Leben in den Zelten aber, in welchen alles, die Bodenplane, die Wäsche, die Seife, die Zahnbürste, im Sand versank, zermürbte, von Sarani unbemerkt, die Leute.

Da verschwand der Österreicher wortlos und kam nach einigen Tagen wieder, brachte aus Kairo mit Lastwagen Material, um die erste Baracke zu errichten, vor allem aber ein großes Zelt, Tische, Sessel, und es gab eine Nacht lang ein Fest, wie die Wüste es seit Jahrtausenden nicht erlebt hatte. Auch so konnte der Österreicher sein. Ein ähnliches Fest sollte in diesem Jahr stattfinden.

Ebendieser Mann, erinnerte Sarani sich, hatte ihm vor

Weihnachten des Jahres 2000, zweieinhalb Monate vor dem geplanten Fest, geschrieben, er könne nicht kommen, er sei beim Schifahren auf dem Semmering gestürzt, habe sich überschlagen, sei auf den Hinterkopf gefallen, vermutlich habe er eine Gehirnerschütterung erlitten, die Folge sei eine tiefe Niedergeschlagenheit, aus der er nicht herausfinde, er vermute, das hänge mit dem Alter zusammen, man müsse sich damit abfinden, daß es mit einem zu Ende gehe.

Sarani wußte bis auf diesen Tag nicht, was es mit jenem Sturz auf sich hatte. Er war zornig, daß der Österreicher nicht kam, denn damit fiel der Anlaß für das Fest weg, und er sagte es sofort ab, wiewohl er mit den Vorbereitungen längst begonnen hatte. Er hielt die vierzigjährige Freundschaft für außergewöhnlich, jeder war dem andern in Liebe und Respekt zugetan, ihre Interessen, sofern es durch die Berufe, der Österreicher war Schriftsteller, er Ingenieur, überhaupt Berührungspunkte gab, strebten zwar in verschiedene Richtungen, trafen sich aber doch auf unerklärliche Weise.

Es beglückte ihn, ein Fest für beide zu planen, denn diese Freundschaft, auf die das Glas erhoben werden sollte, war für ihn ein Lebenselixier wie sonst nur Sophie. Und dann sagte der Kerl wegen eines Sturzes beim Schifahren ab – nach Saranis Meinung fuhr man Schi nur, um zu stürzen, also müßten Stürze für diesen Österreicher, diesen Schifahrer, seit Jahrzehnten auf der Tagesordnung gestanden sein –, sagte ab wegen einer Gehirnerschütterung, die nicht einmal ärztlicher Behandlung bedurfte, und stimmte wieder dieses Gejammer an, daß es mit ihm zu Ende gehe, das Sarani um so mehr verabscheute, als er selbst es gern anstimmte. Manchmal war er so schwermütig, daß er, da er eine Ursache im Seelischen und Körperlichen nicht fand, sie im Alter suchte, im Herunterbrennen der Kerze, wie er dachte, die einem die einzige Wahrheit zuflackert, die sie zu bieten hat: daß sie nicht mehr lange brennt.

Es war der letzte Brief, den der Österreicher ihm schrieb. Er erinnerte sich, nicht geantwortet zu haben, da er wütend war über die Absage, schließlich hatte er in die Planung des Festes bereits so viel Zeit und Geld investiert, daß seiner Ansicht nach der Österreicher hätte kommen müssen, sogar wenn er schon auf dem Sterbebett gelegen wäre.

Die Selbstkritik, auf jenen Brief nicht geantwortet zu haben, schob er beiseite. Sie hatte keinen Platz in diesen wenigen Tagen, die er noch leben würde. Er war hungrig, er war durstig, er hatte keine Lust, auch noch selbstkritisch zu sein. Die Absage des Österreichers war für Sarani das erste Signal, daß jener die alte Freundschaft nicht nur brach, sondern auch verriet; daß der Österreicher ihm den Sohn zuerst entfremdet, dann geradezu entführt hatte, von Ägypten nach Europa, dann nach Amerika, und damit Saranis Lebenswerk, die Akademie, vernichtete, die der Sohn, wie ursprünglich vereinbart, auf eine solche Höhe bringen sollte, daß der praktische und theoretische Beweis für die Möglichkeit vernünftigen Wirtschaftens nicht mehr hätte geleugnet werden können.

Vor dem Schiunfall hatte der Österreicher ihm einen Text geschickt mit der Anfügung, es handle sich um den Entwurf einer Geburtstagsrede, er bitte um eine kritische Antwort, es sollte doch ein Text entstehen, der den Ansichten beider Freunde gerecht werde.

Sarani entschloß sich, diesen Entwurf ein allerletztes Mal zu lesen, ehe er aufbrechen wollte von seinem Schattenparadies, um zu dem Autohändler zu gehen und dann ohne Verzug zum Flughafen zu fahren. Er las:

Es gibt kein richtiges Leben im falschen. In diesem blendenden Satz eines großen Philosophen sonnen sich jene, die es sich im falschen Leben eingerichtet haben, aus dem falschen Leben Gewinn ziehen und es als das richtige preisen. – Die anderen, zum falschen Leben verdammt, werden niedergedrückt von der Angst, daß ihnen die Arbeit, die ihnen gestern, zu welchem Lohn auch immer, zugeteilt wurde, morgen weggenommen wird, und sie dann nicht einmal ein falsches Leben haben. Ihr Verstand ist geknebelt von Angst, einzig ihr Lebenswille sagt ihnen, daß dieses Leben nicht das richtige ist. Wir beide, heute die Geburtstagskinder, sind insofern Glückskinder, als wir uns einbilden, nicht zu den einen und nicht zu den anderen zu gehören. Auch formulierten wir jenen Satz schon vor Jahren wagemutig um: Es gibt kein richtiges Leben im falschen, und umgekehrt. Es gibt auch kein falsches Leben im richtigen. Im andern Fall stünde jedes Denken still. Denn der Gedanke, der sich aus der Erfahrung nährt, ist angewidert vom falschen Leben, löscht es aus und stellt ihm ein richtiges entgegen. – Den Gedanken drängt es aber auch zur Tat. Er will das richtige Leben realisieren, weiß aber, daß es *das* richtige Leben weder im Kopf noch in der Wirklichkeit gibt. In der Wirklichkeit gibt es das falsche Leben, im Kopf dessen Verneinung. Was naheliegt, ist der *Versuch*: im Geistigen der Essay, im Praktischen das Experiment, wie es sich hier auf der Farm entfaltet. (Ich warte auf Deine Einwürfe.)

3

Das Stahlwerk

Das Flugzeug war gelandet, es rollte quietschend dahin, als wäre das Fahrwerk defekt, da öffnete Heinrich
Freudensprung im Passagierraum den Sicherheitsgurt
und stand auf. Er sagte zu sich und versuchte, eine der
Bedeutung seiner Worte entsprechende, eine stolze Haltung einzunehmen: In dem Maß, in dem das Flugzeug
langsamer wird, schlägt mein Herz schneller. Endlich ist
es soweit!
Er merkte nicht die erstaunten Blicke der anderen, die
keine Anstalten trafen, sich zu erheben. Sie waren über
Lautsprecher aufgefordert worden, angeschnallt sitzen
zu bleiben; es gebe eine Zwischenlandung in Rom, es
gelte ein technisches Gebrechen zu beheben, der Aufenthalt dauere nicht länger als eine halbe Stunde, dann werde der Flug nach Kairo fortgesetzt.
Nachdem Freudensprung sich an zwei Passagieren, die
zuvorkommend ihre Knie einzogen, vorbeigedrängt hatte, stand er auf dem Mittelgang und wartete, daß das
Flugzeug endlich zum Stillstand kam. Er empfand es als
normal, daß er allein es eilig hatte. Er hielt die Mitrei-
senden für selige, unbekümmerte Menschen, die in Ge-
schäften unterwegs waren, wenn nicht zum Vergnügen.
Schon während des stundenlangen Flugs hatte er sie um
ihre Fähigkeit beneidet, auf dem Sitz zusammenzusak-
ken und vor sich hinzudämmern, während er, der seit

Wochen nicht mehr ruhig geschlafen hatte, sondern immer nur für zwei, drei Stunden in eine Art Ohnmacht, einen Zustand völliger Erschöpfung gefallen war, die Stunden im Flugzeug nutzte, um körperliche und geistige Kraft zu sammeln, indem er sich bei geschlossenen Augen zwang, langsam zu atmen, damit er dann, nach der Landung, einem Pfeil gleich hinausschießen könnte, auf den ehemaligen Freund zu, sofern der feige Schurke es wagen sollte, in der Ankunftshalle zu erscheinen – seine Feigheit spreche dagegen, seine Unverfrorenheit dafür.

Einer, der vor nichts zurückschreckte, der das Wertvollste, ihrer beider Freundschaft, und dazu noch seine neue, große Liebe zu einer Frau, zerstört hatte, der ihn für immer aus der Lebensbahn warf, so einer, stellte er sich vor, würde sich ihm auch frech entgegenstellen. Freudensprung würde auf ihn zueilen und ihn entweder mit *einem* Blick töten oder aber, wenn das nicht gelang, mit einem Faustschlag.

Ein Steward kam auf Freudensprung zu. Seine souveräne Miene sagte, er habe einen alten, verwirrten Mann vor sich. Er beruhigte Freudensprung, erklärte ihm den Grund der Zwischenlandung und bat ihn, wieder Platz zu nehmen, was Freudensprung tat, wobei er sich mit der Überlegung tröstete, auf eine halbe Stunde oder Stunde komme es nicht an.

Was er als Freundschaft verherrlicht hatte, dachte er, war nie Freundschaft gewesen. *Er* war es, der, von der ersten Sekunde an, den Ägypter brauchte. Der Ägypter, der Ältere, Wohlhabende, Welterfahrene, duldete ihn an seiner Seite, nun, mit sechzig, schüttelte er ihn ab. Und damit er sich nicht wieder an ihn hänge, wolle der Ägypter ihn zerstören. Die ägyptische Prinzgestalt wolle den Lebensabend unbehelligt von dem steirischen Proletarierbalg zubringen.

Der Steward reichte Freudensprung ein Glas Wasser und bot ihm ein leichtes Beruhigungsmittel an, Freudensprung nahm beides dankbar entgegen, wissend, daß Beruhigungsmittel, auch starke, bei ihm nicht mehr wirkten, dennoch legte er die Tablette auf die Zunge und goß Wasser nach.

Als der Fremde ihm, so erinnerte Heinrich Freudensprung sich, im Sommer 1958 zum erstenmal gegenüberstand, im Stahlwerk der Firma Böhler in Kapfenberg, hatte ihn dessen offener, forschender Blick auf der Stelle gefangengenommen. Der Fremde sah ihn mit Interesse an. Heinrich stand fassungslos da. Alle möglichen Menschen hatten ihm alle möglichen Empfindungen entgegengebracht, aber kein Interesse. Darunter hatte er nie gelitten. Und nun sagte ihm der Fremde mit seinem Blick, daß er sich für ihn interessierte.

Der Betriebsleiter des Stahlwerks, der, den Burschen neben sich, auf Heinrich zugegangen war, schrie ihm ins Ohr, anders konnte man sich nicht verständigen, der Neue arbeite nun mit ihm, er heiße Sarani. Wie? fragte Heinrich. Sarani! schrie der Betriebsleiter. Freudensprung solle ihm zeigen, was zu machen sei. Daraufhin wandte er sich dem Burschen zu und rief, daß der hier, der Freudensprung, ein Ferialpraktikant, nun für ihn der Vorarbeiter sei.

Dem Mann, mit dem Heinrich seit sechs Uhr morgens den Hochfrequenzofen mit verschiedenen Metallen beschickt hatte, brüllte der Betriebsleiter etwas zu, worauf der sich umdrehte und hinüberging zum Hochofen

Numero V, wo, wie Heinrich bei Schichtbeginn bemerkt hatte, ein Mann fehlte, so daß die drei Arbeiter vor dem Problem standen, wie jeweils zwei, die unter unerträglicher Hitze arbeiteten, nach zwanzig Minuten von zwei anderen abgelöst werden sollten.

Heinrich wollte den Neuen, kaum daß er ihn gefunden hatte, nicht sogleich verlieren, wenn er auch begründete Sorge hatte, daß der im Stahlwerk keine Schicht, keine acht Stunden, bleiben würde. Nachdem ihre Blicke in freundlichem Einverständnis aufeinandergetroffen waren, schaute der Bursche zuerst hinter sich, plötzlich nach oben, dann seitwärts, immer dorthin, wo es dröhnte, krachte, zischte – *produktionsbedingt*. Dieses Wort, im Stahlwerk gern verwendet, zählte bald zu den Lieblingswörtern der beiden.

Hier war alles produktionsbedingt, es war so, weil es nicht anders sein konnte: Staub, Dampf, Lärm. Die Halle bebte mitsamt den Fundamenten, was sich auf die Körper der Arbeiter übertrug, die einerseits den gewaltigen Prozeß verursachten, andrerseits dessen Folgen hilflos ausgesetzt waren, was sie mehr zu genießen als zu bedauern schienen. Auch wirkten sie, wenn sie winzig vor den mächtigen Schmelzöfen standen oder unter den gewaltigen Krananlagen gingen, mit tonnenschweren Lasten über ihren Köpfen, als das Überflüssigste in dieser Halle, was aber ihrem Selbstbewußtsein, wie Heinrich bewundernd beobachtete, keinen Abbruch tat.

Er hatte, als er dem Fremden gegenüberstand, zu verstehen versucht, warum der so erschrocken umherschaute. Ihm wurde nicht klar, was in dem anderen vorging – er begriff aber, wie er selbst beschaffen sein mußte, daß er den Zustand im Stahlwerk als das Normalste auf der

44

Welt empfand, weniger weil er schon zum drittenmal hier Ferialarbeit machte, sondern weil er von Geburt an nur ein paar hundert Meter entfernt von der Fabrik lebte, von der aus der Lärm sich in die Häuser und Wohnungen übertrug, insbesondere die Schläge des Erlach-Hammers, wenn dieser, weltweit der größte seiner Art, auf einen glühenden Stahlblock niedersauste, um ihn zu formen, was nicht nur die Häuser, sondern das ganze schmale Tal, scheinbar von der Natur vorgesehen als Einfassung für ein riesiges Werk und für die Unterkünfte der Arbeiter und Ingenieure, zum Erzittern brachte.

Daß die Gläser in der Küchenkredenz tanzten, nachdem der Hammer gegen ein Werkstück gedonnert war, gehörte für Heinrich zum Alltag. Diese Fabrik, so hatte er sich angesichts des erschrockenen Fremden gedacht, in der Tag und Nacht Stahl in Formen gegossen wurde, formte auch ihn, seinen Kopf, seine Seele, seinen Körper, so daß er die Fabrik, lange bevor er sie zum erstenmal betreten hatte, als Teil seiner durchaus liebenswerten Umwelt betrachtete, wie Landkinder den Stall und die Blumenwiese als liebenswert empfinden oder Stadtkinder das Eisgeschäft und den Ententeich.

Der Betriebsleiter war vor den Zumutungen der Werkshalle zurück in das Bürogebäude geflüchtet. Heinrich blieb mit dem Fremden allein und redete ihm zu, nur ja nicht wegzugehen, er sehe ihm an, daß er nicht willens war, in dieser Lärm-, Gestank- und Staubhölle zu arbeiten, rate ihm aber, dem ersten Eindruck zu mißtrauen, der Fremde solle – Heinrich habe zwar kein Recht, von ihm etwas zu erbitten, tue es aber dennoch – zumindest eine Stunde ausharren. Die Arbeit sei nicht schwer, schrie er ihm ins Ohr, außerdem gut bezahlt, es sei aber sehr heiß an diesem Ofen, doch daran gewöhne man sich nach einer Stunde. Der Fremde sagte nicht, ja, er bleibe, wichtiger jedoch, er sagte auch nicht, nein, er gehe. Was es Heinrich leichter machte, in seiner Arbeit, die ohnehin zu tun war, fortzufahren. Er mußte sie, da der Betriebsleiter Heinrichs bisherigem Kompagnon eine andere Arbeit zugeteilt hatte, vorderhand allein machen. Außerdem sollte er den Fremden instruieren. Vordringlich jedoch war die anfallende Arbeit, denn die war unaufschiebbar.

Er hatte eine Eisenstange in den Händen, ihr Durchmesser betrug einen Zentimeter, und mit der stand er am Rand eines elektrischen Hochfrequenzofens, in dem Edelstahl hergestellt wurde. Der Ofen ähnelte einem Brunnen, er war drei Meter in den Boden eingelassen, hatte einen Durchmesser von eineinhalb Metern, und vom Boden, der in diesem Teil der Halle ein gestampfter Lehmboden war, ragte der Ofen nur einen halben Meter empor als eine kreisrunde Mauer, innen ausgelegt mit feuerfestem Material, und in diesem riesigen Topf ohne Deckel kochte Stahl, dem im Abstand von fünf Minuten Edelmetalle und Chemikalien zugesetzt wurden, die schon bereitstanden, um von Heinrich in den glühenden Brei geworfen zu werden, woraufhin seine eigentliche Tätigkeit einsetzte. Er hielt die Eisenstange auf die Oberfläche des kochenden Stahls, der sich nach und nach in eine wertvolle Legierung verwandelte, und fischte nach Schlacke.

Ich fischte nach Schlacke. Was für ein Satz, dachte Freudensprung. Er hielt nach dem Steward Ausschau, denn er hätte gern noch ein Glas Wasser bekommen, doch der zeigte sich nicht, er eilte wohl nur herbei, wenn jemand die Verhaltensregeln, die über Lautsprecher durchgegeben wurden, verletzte, und das hätte er, Freudensprung, gewiß noch einmal tun können und hätte damit Anspruch auf ein weiteres Glas Wasser und eine zweite Beruhigungstablette erworben, schließlich hielt der Steward ihn für verwirrt, und zur Verwirrtheit gehört, das Sonderbare, das man einmal getan hat, ein zweites Mal tun zu müssen, andernfalls man als Verwirrter nicht ernstgenommen wird. Freudensprung aber verspürte keine Lust, sich noch einmal in den Mittelgang hinauszudrängen.

Er hatte damals, erinnerte er sich, die vorbereiteten Metalle und die anderen Zusätze überstürzt in den Ofen geworfen, die Eisenstange wieder in die Hand genommen, hatte den Burschen aber auch, um ihm nicht Anweisungen ins Ohr brüllen zu müssen, am Arm gefaßt, zum Ofen gezogen, ihm eine Eisenstange in die Hand gedrückt und ihm die Hand so geführt, daß die Spitze der Stange die Schlacke berührte, woraufhin im Bruchteil einer Sekunde Schlacke und Eisen verschmolzen.

Mit einer kleinen, geschickten Bewegung entwand der Fremde seine Hand Heinrichs Führung und tat aus eigenem, was zu tun war. Er war nur scheinbar abseits gestanden, tatsächlich aber hatte er Heinrich bei der Arbeit so genau beobachtet, daß er nun selbst das Richtige tat: Er hob die Eisenstange, deren Spitze sich mit der Schlacke zu einem tennisballgroßen Klumpen verfestigt hatte, und schwenkte sie über den Ofen hinaus zu einem Amboß, auf den er die verklumpte Spitze schlug, worauf sie klirrend absprang, und die wenig verkürzte Eisenstange schwang er zurück in den Ofen, auf dessen Oberfläche sich schon wieder Schlacke gebildet hatte.

Heinrich bedeutete dem Fremden mit großen Gesten, sich weiter auf die neugebildete Schlacke zu konzentrieren, die, entfernte man sie nicht, sich unverzüglich ausbreiten würde, dann nicht mehr zu bewältigen wäre, mit der Folge, daß Schlackenteile absänken, sich als taube Nüsse innerhalb des edlen Metalls manifestierten und die gesamte tonnenschwere Legierung, die sich im Ofen befand, verdürben.

Das riefe einen Schaden hervor, Freudensprung wußte das, im Flugzeug sitzend, noch so genau wie damals, den die Firma vielleicht verkraften könnte, der Heinrich aber, der Betriebsleiter hatte ihm mit einem Schillingbetrag in Millionenhöhe gedroht, zum Verhängnis werden könnte, vermutlich auch dann, wenn der Fremde einen Fehler beginge, da er, Heinrich, vorderhand für ihn verantwortlich war. Er müßte für den Schaden geradestehen und wäre, so hatte er gedacht, mit siebzehn, egal, wie lange er noch lebte, schon bis ans Ende seiner Tage verschuldet. Diese Vorstellung hatte ihn außerordentlich belustigt. Siebzehn zu sein und bereits finanziell ruiniert. Damals entschied er sich für das Glück, nie etwas zu besitzen, so daß er nie in der Angst leben müßte, es könnte ihm etwas genommen oder, was er mehr fürchtete, er könnte zur Verantwortung gezogen werden.

Der Fremde hatte mit der Spitze der Eisenstange die Schlacke eingefangen, er schwang sie heraus aus dem Ofen, schlug sie auf den Amboß, wandte sich rasch der glühend kochenden Oberfläche zu, auf der sofort wieder Schlacke entstanden war, fing diese mit der Stange ein, brachte sie heraus, schlug sie ab und konzentrierte sich auf die neue Schlacke, und so ging es – Heinrich als einem in diesen Rhythmus eingespannten Arbeiter war das nicht bewußt gewesen – in atemberaubendem Tempo dahin.

Es war nicht Schweiß, der aus den Poren drang, es war Wasser, das aus dem Körper schoß, so daß es am besten gewesen wäre, nackt dort zu stehen, was allerdings seine Tücken gehabt hätte. Auch war die Vorschrift, was an Schuhwerk zu tragen sei, rigoros. Um die Füße mußte man Papier wickeln, das die Firma zur Verfügung stellte, große Rollen lagen in der Garderobe, denn jeder nahm jeden Tag neues Papier, wie es von der Firma empfohlen wurde, und mit den umwickelten Füßen stieg man in die eigens für Hitzebetriebe angefertigten Sicherheitsschuhe, denen man auf den ersten Blick ansah, daß sie absolut sicher, aber auch von unübertrefflicher Derbheit waren: hartes Leder, an dem der bloße Fuß sich im Gehen alsbald wundgerieben hätte, eine drei Zentimeter dicke Holzsohle, flach wie ein Brett, weshalb es Tage brauchte, um mit diesen Schuhen zielstrebig gehen zu können, und zielstrebig hieß, im entscheidenden Augenblick ein paar schnelle Schritte oder einen Sprung zu machen, um in der Werkshalle einer tödlichen Gefahr zu entrinnen.

Am Leib aber trug man, was man wollte, man hätte auch mit kurzen Hosen und einem Unterhemd am Ofen stehen können, wäre dann aber bald mit Brandwunden übersät gewesen, denn der kochende Stahl spritzte, während sich die Schlacke bildete, Glutteilchen nach allen Richtungen, so daß die Arbeiter sich mit Kleidung aus kräftigem Stoff schützten, die, das war das wichtigste, nicht am Körper anliegen durfte. Denn selbstverständlich brannte die Glut Löcher in den Stoff, weshalb die Arbeiter nur altes Zeug trugen, was auf Heinrich, als er zum erstenmal die Fabrik betrat und die fetzenbehangenen Gestalten durch die Werkshalle schlurfen sah, den Eindruck machte, als wäre das Stahlwerk keine moderne Produktionsstätte, sondern ein Unterstand für Gestrandete, bis ihm klar wurde, daß alles, was man am Körper trug, einem ungeheuren Verschleiß unterlag, einerseits durch Funkenflug, andrerseits weil man unaufhörlich schwitzte, so daß jedes Hemd, jede Hose sowohl von außen als auch von innen fortwährend angegriffen wurde. Der Fremde machte seine Arbeit ausgezeichnet, er hatte zwar Mühe, mit den monströsen Arbeitsschuhen nicht zu stolpern, es gab auch keinen Zweifel, daß er das adrette blaue Schlossergewand, das er wohl in einem Fachgeschäft erworben hatte, infolge Brandschäden nach zwei Tagen werde wegwerfen müssen, und doch war Heinrich zuversichtlich, der Fremde würde bleiben. Heinrich würde nach der Arbeit mit ihm ins Gespräch kommen, würde erfahren, warum es ihn in dieses Gebirgstal, in dieses Stahlwerk verschlagen hatte.

Der Fremde aber, als wollte er Heinrichs Hoffnung auf der Stelle zerstören, wankte zur Seite, seine Knie gaben nach, und er fiel nach hinten. Blitzschnell sprang Heinrich zu ihm, faßte ihn an den Schultern und verhinderte, daß der andere mit dem Hinterkopf auf dem Boden aufschlug. Er schleifte ihn weg vom Ofen, bettete den Kopf auf seine rechte Hand, die Augen des Fremden waren geschlossen, das Gesicht, dessen südländische Tönung Heinrich veranlaßt hatte, von dem jungen Mann als von einem Fremden zu sprechen, war totenblaß, hilfesuchend blickte Heinrich um sich, die Arbeiter, die am nächsten Hochofen schufteten, waren damit beschäftigt, den unersättlichen Schlund des Ofens mit Rohmaterial zu füttern, er schrie um Hilfe und wußte, daß eine menschliche Stimme sich gegen den Fabriklärm nicht durchsetzen konnte.

So entschied er sich, Hilfe zu holen, zog seine Hand unter dem Kopf des Fremden hervor, hastig, nervös, denn er wähnte das Leben des jungen Mannes in Gefahr, der Kopf schlug leicht auf, und in diesem Augenblick öffneten sich die Augen des Fremden. Ich habe nicht so viel Zeit! sagte er, bestimmt, deutlich, aber auch klagend, und Heinrich dachte, der rede wirr, war froh, daß er lebte, erschrak jedoch darüber, daß niemand am Ofen stand und die Schlacke herausholte, lief weg vom Fremden, ergriff eine Eisenstange, hielt sie hinein in den Schlackenteich, der inzwischen angewachsen war auf den Durchmesser eines Brotlaibs, und mußte fünfmal nach der Schlacke fischen, bis er sie entfernt hatte.

Der Fremde lebte, der Stahl war gerettet, Heinrich rannte zu dem Kollegen, der vor einigen Minuten einem anderen Hochofen zugeteilt worden war, erklärte ihm die Notlage, der erklärte sie dem Vorarbeiter und der zeigte Verständnis, indem er beiden mit einer wegwerfenden Handbewegung bedeutete, sie mögen ihn mit dieser Lappalie nicht behelligen.

Der Fremde lag nicht mehr auf dem Boden, er hatte sich aufgesetzt, konnte aber aus eigener Kraft nicht aufstehen. Heinrich half ihm dabei, der Fremde stützte sich auf ihn, was ihm äußerst unangenehm war, fortwährend versuchte er, aus eigener Kraft vorwärtszukommen, doch immer wieder mußte er sich mit beiden Händen an Heinrichs Arm klammern, und so schleppten sie sich durch die Werkshalle bis zu dem von den Arbeitern Teehaus genannten Raum, einem Aufenthaltsraum, ausschließlich Hitzearbeitern vorbehalten – die Kranfahrer hatten kein Zutrittsrecht –, unmittelbar an die Halle grenzend, aber mit Wänden aus dünnem Holz notdürftig vor Lärm und Hitze geschützt.

Hier gab es, in zwei großen Behältern, Tee, den die Firma kostenlos zur Verfügung stellte, denn die Regelung der Arbeitszeit für Hitzearbeiter, die jedem bekannt und sogar in den Umkleideräumen plakatiert war, lautete, daß man nicht länger als zwanzig Minuten am Ofen arbeiten durfte, worauf man, um den enormen Flüssigkeitsverlust des Körpers auszugleichen, zwanzig Minuten pausieren und in großen Mengen Tee trinken sollte, ein Ratschlag der Firma, der nur von wenigen Alten und einigen Jungen wie Heinrich befolgt wurde.

Das Lieblingsgetränk der Hitzearbeiter war Bier, und wenn auch im gesamten Werksbereich Alkoholverbot galt, betraf das die Hitzearbeiter damals noch nicht, was einige Übermütige, die in der Einbildung lebten, das Stahlwerk stünde ohne sie still, ermunterte, vor Schichtbeginn am verärgerten Werksportier, der darauf zu achten hatte, daß kein Tropfen Alkohol aufs Werksgelände gebracht wurde, vorbeizuspazieren, in der einen Hand den Beutel mit Brot und Speck, in der anderen, als wäre sie federleicht, eine Kiste Bier. Die meisten betraten den Ruheraum nicht, man setzte sich abseits der Öfen irgendwo hin, auf eine leere Bierkiste, auf eine Kokille, man saß in kleinen Gruppen zusammen wie zum Gespräch, obwohl man wegen des Lärms sich nur schreiend hätte verständigen können.

Heinrich hatte großen Respekt vor diesen Männern, aber auch Scheu, ihnen zu nahe zu kommen und in den Bann ihrer Stummheit zu geraten, denn damals, mit siebzehn, nach Jahren der Selbstgespräche, in denen er sich zu einigen Erkenntnissen hatte durchringen können, vor allem das Jenseits, aber auch das Diesseits betreffend, sehnte er sich nach Gesprächen mit anderen, um zu überprüfen, ob er in seinen Selbstgesprächen über Gott, die Eltern, das Althergebrachte in die Irre gegangen war. Der Fremde, hoffte er, würde ein Gesprächspartner sein; vorausgesetzt, er bleibe in diesem Werk, in dieser Stadt, in diesem Tal, was nun höchst ungewiß war.

Heinrich Freudensprung hob den Kopf und schaute mißtrauisch um sich, um festzustellen, wo er wirklich war: nicht neben einem Hochfrequenzofen, sondern im Flugzeug. Er fühlte, wie die Energie, die er in den vergangenen Stunden gesammelt hatte, schwand, und er wußte nicht, was dagegen zu unternehmen sei, er wußte nur, daß er Kraft brauchte, um dem Feind entgegenzutreten.

4

Der Flughafen

Zacharias Sarani hatte sich in der Wartehalle des Flughafens auf eine Bank gesetzt. Wie er dasaß, regungslos, ähnelte er einem Stein mehr als einem Menschen. Die Augen waren tief in den Kopf gesunken, lagerten dort als Höhlenmalerei, und es glomm in ihnen nur insofern eine Spur von Leben, als Hoffnungslosigkeit aus ihnen sprach. Sarani stierte auf den grauen, zerkratzten Boden. Der Kunststoffbelag hätte, wäre es nach Sarani gegangen, noch schäbiger sein müssen. Die Bank, auf der er saß, war aus Beton und hatte nicht einmal eine Rückenlehne.

Er wartete auf den Österreicher. Und er wartete *nicht*. Er ging davon aus, daß der Lump sein Wort gebrochen hatte. Ja, er sah ihn vor sich, wie er, in New York geblieben, auf den Scherben des Versprechens herumtanzte. Der Österreicher, meinte er, sei gar nicht abgeflogen. Das wäre Sarani auch das liebste. Im andern Fall, würde der Österreicher mit dem Flugzeug ankommen, werde er bald hier stehen, um Fassung ringen und nach einem Begrüßungswort suchen, doch die Schuld werde ihn dermaßen drücken, daß er unverzüglich seine Untat eingestehen müsse. Das aber wäre nicht in Saranis Sinn.

Denn auf ein Geständnis des Österreichers konnte er verzichten, er wußte, was der verbrochen hatte, mehr noch: Nur Sarani konnte die Schwere der Untat ermessen. Die kleinen, bösen, persönlichen Motive des Täters waren diesem selbst bekannt. Sarani aber waren auch die großen, die überpersönlichen Motive klar: Der *Haß*, die *Mordlust* am Übernächsten, die sich hinter der Liebe am Nächsten versteckte – und Sarani war für den Österreicher ein Übernächster –, die *Herrschsucht*, die *Verachtung*, die das Opfer vor der eigenen Haustür noch leben ließ, das Opfer auf dem nächsten Kontinent jedoch nicht. Alles Motive, von denen der Täter zwar etwas ahnte, aber nichts wußte, und die sich auch gegen dessen Willen durchsetzten. Europas herablassendes Gebaren gegenüber den Ländern des Südens hatte der Österreicher nach Meinung Saranis sich längst zu eigen gemacht, nun richteten seine Arroganz und seine Verachtung sich auch gegen ihn, Sarani.

Sollte gegen jede Wahrscheinlichkeit der Österreicher mit der Maschine aus New York landen, werde der, dachte Sarani, zuerst die Paßkontrolle absolvieren, ein auch dem Einheimischen unergründliches Ritual, in dem die Grenzbeamten kaum eine Rolle spielten, denn die Pässe – er dachte daran mit nachsichtigem Kopfschütteln, wobei ein wenig Leben in die steinerne Gestalt kam – wurden ihnen von unsichtbaren Kräften aus der Hand gesogen, verschwanden in einem Kiosk, tauchten in einem anderen wieder auf, versehen mit einem Stempel, an dem die Beamten erkennen konnten, ob der Passagier für die Einreise qualifiziert war.

Dieserart durchleuchtet, werde der Österreicher sein Gepäck suchen, zum Ausgang eilen und dabei an dieser Betonbank vorbei müssen. Wie, fragte Sarani sich, würden sie einander begegnen? Er fragte sich das so teilnahmslos, daß er staunen mußte. Die große Freundschaft, die sein Leben, seine Arbeit, ja sein Lebenswerk geleitet hatte, war verbrannt zu einer Handvoll Asche. Und das Lebenswerk – kaputt.

Die zwei Wörter *Lebenswerk* und *kaputt* schienen ein Wesen gezeugt zu haben: einen Kobold, der hinter jeder Ecke hervorlugte und Sarani die feuerrote Zunge entgegenrollte, auch hier in der Ankunftshalle: Hinter jedem Koffer, den ein Reisender abstellte, jedem Pfeiler, der die Decke der Halle stützte, der Kobold, der Sarani seit Wochen neckte, der sich in diesem Augenblick hinter einem Stützpfeiler verbarg und nur seinen gräßlichen Schädel, gleichergestalt dem Schädel des Österreichers, für einen Augenblick sehen ließ, lange genug, um in triumphalem Hohn ihm entgegenzuzischen: *Lebenswerk kaputt.*

Als der Kobold sich hinter, nein, *in* dem nächsten Gepäckstück versteckte – die Koffer, dachte Sarani, würden von Jahr zu Jahr größer, die Reisenden immer kleiner – und dieser Koffer auf vier Rädern an ihm vorbeirollte, ohne daß jemand zu sehen war, der ihn schob, wußte Sarani, daß es sich um ein selbstfahrendes Gepäckstück handelte, das sowohl den Reisenden als auch den Kobold in sich barg. Hoffentlich, dachte er, verziehe sich der Spuk, und leise sagte er zu sich, der erste Gedanke sei immer der beste. Sein erster Gedanke, als er sein Lebenswerk zerstört glaubte, war gewesen, den Österreicher zu erschießen. Der aber hielt sich in New York auf. Dem ersten Gedanken waren weitere gefolgt und hatten den ersten überlagert, bis er völlig verdeckt war. Schade, dachte Sarani, ohne sich klar zu sein, was er tatsächlich bedauerte, den Freund nicht getötet – oder die Absicht zu töten gehabt zu haben.

Er wischte die Tränen aus dem Gesicht und bildete sich

ein, es wären Schweißtropfen. Das Lebenswerk, die Akademie, dachte er, vernichtet von einem österreichischen Schuft. Akademie, ein kleineres Wort hatten die beiden Männer für den großen Plan nicht gebrauchen wollen. In diesem Herbst sollte die Akademie Wirklichkeit werden, die Vorbereitungen waren getroffen, die Mittel standen bereit, Sarani sah sie ungeduldig scharrend auf ihren Einsatz warten, doch anders als er wußten die Mittel nicht, daß das Warten vergeblich war.

Die Akademie, dessen war er sich gewiß, hätte ihresgleichen auf der Welt nicht gehabt, sie wäre nicht nur Forschungsstätte gewesen, sondern auch Labor, eine gesellschaftliche Werkstatt, in der politische und wirtschaftliche Modelle im Kleinen erprobt werden sollten, damit sie sich auch im Größeren bewähren konnten, ohne daß es wie bisher in der Geschichte, wenn Neues versucht wurde, Opfer, mitunter Millionen Opfer gab und ohne daß der Fortschritt, der *eine* Schritt nach vorn, den Rückschritt, die *zwei* Schritte zurück, bereits als Zentnerlast mit sich schleppte, als gehörten Forschritt und Rückschritt untrennbar zusammen.

Nach Saranis Ansicht wäre die Akademie ein revolutionäres Unternehmen geworden; eine Ansicht, die, wie er nun grimmig konstatierte, der Österreicher nur zum Teil, wenn nicht überhaupt nur zum Schein geteilt hatte – noch ein Indiz, daß diese Freundschaft von dem Österreicher nicht erst in diesem Jahr, sondern schon vor langer Zeit verraten worden war. Finster versenkte Sarani sich in das Thema Revolution, dem die beiden Freunde jahrzehntelang verfallen waren, mit Leidenschaft, aber auch mit Leichtfertigkeit: ihre Liebe zur Revolution war, wie Sarani sich erinnerte, nicht ohne Selbstironie und

Übermut gewesen, auch voller Mißverständnisse, wie es zwischen einem in die Theorie Vernarrten, dem Österreicher, und einem aufs Praktische Drängenden wie Sarani nicht anders sein konnte.

Im Augenblick aber trieb er, Sarani, einen Keil in die alte Passion, er wollte, daß von jener Gemeinsamkeit nichts blieb. Das gelang ihm trotz seines maßlosen Hasses nicht. Die Erinnerung mahnte ihn, das einfache und unschuldige Motiv, das die beiden in ihrer Jugend geleitet hatte, nicht mutwillig zu zerstören. Sie waren damals durchdrungen von dem Glauben, daß es keinen Gott gibt, und nannten diesen Unglauben sicheres Wissen, zu dem auch die Gewißheit gehörte, daß das Leben mit dem Tod endet. Das hieß, daß der Mensch nur *ein* Leben hat. Diesen Satz konnten sie einander nicht oft genug vorsagen, denn daraus folgte für sie die Notwendigkeit einer Revolution.

Wenn der Mensch nur einmal lebt, so dachten sie in der Jugend, ist äußerste Behutsamkeit gegenüber diesem Leben angezeigt. Der einzelne mag sein Leben geringachten, zerstören, ja wegwerfen, von außen aber darf es nicht behelligt werden. Arbeit mag notwendig sein, aber daß der eine sich die Früchte der Arbeit des anderen aneignet und daß dieser Diebstahl zu einer Gesellschaftsordnung erhoben wird, die auch noch kundtut, es gäbe keine bessere, das trieb die beiden jungen Männer dazu, eine Revolution, auch wenn sie nicht zu sagen wußten, wie die zu machen wäre, für unerläßlich zu erklären, denn kein Mensch sollte am Ende seines Lebens sagen müssen, ein Leben gehabt zu haben, das keines gewesen ist.

Im Lauf der Jahre aber, erinnerte Sarani sich, hätten ihre Auffassungen sich diametral entwickelt. Für ihn, dachte er, ohne diesen Gedanken vorher in solcher Klarheit gedacht zu haben, sei die Welt ein Paradies. Für den Österreicher, redete er sich nun, wohl aus Feindseligkeit ein, sei sie eine Hölle. Es gebe, dachte Sarani, genug Nahrung für alle, und was die Menschen darüber hinaus brauchten, Unterkunft, Kleidung, lasse sich ohne Mühe herstellen. Ja, dachte er, in der nüchternen Ankunftshalle des Kairoer Flughafens sitzend, die Welt sei ein Paradies, aus dem, anders, als die von Menschenhaß triefenden Religionen behaupteten, der Mensch nie vertrieben worden sei.

Schon vor dreißig Jahren – er erinnerte sich unwillig an seine ersten praktischen Versuche, die Welt zu verändern, denn er wollte sich nicht in einem Thema verlieren, das von der Gemeinheit des Österreichers zu Tode gebracht worden war – habe es in seiner kleinen Firma in Graz nur minimale Einkommensunterschiede zwischen ihm, dem Eigentümer, und den Ingenieuren, den Ökonomen, den Arbeitern, den Hilfsarbeitern gegeben. Es hätte ein größerer Versuch, ein öffentlich diskutiertes Modell werden können, aber er habe die Firma an die Mitarbeiter verkauft und sei zurück nach Ägypten gegangen.

Ein halbes Jahr später sei die Firma bankrott gewesen, es habe angeblich der *eine* Besitzer gefehlt, also er, der allein, also autoritär hätte entscheiden sollen, wie genossenschaftlich zu wirtschaften sei. Als die Firma allen gehörte, wollte sie, hieß es, jeder für sich haben – diese Nachricht war ihm allerdings von jemandem übermittelt worden, der dem Versuch ablehnend gegenüberstand, an sich ein guter Ingenieur, der sich aber nur zu entfalten vermochte, wenn er einen Herrn hatte, dem er dienen, und einen Untergebenen, den er anherrschen konnte.

So kompliziert, dachte Sarani, seien schon die Vorstufen

zur Revolution. Diese Grazer Firma sei nur der Versuch eines Versuchs gewesen. Das richtige Experiment, modellhaft, exemplarisch, hätte als Knospe die Farm, als Blüte die Akademie werden sollen.

Was für ein Elend, seufzte Sarani. Er tat es routinemäßig. Dieser tonlose Ausruf war seit Wochen sein Lieblingsseufzer, und für einen Augenblick hatte er tatsächlich das Gefühl, als habe er wenigstens einen kleinen Teil seiner Seelenlast aus dem Körper befördert. Er, der Vermögende, beklagte sein *Elend*. Er wußte um die Doppeldeutigkeit dieses Wortes, doch er fand kein besseres.

Sarani, darauf legte er Wert, rechnete sich nicht zu jenen reichen Männern, die, alt geworden, auf der Spitze eines hohen Geldberges sitzen, diese Spitze jedoch abtragen, damit ein Plateau entsteht, auf dem sie sich wohltätig niederlassen, um der dankbaren Öffentlichkeit und der leeren öffentlichen Hand jene Spitze des Geldbergs als großzügige Spende zu übereignen. Im Gegenteil, die Akademie, die gewiß beträchtlicher Geldmittel bedurft hätte, war kein humanitäres oder wissenschaftliches Vorhaben, das Sarani begründen oder unterstützen wollte, vielmehr wuchs sie aus dem landwirtschaftlichen Betrieb, zu dem die beiden – der Österreicher war in der Anfangszeit dabei – den Wüstenboden umgewandelt hatten.

Ein Stück Wüste war Nutzland geworden mit Kartoffeln vor allem und Zucchini, bald aber auch blühender Garten mit Rosen und Palmen um die Ackerflächen herum, nicht zu reden von dem Wäldchen, in dessen Schatten Rinderzucht gedieh; und wo von Anfang an menschenfreundliche, von Sarani nach Ideen einer amerikanischen Architektin entworfene, vom Österreicher mitgestaltete, einfache, geräumige, gleichwohl anmutige Bauten aus

Stein, Holz und Lehm, in denen Einrichtungen zur weiteren Ausbildung der Landarbeiterinnen und Landarbeiter und deren Kindern Platz fanden; zuallererst eine Musikschule mit einem Klavierlehrer aus Stuttgart und einer Gesangslehrerin, einer ehemaligen Sopranistin aus Graz, und, nicht zu vergessen – warum nur, fluchte Sarani, kann ich ihn nicht vergessen? – dem Österreicher, der, ein respektabler Geiger, in der kurzen Zeit, die er es in der Wüste aushielt, zwei Schülerinnen und fünf Schüler, Kinder zwischen acht und vierzehn, als Violinisten um sich versammelte.

Ach, diese Musikschule, dachte Sarani wehmütig, und sogleich sträubte er sich gegen diese Erinnerung, sie war ihm zu sanft, er wollte für sich nur die unbarmherzige Verzweiflung gelten lassen, nicht auch die lebensfrohe Wehmut. Er hatte aber nicht mehr die Kraft, sich gegen die Erinnerung zu wehren: Musik. Sarani hielt es für möglich, daß der Untergang, wie er seinen jetzigen Zustand nannte, den Ursprung in seiner Liebe zur Musik hatte.

Als er mit achtzehn nach Österreich kam, studierte er Maschinenbau, seine Leidenschaft aber galt der Musik; der abendländischen. Insbesondere die Art, wie diese Musik die menschliche Stimme beförderte und herausforderte, nahm ihn gefangen. Im Gesang – Sarani stützte sich auf Beispiele von Bach, Mozart, Schubert, Wolf und Schönberg, die ihm besonders sprechend, also singend erschienen –, im abendländischen Gesang, so war sein Eindruck, befreit der Mensch sich von der Melodie der Sprache, die so karge Klangmöglichkeiten zuläßt, daß die Sprechenden gar nicht auf den Gedanken kommen, neben dem Wortsinn eine Wortmelodie zu suchen.

Der Mensch, vermutete Sarani damals, löst sich von den Fesseln der Sprachmelodie und gelangt in die freie Welt des Gesangs. Die Frage war, ob der Schritt in die Freiheit, wenn er nicht in der Musik getan wird, auch sonst unterbleibt, ob die Emanzipation der Musik von der Sprache ein Akt der Aufklärung ist, eng verbunden mit philosophischer, wissenschaftlicher, gesellschaftlicher Aufklärung, und ob der Gesang diese Emanzipation anführt. Dafür spricht, daß der vielstimmige mittelalterliche Gesang der polyphonen Instrumentalmusik voranging, vermutlich als Vorbild; dafür spricht auch, daß Schönberg die Befreiung der Musik aus der Tonalität – zunächst in die Atonalität – in dem Stück *Pierrot lunaire* mit einer Singstimme gelang.

Die Frage nach der Eigenständigkeit der gesungenen Melodie gegenüber der gesprochenen hatte sich ihm in Österreich gestellt, Antworten darauf konnte er vielleicht in Ägypten finden. Und so war der Wüste kaum das erste Stück Ackerland abgerungen, und es war nach einem Jahr des Lebens in Baracken das erste gemauerte Haus kaum fertig, als in das halbfertige zweite schon die Sopranistin und der Pianist als Lehrkräfte einzogen.

Die Farm hatten sie auch deshalb gegründet, weil sie nie daran zweifelten, daß die Wüste, sofern sich unter dem Sand Wasser befindet, in fruchtbares Land verwandelt werden kann. Vor allem aber wollten sie mit der Wüstenfarm dem Umland zeigen, daß man den Sandboden keineswegs fliehen mußte, als wäre er ein verhängnisvolles Schicksal, sondern daß sich auf ihm rentable Landwirtschaft treiben ließ. *Er* sei es gewesen, behauptete Sarani nun, der seinen Landsleuten etwas habe beweisen wollen, nicht der Österreicher. Der sei mit nach Ägypten

gekommen, nachdem er in Wien die Bemerkung hinge-
worfen habe, vielleicht könne er sich nützlich machen.
Den Eindruck, daß er von Nutzen sei, habe man anfangs
nicht gehabt.

In den ersten Tagen – und wäre es nach Sarani gegangen, hätte dieser Zustand Wochen, ja Monate gedauert –
wohnten sie in Zelten, das neue Arbeitsgerät, um nach
Wasser zu bohren, banden sie jedesmal, bevor die Nacht
hereinbrach, mit Seilen an die Zeltpflöcke; das alte, mit
dem sie, zwei österreichische Geologen, fünf ägyptische
Arbeiter, Freudensprung und Sarani, vor einem halben
Jahr erfolgreich nach Wasser gebohrt hatten, war gestohlen worden. Sie waren nicht, wie ihre Bekannten in
Österreich geglaubt hatten, auf gut Glück in die Wüste
aufgebrochen; von Geologen hatten sie erfahren, daß
der Nil, bevor er Kairo erreicht, zwar in einem großen
Flußbett dahinfließt, sich aber unterirdisch zu jenem
Delta verzweigt, das nach einigen hundert Kilometern,
vor Alexandria, an die Oberfläche tritt, so daß es in der
Region Kairo kein Kunststück ist, bereits in geringer Tiefe Wasser zu finden.

Seine Verachtung gegenüber dem Österreicher, dachte
Sarani, dürfe nicht in einem Haß, der blind mache, untergehen, und so versuchte er, sich ohne Vorurteile auf
die Erinnerung zu verlassen, als wäre die nicht bis ins
Innerste infiltriert von Ressentiments, was er zwar wußte, aber angesichts seiner Erschöpfung nicht wahrhaben
wollte. Er war froh, daß die Erinnerung gleichsam von
selbst, ohne daß es ihn anstrengte, ihrer Wege ging und
dabei munter, als gehörte sie nicht zu ihm, vor sich hin
sprach. Im Augenblick behauptete sie, daß der Österreicher vom ersten Tag an, als er zusammen mit Sarani,

dessen Familie und dem Arbeitstrupp auf dem Wüstengrundstück eingetroffen sei, sich *nicht* an der gemeinsamen Arbeit beteiligt habe, was allerdings nicht aufgefallen sei, da der Arbeitstrupp groß genug war.

Der Österreicher spielte gern mit Saranis Kindern, sie bauten wandernde Sandburgen, wie sie diese Gebilde nannten, es waren in Wirklichkeit unterschiedlichste Gebäude aus Sand, die sie zu kleinen Ortschaften zusammenfügten, mit Hügeln und Straßen und Tunnels, die der stete Wüstenwind nach und nach verschob und dabei verwandelte. Insbesondere diese wandelnden Verschiebungen, die aus einer Straße einen Hügel, aus einem Tunnel einen Marktplatz, aus einem Turm eine Paßstraße machten, entzückten die drei, wie Sarani nicht ohne Neid beobachtete. Und doch zog es die Kinder anders als den Österreicher ein-, zweimal am Tag auch zu unangenehmen oder, wie Sarani zu sagen pflegte, nützlichen Tätigkeiten, sei es, daß sie halfen, das Essen für immerhin zwanzig Leute zuzubereiten, sei es, daß sie allein es übernahmen, das Geschirr abzuwaschen. Auch daran beteiligte der Österreicher sich nicht.

Saranis fragendem Blick wich er aus, nicht aus Verlegenheit, sondern weil er keine Antwort wußte, und Sarani hatte dafür Verständnis. Denn er kannte den Grund von Heinrichs Benehmen. Dieser hatte sich offenbar etwas in den Kopf gesetzt, an dessen Verwirklichung, und zwar in allernächster Zeit, er unausgesetzt dachte, so daß er sich, in der Meinung, er sei intensiv beschäftigt, den wirklich Arbeitenden ohne Scheu zugesellte, aber eben nicht mit Hand anlegte, sondern sich auf einem schattigen Platz, mit Vorliebe im kurzen Schatten eines Dieselaggregats, auf den Wüstenboden setzte und den anderen –

schamlos, wie diese es empfanden – beim Arbeiten zu-
sah.

Den Kindern gegenüber war er durchaus gesprächig,
und die erzählten dem Vater, was der Österreicher auf
dem Herzen hatte. Die Art, wie er mit den Kindern
sprach, Sarani beobachtete das aus der Entfernung, ließ
keinen Zweifel zu, daß er ihnen etwas mitteilte, was ihn
bewegte, sonst hätte er sich nicht, wenn während des
Baus der Berge und Burgen aus Sand eine Pause eintrat,
zu einer erklärenden Rede, begleitet von großen Gesten,
aufgerafft.

Man sei noch keine Woche hier, habe der Österreicher
gesagt, so berichteten die Kinder dem Vater, und schon
ertrage keiner den anderen. Die Kinder sollten die Leute beobachten, egal, ob Ägypter oder Österreicher, jeder
mache einen Bogen um den anderen, als sei der von einem Ausschlag befallen. Jeder, kaum habe er eine Hand
frei, kratze sich fortwährend an verschiedenen Stellen
des Körpers, kurz an der Ferse, schon schnelle die Hand
hinauf zur Augenbraue. Man sei offensichtlich aufs
äußerste gereizt durch die Lebensumstände, durch das
Leben in Zelten, zwanzig Personen verteilt auf nur drei
Zelte. Der Boden habe anfänglich aus großen, auf den
Wüstensand gelegten Kunststoffplanen bestanden. Was
für ein Fehler! Die seien mit jedem Schritt in den Sand
gedrückt worden und dort verschwunden.

Nun kolle alles im Sand umher, der jucke die Menschen in der Mundhöhle und in der Speiseröhre. Ihm
selbst ergehe es nicht anders. Er aber habe schon am
zweiten Tag die Rolle des Beobachters eingenommen,
der, über die unerträgliche Realität erschrocken, nicht
ausschließen könne, daß die Gründung der Farm nach

einer Woche scheitere, weil niemand mehr hier arbeiten wolle und könne, und zwar nicht deshalb, weil die Arbeitsbedingungen schlecht seien.

Im Gegenteil, wenn es etwas gebe, was er und sein Freund genau geplant hätten, dann die Arbeit. In Erinnerung an ihre Tätigkeit im Stahlwerk hätten sie beschlossen, daß ein Bohrtrupp nicht länger als zwanzig Minuten in der Sonnenhitze arbeiten dürfe – doch sie hätten vergessen, und das sei eine Schande, auch an erträgliche *Lebensbedingungen* zu denken.

Das sei eine Schande, habe der Österreicher wieder und wieder zu den Kindern gesagt, er könne sich dieses Versagen nur so erklären, daß Zacharias und er, unabhängig voneinander, sich von Jugend an ein Leben gewünscht hätten, in dem kein Gegensatz herrscht zwischen der freien Zeit und jener, in der man arbeiten muß. Gewöhnlich werde die Arbeit als der qualvolle Teil des Lebens betrachtet, deshalb wohl hätten die beiden Freunde den Ablauf der Arbeit in der Wüste geradezu liebevoll organisiert, sogar an Schallschutzwände hätten sie gedacht, um die Menschen vom Lärm der drei großen Dieselaggregate abzuschirmen, und jeder Bautrupp verfüge über ein mobiles Sonnendach. Sie hätten sich während der Planung gefragt, ob es in der vieltausendjährigen Geschichte Ägyptens jemals vorgekommen sei, daß jemand in der Wüste und dennoch im Schatten arbeiten konnte. Bestens organisiert sei auch die Labung in den Arbeitspausen, die Getränke gekühlt, die Würste gebraten, das Brot geröstet, das Lamm gegrillt, Obst und Gemüse frisch.

Was aber geschehe nach der Arbeit? Es gebe zwei Schichten, von fünf bis zwölf und von fünfzehn bis zweiundzwanzig Uhr, spätabends im Scheinwerferlicht. Wohin nach Ende der Schicht? In eines der drei Zelte. In jedem stünden mindestens sechs Betten; das sei nicht das Problem, die Zelte seien groß genug; aber außer den Betten befinde sich nichts darin, das sei das Problem. Jeder verstreue seine Habseligkeiten auf einem Boden, der nicht vorhanden sei, weil er nur aus Sand bestehe.

Er und Zacharias, so der Österreicher zu den Kindern, liefen Gefahr, in die von niemandem geschriebene Geschichte der größten Toren einzugehen als zwei Materialisten, die ein großes Reformvorhaben begonnen hätten, aber schon am Anfang dieses Unternehmens vergäßen, für die primitivsten materiellen Bedürfnisse zu sorgen. Der skrupelloseste Kapitalist, wolle er seine Arbeiter nicht absichtlich zugrunde richten, kümmere sich um deren Leben nach der Arbeit mehr, als *sie* das getan hätten. Die Leute seien körperlich und seelisch krank vom Leben in den Zelten, auch deshalb, weil niemand ihnen in Aussicht stelle, daß dieser Zustand sich in den nächsten Wochen ändere, von Zacharias hörten sie nur, es sei jedem bekannt gewesen, daß man die paar Monate, bis die Brunnen gebohrt und die ersten Felder angelegt und unter Wasser gesetzt seien, in Zelten wohnen werde, danach sei Zeit genug, um bessere Wohnmöglichkeiten zu schaffen.

Den Kindern versicherte Heinrich, sie brauchten keine Angst zu haben, er fahre noch in dieser Woche nach Kairo, dort lagere Holz für den geplanten Barackenbau, die nächsten Phase vor der Errichtung fester Häuser, er werde einiges davon herbeischaffen, um wenigstens *eine* Baracke zu bauen mit festem Fußboden. Darauf, auf einen stabilen Bretterboden, komme es an. Er habe sie,

Ägypter und Österreicher, beobachtet: Außerhalb der
Zelte bewegten sie sich mit großer Selbstverständlichkeit
auf dem Wüstenboden, in den Zelten aber, auf dem mit
Schaufeln geglätteten Sand, staksten sie dahin, als befänden sie sich auf versumpftem Gelände. Die Menschen
brauchten wohl nicht nur das Dach über dem Kopf, sondern auch, buchstäblich, den Boden unter den Füßen.
Sarani erinnerte sich, daß der Österreicher am Abend des
achten Tages verschwunden war. Er konnte nur mit dem
Ingenieur, der in Kairo zu Hause war, mitgefahren sein,
von den Ägyptern, die auf der Farm arbeiteten, besaß
nur er ein wüstentaugliches Auto, gemeinhin ein Privileg
der Ausländer, das einzige, worum die Ägypter die Ausländer *nicht* beneideten, denn die Wüste hinter sich gelassen und die Stadt, nach Möglichkeit die Hauptstadt,
erreicht zu haben, war das Ziel der Wünsche: Die wenigen Städte quollen über, Kairo aber war durch heillose
Übervölkerung von einer Stadt zu einer Ansammlung
aus Schlupflöchern geworden, in welcher selbst der aus
tiefster Provinz Kommende, der sofort seine Chancen-
losigkeit erkannte, zu seiner größten Überraschung ein
Schlupfloch fand, wo er die erste Nacht überleben konnte und dann den nächsten Tag und die nächste Nacht,
und ihm und seinesgleichen hätte man ein klimatisiertes,
geländegängiges, also wüstentaugliches Fahrzeug, wie
der Ingenieur eines besaß, schenken können, sie hätten
es nicht genommen.
Dieser Mann, erinnerte Sarani sich, den er brauchte, den
er verabscheute, den er schätzte, den er fürchtete, betrieb
in Kairo eine Firma zur Auffindung von Bodenschätzen
in der Wüste. Fragte man ihn nach seinem Namen, antwortete er nur: Ingenieur, um nach einigen Glas Wein,

den er nicht verschmähte, obwohl er sich als strenggläubig bezeichnete – womit er nur andeuten wollte, daß er
in Sachen Islam keinen Spaß verstand, außer jenem, zu
dem er gerade aufgelegt war –, dann doch seinen Namen
preiszugeben, wenn auch nur den Geschäftsnamen: Ingenieur Mustafa Corporation; dieser Mann war der Ide-
altypus des islamischen Kapitalisten: antikapitalistisch,
weil strenggläubig. Dem westlichen Kapitalisten fühlte
er sich überlegen, wenn auch nur moralisch, er sah in jenem, wie er bei jeder Gelegenheit deklamierte, den Aus-
beuter, der den Nächsten knechte, indem er ihn für sich
arbeiten lasse. In Diensten Saranis stehe er nur, weil der
beteuert habe, Ausbeutung abzulehnen, außerdem sei
der Umgang mit Pflanzen und Tieren nicht mit der mas-
senhaften Herstellung beliebiger Waren vergleichbar.
Dieser Mann bejahte die Religion und verneinte den Kapitalismus, in Wahrheit aber interessierten ihn nur seine
Geschäfte. Sarani und der Österreicher, die sich über-
vorteilt fühlten, sprachen mit ihm darüber, sie wollten,
daß er als redlicher Kaufmann berechenbar mit ihnen
zusammenarbeite, und erklärten ihm, daß in dem reichen Österreich, aus dem sie kamen, wie in anderen reichen Ländern auch, die Korruption legalisiert worden
sei, indem wichtigen Angestellten in Wirtschaft, Verwaltung, Politik hohe Gehälter bezahlt würden, so daß die
Machthaber, die das veranlaßt hätten, sich den Luxus
gönnten, fortan nicht mehr von bestechlichen Unter-
tanen, sondern von vornehmen Direktoren, Hofräten,
Volksvertretern umgeben zu sein, und sich die Überheb-
lichkeit leisten könnten, auf die Korruption in ärmeren
Gesellschaften verächtlich herabzublicken.
Sarani und der Österreicher boten dem Ingenieur Mu-

stafa also an, seine Honorare, deren Höhe ihnen willkürlich festgelegt zu sein schien, umzuwandeln in ein Gehalt. Was Mustafa aufs äußerste erzürnte. Er drohte sogar, die Zusammenarbeit mit ihnen abzubrechen. Er sei das Gegenteil eines bestechlichen Menschen. Moralische Integrität sei für ihn der höchste Wert, nur mit reinem Gewissen wage er es, sich vor Gott niederzuwerfen. Korrupt wäre er, würde er akzeptieren, von Sarani ein Gehalt zu empfangen. Er sei kein Lohnsklave, der, wenn man ihm gerade nicht auf die Finger schaue, die Hände in den Schoß lege und dennoch Entgelt nehme. Er sei ein freier Mann. Er verfüge über großes Wissen und eine große Firma, und wolle jemand davon Gebrauch machen, stelle er, was er zu geben habe, gern zur Verfügung, zu einem angemessenen Preis, über den er sogar mit sich reden lasse.

Sarani erinnerte sich, unwillig, denn am liebsten wäre er mit leerem Kopf auf der Betonbank gesessen, wie er sich damals in den Gesprächen mit Mustafa vergeblich bemüht hatte, zu jenem Punkt vorzustoßen, der ihn vor allem interessierte: Mustafas Stellung innerhalb der Regierung. Mustafa sagte nur, er sei dort ein Berater, der nie gefragt werde, eine Null. In Wahrheit, das konnte man in der Zeitung lesen, war er Staatssekretär im Wirtschaftsministerium, gewiß nur einer von mehreren, allerdings derjenige, dem die Importe oblagen, und zwar alle. Kein Nagel kam ins Land ohne Mustafas Genehmigung, und jede Genehmigung hatte ihren Preis.

Mustafa hatte die ganze erste Woche auf der Wüstenbaustelle verbracht, hatte seinen Platz und sein Bett in einem Zelt, schien mit dieser Art des Lebens und Wohnens weniger Schwierigkeiten zu haben als die anderen,

Sarani eingeschlossen, aber er wußte, daß er, wann immer er wollte, sich in seinen Geländewagen setzen und in die Hauptstadt fahren konnte. Er tat es nicht.

Sarani dachte, er selbst sei ein alter, böser Mann geworden, zu starrköpfig, als daß er es über sich brächte, anzuerkennen, daß Mustafa in den ersten acht Tagen des Wüstenunternehmens, den schwierigsten, ein ruhendes, die anderen gerade noch beruhigendes Element gewesen sei; anzuerkennen, daß Mustafa, Staatssekretär und Firmeninhaber, sich damals persönlich auf das Wüstengrundstück bemühte; daß er jede Lieferung, die selbstverständlich über seine Firma abgewickelt wurde, und sei es die Zustellung der Lebensmittel, eines großen Gasherds, sogar die zeitweilige Präsenz zweier Köche selbst kontrollierte, ein Dieselaggregat, das nicht funktionierte, sofort zurückschickte, mit der unerwarteten Folge, daß am nächsten Morgen schon ein anderes, betriebsbereites von einem Lastwagen abgeladen wurde, so daß, dank dieser großen Hilfe, die zu leisten nur jemand mit der Machtfülle Mustafas imstande war, Sarani sich nur um die Organisation der Arbeit kümmern mußte, was er als Luxus empfand, denn er hatte sowohl den Zeit- als auch den Arbeitsplan unter Berücksichtigung aller nur denkbaren Pannen erstellt.

Er sei, erinnerte Sarani sich, von Mustafas Engagement beeindruckt gewesen, seine Frau Sophie habe sich aber über die Anstelligkeit des Staatssekretärs besorgt gezeigt, denn sie, die es auf sich genommen hatte, das Kaufmännische des Unternehmens zu erledigen, habe befürchtet, Mustafa würde seine von ihr durchaus geschätzte Tätigkeit hoch in Rechnung stellen. Sophie habe Mustafa offen darauf angesprochen, ebenso offen habe er geantwortet, seine Firma habe internationales Format, er unternehme alles, um die Kunden zufriedenzustellen, deshalb überprüfe er unermüdlich, daß die Leistung, die zu erbringen er vertraglich garantiert habe, erbracht werde, auch wenn das nicht dem europäischen Bild vom arabischen Geschäftsmann entspreche, der die Dinge mitunter schleifen läßt, kurzum, es könne keine Rede davon sein, daß er diesen Service extra verrechne.

5

Die Frühlingssonate

Nach einem Augenblick tatenfroher Erregung, in dem Freudensprung sich einbildete, bereits auf Sarani zuzueilen, die Hand entschlossen zur Faust geballt, fiel er in einen Tiefschlaf von einer Viertelstunde, aus dem er dermaßen erholt erwachte, daß er – die Triebwerke des Flugzeugs liefen wieder – Hoffnung schöpfte auf ein anderes Leben, eines ohne Sarani, wobei es ihm nicht wichtig war, ob er den Widersacher tötete und deshalb einen Gerichtsprozeß durchzustehen hatte oder ob er Sarani mit einem verletzenden Wort auslöschte.

Er empfand Freude bei dem Gedanken an eine Existenz ohne Bindung an diesen Mann, die zu einer lebensabschnürenden Fessel geworden war. Er, der von Hoffnung nichts hielt, weil sie dem Gestern nachtrauert und aufs Morgen vertröstet, hatte Hoffnung auf ein Leben ohne Sarani und wußte zugleich, daß sie trügerisch war. Er konnte nicht ausschließen, daß in dieser Auseinandersetzung nicht der andere umkommen würde, sondern er selbst.

Dabei wäre für ihn nichts leichter gewesen, dachte er, als Sarani bereits bei ihrer ersten Begegnung loszuwerden. Statt dessen hatte er alles getan, um ihm nahe zu sein und nahe zu bleiben. Wäre er nicht zu Sarani hingesprungen, als der in der Werkshalle in Ohnmacht fiel, wäre dessen Kopf auf dem Ofenrand aufgeschlagen, und hätte er ihn dort liegenlassen, wäre Sarani an der Gluthitze zugrunde gegangen. Produktionsbedingt, hätte es im Werk geheißen.

Statt dessen packte er ihn unter den Armen, zog ihn ins Teehaus, reinigte mit kaltem Wasser einen Becher, füllte diesen mit Tee, hielt ihm den Becher hin, Sarani griff zittrig und doch gierig danach, nahm einen Schluck, konnte den Tee vor Erschöpfung nicht aufnehmen und spuckte ihn in den Becher zurück. Er lächelte. Er war nicht imstande, die Lider zu heben, es war ein halber Blick, mit dem er Freudensprung ansah, und er sprach langsam, doch in so makellosem Deutsch, daß Freudensprung seine Vermutung, es handle sich um einen Fremden, bestätigt sah.

Sarani sagte: Als ich aus der Ohnmacht erwacht bin, aber noch keinen klaren Kopf hatte, habe ich vor mir ein Lebensmittelgeschäft gesehen. Ich kenne es, es liegt unweit meiner Wohnung, parallel zur Herrengasse, in der Nähe des Hauptplatzes in Graz. Seit ich dort lebe, seit einem Monat, kaufe ich mir, wenn sonst nichts, so jeden Tag eine Wurstsemmel, es müssen 150 Gramm Kalbspariser sein und ein Essiggurkerl. Ich gehe in das Geschäft. Der Geschäftsführer kommt auf mich zu und trägt mir auf, alle Lebensmittel, die in den Regalen gelagert sind, neu zu ordnen. Unmöglich, antworte ich, es sind zu viele Regale mit zu vielen Lebensmitteln. Das würde zu viel Zeit beanspruchen. Doch der Mann winkt ab. Zeit spiele keine Rolle. Für Sie nicht, entgegne ich, für mich ist das anders. Warum, glauben Sie, habe ich Ägypten verlassen und lebe nun in Graz? Um Regale aufzuräumen – oder um Maschinenbau zu studieren?

Der Mann winkt ab. Ich solle heute beginnen, die Waren

zu ordnen, morgen Maschinenbau studieren und dann die Arbeit an den Regalen fortsetzen. Ich fühle mich bedrängt und suche nach einem Argument. Ohne daß mir gesagt werde, so lege ich los, nach welchem Prinzip ich vorgehen solle, sei die Arbeit nicht zu machen. Ungläubig wiegt der Mann den Kopf, als könne er so viel Begriffsstutzigkeit nicht fassen. Niemand schreibe mir vor, antwortet er, wann und wie schnell ich die Regale aufräumen soll, man wünsche nur, daß sie neu geordnet werden.

Sarani ließ sich, wieder ganz bei Sinnen, von Freudensprung einen neuen Becher Tee reichen, dann sagte er, er habe jene Antwort so empörend gefunden, daß er vollends aus der Ohnmacht erwacht sei. Er lächelte noch immer. Wie erleichtert sei er gewesen, fuhr er fort, sich neben dem Ofen wiederzufinden und nicht im Geschäft. Und er versicherte Freudensprung, die Arbeit bald wieder aufzunehmen. Es sei ihm unverständlich, wie er habe umfallen können, noch nie in seinem Leben sei er ohnmächtig geworden. Die Hitze, betonte er, könne jedenfalls nicht die Ursache gewesen sein. Auch machte er Freudensprung darauf aufmerksam, daß es Zeit sei, zum Ofen zurückzukehren, man solle den Kollegen, der eingesprungen sei, nicht über Gebühr beanspruchen.

Glücklich darüber, daß Sarani bleiben würde, lief Freudensprung zum Ofen, löste den Kollegen ab, fischte Schlacke heraus, ärgerte sich aber auch, mit Sarani nicht über dessen Erzählung debattieren zu können. Freudensprung war keineswegs der Ansicht, Sarani sei im Lebensmittelgeschäft in die Enge getrieben worden; man habe ihm freie Hand gelassen, ihm allerdings *eine* Möglichkeit verwehrt: nein zu sagen.

Ob diese Möglichkeit so wichtig gewesen wäre, fragte er sich, während er die Schlacke entfernte. Für Sarani schon; für Freudensprung nicht. Heiße das, Freudensprung hätte der Aufforderung, die Regale aufzuräumen, nachgegeben? Schlimmer noch, er fürchtete, er hätte, was Sarani als unverschämte Zumutung empfunden habe, als freundliche Einladung aufgefaßt.

Freudensprung erinnerte sich, wie Zorn in ihm aufgestiegen war. Sei er jemand, den man, ohne ihn zu fragen, überall hinstellen könne, in einen Bergwerksschacht, auf einen Kriegsschauplatz, neben einen Hochfrequenzofen? Einer, der sich mit jeder Tätigkeit arrangiere? Wann und wo, im Kindergarten, in der Schule, im Gymnasium, sei ihm etwas als unerträglich erschienen? Und wenn, so habe er die Situation für sich erträglich gemacht. Die Möglichkeit, die Schule, das Gymnasium zu verlassen, habe es nicht gegeben, *an sich* vielleicht, aber nicht für ihn.

Sei das für Sarani anders? Das Bedürfnis, mit ihm zu sprechen, wuchs, doch als Sarani neben Freudensprung stand, ihm die Eisenstange aus der Hand nahm, ihm gegen den Lärm anschreiend für die Hilfe dankte und ihn bat, in den Ruheraum zu gehen, hatte er eine Pause so nötig, daß er, im eigenen Schweiß watend, vom Ofen wegschlurfte.

Als Freudensprung merkte, wie das Flugzeug sich in Bewegung setzte und die Klimaanlage kalte Luft auf die schweißnassen Köpfe blies – er fühlte sich nicht betroffen, er konnte sein kurzes Haar, welches den Schädel schütter bedeckte, mit der Hand trockenreiben –, schätzte er, daß von den vierhundert Personen, die in diese Maschine gepfercht worden waren, gewiß einhundert

gerade jetzt für eine Stirnhöhlenentzündung präpariert
wurden, sofern die Leute, die hier zugleich schmorten
und froren, nicht ohnehin schon gegen alles und somit
auch gegen jede Krankheit immun waren, weil sie zur
Minderheit der Abgehärteten gehörten, welche die Auslese dieser Gesellschaft bildeten.

Er verstieg sich zu der These, daß, wo immer es zu einer
Auslese unter Menschen komme, diese negativ sei, denn
es würden nur die ungeschlachten, empfindungsarmen,
denkfaulen Charaktere überleben, so daß die Menschheit von Generation zu Generation an Urteilsfähigkeit
verliere, doch um so zielstrebiger handle. Das treffe auf
die Herrscher ebenso zu wie auf die Beherrschten. Jene
beteuerten in ihrer Hirnlosigkeit, nicht zu herrschen,
diese wären in ihrer Hilflosigkeit überzeugt, nicht be-
herrscht zu werden. Er sei, dachte Freudensprung, als
einer, der sechs Jahrzehnte gelebt habe und immer noch
lebe, nicht anders, nicht besser als die anderen, aber er
wisse es wenigstens. Diese Gleichheit der Ungleichen,
diese Lebenslüge, zerfresse das Leben. Auch seines.

Er habe sich darüber hinweggetäuscht, sagte er zu sich,
daß Sarani der Reiche und Mächtige gewesen sei, er
hingegen der Mittellose, Ohnmächtige – und was er für
Freundschaft gehalten habe, sei für Sarani ein Macht-
spiel gewesen, was Heinrich nun erst begreife, da der andere es gewonnen habe. Er habe den Gegensatz zwischen
ihnen, anstatt ihn auszusprechen, zur Freundschaft ver-
niedlicht, und dieses falsche Spiel ende nun mit dem Zerfall seiner Person: Er schlafe nicht mehr, esse nicht mehr,
und was Sexualität sei, früher für ihn das Wichtigste,
daran habe er nur eine dunkle Erinnerung.

Als er Sarani kennenlernte, dachte Freudensprung, sei

sein Empfinden gewesen, das Beste, was er auf dieser Welt erleben könne, sei, daß der Fremde im Stahlwerk bleibe. Nun wisse er, es wäre am besten gewesen, er hätte ihn verrecken lassen.

Sarani stand am Ofen. Die Zusammenarbeit zwischen den beiden hatte sich eingespielt, alle zwanzig Minuten wechselten sie einander ab, drei Stunden waren bis zum Ende der Schicht um vierzehn Uhr noch zu arbeiten. Freudensprung saß im Teehaus, trank die bräunliche Brühe und rauchte eine Zigarette. Sechzehn Zigaretten, zwei für jede Stunde der achtstündigen Schicht, legte er Tag für Tag in eine kleine Holzschachtel. Sein Vater hatte sie ihm ohne weiteres überlassen. Sie befand sich in der von der Mutter als Tabaktrafik bezeichneten Lade der Küchenkredenz, die voll war mit grotesken Rauchutensilien, etwa Hülsen aus Papier, in die mit einem eisernen Stopfgerät Tabak gepreßt wurde, wobei etwas entstand, das einer Zigarette ähnelte, von Freudensprung aber nie als solche akzeptiert wurde. Diese gestopften Zigaretten hatte seine Mutter aus Gründen der Sparsamkeit dem Vater oktroyiert, nicht weil man im andern Fall Hunger gelitten hätte, sondern weil sie das Rauchen als unnötig empfand.

Schon als Kind, nicht erst als Jugendlicher, der selbst rauchte, betrachtete er diese mit Tabak gestopften Hülsen zugleich als Demütigung seines Vaters und als Spottgeburten von Zigaretten, die man Menschen so wenig zumuten dürfe wie Jauche als Getränk. Als er mit vierzehn, er ging in die fünfte Klasse des Realgymnasiums in Bruck an der Mur, der Nachbarstadt von Kapfenberg, die erste Zigarette versuchte, mußte es eine sein, die gut aussah, aus einer Packung, die Respekt abnötigte.

An Geld mangelte es ihm nicht. Er hatte in den Sommerferien zum ersten Mal im Stahlwerk gearbeitet, auch, obwohl erst vierzehn, in der Nacht, was dem Gesetz zuwiderlief. Der Direktor des Stahlwerks, Geiger im Kapfenberger Stadtorchester wie Heinrich, hatte ihn in einer öffentlichen Vorspielstunde der Musikschule die zehnte Violinsonate von Mozart spielen hören und war, wie er sagte, von Heinrichs Vibrato beeindruckt gewesen, das einem reifen Geiger zur Ehre gereicht hätte, was einen darüber hinweghören lasse, daß die Technik noch nicht ausgereift sei. Daraufhin bat Freudensprung den Direktor unverfroren, ihn auch nachts und sonntags im Stahlwerk zu beschäftigen, denn die Arbeit dort, in dem Hitzebetrieb, warf selbst für einen Hilfsarbeiter mehr ab als die hochqualifizierte Facharbeit in der Fertigung, der Stahlverarbeitung. Der Direktor schlug ihm die Bitte nicht aus.

Im Herbst, die Schule hatte wieder begonnen, bat Freudensprung im Brucker *Espresso Dockl*, wohin er seinen Freund Eichhorn auf ein Gläschen Inländer-Rum eingeladen hatte, einen Vertreter, der auf dem Nebentisch einen Packen Geschäftsunterlagen ausgebreitet und eine Packung Chesterfield liegen hatte, ihm eine von diesen schönen Zigaretten zu verkaufen. Der Vertreter war entweder geizig oder verdiente sehr schlecht, denn er schenkte Freudensprung die Zigarette nicht, sondern errechnete im Kopf den Preis *einer* Chesterfield. Freudensprung bezahlte sie auf den Groschen genau.

Feuer lieh er sich von der Kellnerin. Den Rum rührte er noch nicht an, es könnte ja sein, daß er infolge ersten Rauchens, man hörte darüber wüste Geschichten, kotzen müßte, dann wäre es schade um das Getränk. Er sog den Rauch ein, vorsichtig zuerst, dann, als der unvoreingenommene Körper trotz der Warnungen des indoktrinierten Verstandes den Rauch der Zigarette freudig begrüßte, ja bejubelte, mit ein paar kräftigen Zügen und feierte diese Entdeckung einer neuen Welt, indem er den Rum in einem Zug austrank.

Im Stahlwerk konnte er nicht einfach eine Packung Zigaretten bei sich tragen, sie wäre in der schweißnassen Hosen- oder Hemdtasche bald aufgeweicht und zum Wegwerfen gewesen. Die kleine Holzschachtel war die Lösung. Er rauchte die Zigarette, eine Chesterfield, zu Ende, es war kurz vor elf – Zeit, Sarani abzulösen. Der übergab Heinrich die Eisenstange, der wiederum nahm sie und warf sie weg, sie war, da beim Schlackenfischen Stück für Stück von der Stange abbrach, bereits zu kurz geworden, legte eine neue auf dem Ofenrand zurecht und schüttete, was an Chemikalien bereitstand, in den brodelnden Stahl, ehe er die eigentliche Arbeit aufnahm.

Da hörte er ein vertrautes Geräusch – eine Kokille prallte gegen eine andere –, an das er sich dennoch nicht gewöhnen konnte. Aus den Augenwinkeln beobachtete er die Kokille, sah, wie sie sich von der Krankette löste und als tödliches Geschoß durch die Halle flog, direkt, wie ihn dünkte, auf Sarani zu. In riesigen Sätzen – die Holzschuhe erlaubten es nicht, normal zu laufen –, sprang er ihm nach.

Heinrich Freudensprung blickte aus dem Fenster des Flugzeugs und dachte, auch daran werde er sich nicht gewöhnen, daß er, wann immer er aus einem Flugzeugfenster schaue, Wasser sehe. Und war doch mit seinen Gedanken im Stahlwerk. Wenn eine Kokille gegen die andere schlug, verursachte das kein Geräusch, sondern

eine Explosion, ohrenbetäubend, die ganze Halle durch-
dringend, einen Höllenlärm, der schmerzhaft in den
Körper drang. Diese Lärmattacke fand nicht in jeder
Schicht statt, doch wenn sie einmal begann, dauerte sie
eine Stunde.

Die Kokillen sahen aus wie mannshohe Stahlvasen, die
Wände der Behälter waren ebenso wie der Boden aus
zwanzig Zentimeter dickem Stahl, nach unten liefen die
Behälter konisch zu, oben waren sie quadratisch und offen, eine Innenseite maß einen halben Meter. Der Stahl
eines Hochofens oder eines Hochfrequenzofens wurde,
sobald er fertig gekocht war, in jene Behälter gegossen.
Wenn eine Kokille voll war, stoppte man das Ausfließen
des Stahls aus dem Ofen, der Kran hob die Kokille beiseite und stellte eine leere vor die Abstichrinne. War der
Stahl abgekühlt, drehte der Kran die Kokille um, mit der
Öffnung nach unten, und der Stahlblock fiel heraus.

Doch es blieben Stahlreste an den inneren Kokillenwän-
den, faustgroß mitunter, und um die zu entfernen, bedurfte es eines eisernen Schabers, der an einer Holzstange
befestigt war. Mit diesem zu werken, war pro Schicht *ein*
Arbeiter abgestellt, und der hätte, wollte er seine Arbeit
ordentlich machen – und sie mußte ordentlich gemacht
werden, denn nur glatte Innenwände der Kokille ermöglichten einen einigermaßen glatten Stahlblock –, acht
Stunden lang als Maschinenmännchen rasend schnell
funktionieren müssen, und selbst dann hätte er die ihm
aufgetragene Arbeit nicht geschafft.

Der Ausweg war vor weiß Gott wie vielen Jahren gefunden worden. Niemand im Werk, erinnerte Freudensprung sich, konnte sagen, wann die Arbeiter, um *einem*
von ihnen die Arbeit zu erleichtern, eine Praxis einge-

führt hatten, die jeden von ihnen in Lebensgefahr brachte. Tatsächlich wurden Jahr für Jahr einige Arbeiter getötet. Auch der Stahlwerksdirektor konnte Freudensprung nicht erklären, wie es möglich war, diese Todesfälle, die sich für einen Außenstehenden ausnahmen wie Fälle von Totschlag, als Arbeitsunfälle auszugeben.

Der Ausweg war gefunden worden, indem der für die Kokillenreinigung zuständige Arbeiter die Kokille an der Krankette befestigte, der Kranfahrer sie durch schnelles Hin- und Herfahren zum Schwingen brachte und sie dann gegen einen Berg übereinandergestapelter, bereits gereinigter Kokillen knallen ließ, was bis in die Stadt und, in die entgegengesetzte Richtung, bis weit in das Thörltal hinein zu hören war. Anders als das Dröhnen des Erlach-Hammers war das ein hoher Klang, jeder im Stahlwerk, in den anderen Betrieben der Firma Böhler, in der Stadt und im weiten Umkreis kannte diesen Klang und brachte ihn in Verbindung mit dem Werk, und doch wußte außer den Stahlarbeitern und den mit ihnen verbündeten Ingenieuren niemand, woher dieses Geräusch rührte und mit welch aberwitzigem Tun es verbunden war.

Als Freudensprung die Kokille durch die Halle fliegen sah, nie zuvor und nie in seinem späteren Leben hatte er Gefahr so unmittelbar, gewaltig und unberechenbar erlebt, sprang er Sarani nach und riß ihn zur Seite, denn seiner Wahrnehmung zufolge ging Sarani genau in der Flugbahn der Kokille, und kaum hatte er ihn zur Seite und dabei zu Boden gerissen, bohrte die Kokille sich in den gestampften Lehmboden.

Gemächlich kam der Arbeiter, der für diese Ungeheuerlichkeit verantwortlich war, indem er die Krankette schlampig um die Kokille gebunden hatte, angetrottet, langsam fuhr der Kran über ihm zur Einschlagstelle, abermals wurde die Krankette befestigt, nun wohl umsichtiger, der Kran wandte einige Kraft auf, um die Kokille aus dem Boden zu ziehen, sie hatte sich, wie Freudensprung sah, einen halben Meter in den Lehm gebohrt. Hätte sie einen Menschen getroffen, wäre von ihm nichts, nicht einmal ein Blutfleck übriggeblieben, das Opfer hätte sich mit dem Lehm vollständig vermengt.

Freudensprung saß auf dem Boden, Sarani hockte neben ihm und schaute entgeistert zur Einschlagstelle. Freudensprung ließ ihn hocken und ging zum Ofen, zur Schlakke, zu seiner Eisenstange, von wo aus er beobachtete, wie der Arbeiter einige Scheibtruhen Schotter brachte und damit das Loch im Boden füllte, dann eine Scheibtruhe voll Lehm auskippte, den er mit einer Schaufel plattschlug. Die lehmverschmierte Kokille, sie hing immer noch an der Kette, wurde vom Kranfahrer an jenes Ende der Halle befördert, wo die Werksfeuerwehr ihre Wasserschläuche liegen hatte.

Der Arbeiter, ein alter, dürrer, gebückter Mann mit einem großen, langen Arbeitsschurz, ging mit den langsamen, großen Schritten eines Bergbauern bis zum Ende der Halle, nahm einen Feuerwehrschlauch, drehte den Hydranten auf und reinigte mit einem scharfen Strahl die Kokille, bis sie mattglänzend in ihrer ganzen Stahlpracht dahing und vom Kran zurückgebracht werden konnte auf den Berg von Kokillen, die auf den nächsten Abstich warteten. Es dauerte nicht lange, und das lärmende Ritual des Kokillen-Reinigens wurde fortgesetzt.

Immer noch kniete Sarani auf dem Lehmboden. Ruhig, sofern man Schreckensstarre als Ruhe bezeichnen darf, schaute er den Verrichtungen des Arbeiters zu, überzeugt, wie er Freudensprung gleich darauf sagte, das Loch im Boden wäre beinahe sein Grab geworden, und dieses Grab werde nun zugeschüttet.

Als er Freudensprung am Ofen ablöste, dankte er ihm für die Lebensrettung. Blödsinn, antwortete Freudensprung und schlug vor, diesen Disput nach Schichtschluß fortzusetzen. Doch kamen sie darauf nie mehr zu sprechen.

Freudensprung erinnerte sich, daß er an jenem Tag nicht mit dem Rad nach Haus fuhr, sondern es schob. Neben ihm ging Sarani. Er wußte noch, daß sie die ganze Zeit schweigend nebeneinander spazierten.

Heinrichs Mutter stand am Fenster und wartete, der Sohn kam einige Minuten später als sonst, sie machte sich bereits Sorgen – nicht um ihn, um das Essen. Sie erwartete ihn zehn nach zwei, und auf die Minute genau war die Mahlzeit fertig. Niemals außer an jenem Tag kam Heinrich zu spät. Essen zuzubereiten, das wußte er, war für die Mutter viel Arbeit, das Gemüse, das sie im Garten anbaute, mußte geerntet und geputzt werden, und wo ein Stückchen Erde brachlag, nachdem eine Salatstaude ausgestochen, Bohnen gepflückt worden waren, mußten sofort neue Pflänzchen ausgesetzt werden, denn der Kreislauf durfte nicht abbrechen, außer im Winter, und da nicht vollständig, denn Wintergemüse und Wintersalat wurden vom Vater, bevor der erste Frost kam, in einem eineinhalb Meter tiefen Erdschacht, der Salatgrube, gelagert.

Der Fremde stellte sich der Mutter vor. Sarani, sagte er. Wie? fragte sie. Zacharias Sarani, sagte er. Die Mutter darauf: Ein schöner Name. Und Heinrich: Zacharias arbeite seit diesem Tag im Stahlwerk. Ob Zacharias, fragte sie, auch in Bruck in die Schule gehe. Sie stellte zwei Teller mit dicker Erdäpfelsuppe, darin Steinpilze, auf den Tisch. Zacharias sagte, nein.

Da niemand ihn bat, Platz zu nehmen, setzte er sich und nahm sich einen Löffel. Als Heinrich, der in dem Ruf stand, ein Viel- und Schnellesser zu sein, der nicht aß, sondern schlang, die Hälfte der Suppe aufgegessen hatte, war Zacharias' Teller bereits leer.

Die Mutter stand am Herd, es duftete nach Backhuhn. Sie hatte um eins mit ihrem Mann gegessen, dessen Schicht um zwei Uhr nachmittags begann. Zacharias erzählte, nachdem er umsonst darauf gewartet hatte, gefragt zu werden, was ihn nach Kapfenberg geführt habe und woher er komme: daß er aus Kairo stamme, seit wenigen Wochen in Graz lebe, im Herbst mit dem Studium des Maschinenbaus beginnen wolle, aber schon an diesem Tag im Stahlwerk das Studium aufgenommen habe, schließlich sollte ein Maschinenbauer wissen, woraus eine Maschine hergestellt wird.

Die Mutter servierte das Huhn, dazu Reis und Salat. Jetzt war Heinrich der Schnellere, da er wie gewohnt das panierte Stück Huhn in die Hand nahm, das Fleisch mit den Zähnen vom Knochen riß und ihn so kahl nagte, daß nicht einmal die Knorpel übrigblieben, was Zacharias, der mit Messer und Gabel aß, erstaunt beobachtete. Er spreche ein schönes Deutsch, sagte die Mutter zu Zacharias. Sie auch, antwortete er, und da sie nichts erwiderte, fuhr er fort: In seinem Land sprächen nur sehr wenige Menschen gutes Arabisch, nach seiner Erfahrung nur die Kinder von Schauspielerinnen oder Schauspielern. Arabisch sei eine wunderschöne Sprache, wenn es nicht geschrien oder gekreischt, sondern langsam und ruhig artikuliert werde.

Die Mutter fragte ihn, ob seine Mutter Schauspielerin sei. Nein, antwortete er, und er, der eben noch ruhig gesprochen hatte, lachte laut auf. Seine Mutter sei eine Regentin gewesen und habe über ein großes, schönes Haus geherrscht. Sein Vater habe als der höchste Beamte des Königs das Land regiert, Mutter das Haus. Zacharias schloß die Augen, aber nur kurz, und spannte den Körper an, als müßte er einen Schmerz niederkämpfen. Rasch faßte er sich. Wenn man ein Haus regiere, sagte er, brauche man eine Stimme, die bis in den letzten Winkel des Kellers und des Dachbodens dringe. Sie sei eine stattliche Frau gewesen und habe sich nicht gern bewegt.

In der Eingangshalle, sagte er, sei ihr Fauteuil gestanden, der sei ihr Büro gewesen. Telefon habe sie keines gebraucht. Die Grenzen des Hauses seien die Grenzen ihrer Welt gewesen. Spazieren sei sie nur gegangen, wenn sie im Ausland war, und dann nur, um sich einzukleiden. Sie habe also laut gesprochen, wenn man das noch sprechen nennen mochte. Das aber vertrage das Arabische nicht. Diese Sprache sei so voll mit Konsonanten, daß sie, laut gesprochen, nicht klinge, sondern klirre. Sie wohltönend zu sprechen, müsse man beabsichtigen. Ihm scheine, immer weniger Araber wollten das. Sie habe Glück, sagte er zur Mutter gewandt, daß sie ihn nicht in seiner Muttersprache reden höre.

Ihre Mutter aber, fuhr er fort, sei gewiß Schauspielerin gewesen. Ja, gab sie zur Antwort; ihre Mutter sei eine Bauernmagd aus Slowenien gewesen, die ihre vier Kinder im Ausland zur Welt gebracht habe, eins in Belgien, zwei in den Niederlanden, sie selber sei in Deutschland zur Welt gekommen, im Ruhrgebiet. Und um sich und die Kinder durchzubringen, müsse ihre Mutter gewiß auch eine gute Schauspielerin gewesen sein.

Woher er sein schönes Deutsch habe, fragte sie. Anders als sein Arabisch, antwortete Zacharias, sei sein Deutsch halbwegs erträglich. Seine Mathematiklehrerin in der deutschen Schule von Kairo sei aus Hannover gewesen. Da er die Mathematik geliebt habe und insofern auch die Mathematiklehrerin, habe er, gewissermaßen parallel, Mathematik und die deutsche Sprache erlernt, und diese als wohlklingend erfahren; was er vom Deutschlehrer aus Passau nicht hätte lernen können, der habe gesprochen, als wäre er unter heulenden Hunden aufgewachsen, eine Erfahrung, die Sarani in Graz allerdings hilfreich sei.

Freudensprung wußte noch, wie er nervös dagesessen war, nur auf den Augenblick wartend, das Gespräch herumzureißen. Familiengeschichten interessierten ihn nicht. Nie hörte er zu, wenn, zum Glück selten, die Rede der Eltern auf Verwandte kam. Die Familie*geschichte* bestand für ihn aus den beiden Großmüttern, die er liebte. Doch schon bei den Großvätern endete diese Geschichte. Sie wurden nie erwähnt, und wer deren Väter waren, wußte man so wenig, wie man Kenntnis hatte über die Mütter der Großmütter. Die Großväter verschwanden aus der Geschichte, als diese sich entschloß, Weltgeschichte zu werden, so daß, der Erste Weltkrieg war noch kein Jahr alt, die beiden bereits gefallen waren. Davor hatten sie sich wie die Großmütter als vazierende Taglöhner verdungen, die sich dort aufhielten, wo es Arbeit gab.

Heinrich hatte es als bedrohlich empfunden, daß Zacharias der Mutter erzählte, er wolle in Graz Maschinenbau studieren. Und tatsächlich versuchte sie, Zacharias zum Komplizen zu machen. Maschinenbau, dieses Wort elektrisierte sie. Sie wollte Heinrich in eine ähnliche Studienrichtung drängen. Sie, die nur sechs Jahre in eine Volksschule gegangen war und danach Hilfsarbeiterin in der Textilfabrik Broch im niederösterreichischen Teesdorf wurde – der Schriftsteller Broch war Sohn des Fabrikanten –, tat so, als wäre es ihr Werk, daß Heinrich in der Volksschule zu den Klassenbesten zählte, in der Musikschule ein talentierter Geiger war, und als ginge es auf sie zurück, daß er im Gymnasium immer noch passable Noten hatte.

Sie dürfte früh bemerkt haben, daß man, wurde Heinrich mit sanftem Druck zur Arbeit angehalten, einiges aus ihm herauslocken konnte, und sie hatten beide Freude an dieser Kooperation, die Mutter, die mit einem Sohn als gutem Schüler in der Kleinstadt mehr Geltung hatte, und Heinrich, weil er das Leben als guter Schüler für angenehmer hielt, zumal die schlechten Schüler von den Lehrern fortwährend drangsaliert wurden.

Freudensprung wußte noch, daß seine Mutter zu Zacharias gesagt hatte, sich mit Maschinenbau zu befassen sei lobenswert; Heinrich aber werde Montanistik studieren, in Leoben. Heinrich wußte aber bis auf diesen Tag nicht, warum er nicht einmal versucht hatte, der Mutter ins Wort zu fallen. Er hatte nur den Kopf geschüttelt über so viel Sturheit. Die Frau eines Arbeiters, noch dazu eines, der keinen Ehrgeiz hatte aufzusteigen, weder in der Fabrik noch in der sozialistischen Partei – die er, ein Skandal in Kapfenberg, sogar verließ, weil sie seiner Ansicht nach nicht mehr sozialistisch war –, sie wolle unbedingt einmal, Gipfel des Glücks, Mutter eines Diplomingenieurs sein.

Die Zuneigung zu ihr, erinnerte Freudensprung sich, war im Lauf der Zeit der Gleichgültigkeit gewichen. Er hielt an seinem Entschluß fest, der Mutter den Wunsch nicht zu erfüllen, schließlich wollte er etwas anderes. Sie hatte keine Chance, doch um so unerbittlicher wurde ihr Begehren. Das änderte sich nicht bis zu ihrem Tod. Sie wurde einundneunzig.

Um der Mutter die Möglichkeit zu einem Gespräch über seine berufliche Zukunft zu nehmen, fragte er Zacharias, ob er Beethoven kenne. Nur die Klaviersonaten, war die Antwort. – Warum nur die? – Sein Onkel habe hin und wieder eine gespielt, mit der Zeit habe Zacharias sie alle gekannt. Manchmal habe der Onkel nur für ihn gespielt. Er habe in Wien Klavier studiert, sei aber nicht daran interessiert gewesen, Musiker zu werden. Er spiele Beethoven, habe der Onkel öfters gesagt, um Schubert zu verstehen. Das sei zwar niederträchtig, Beethovens Klaviersonaten seien schließlich herrliche Musik, und doch, wenn er sie spiele, frage er sich unweigerlich, ob vielleicht Beethoven ihm helfen könne, das Rätsel Schubert zu lösen.

Freudensprung erinnerte sich, aufgeregt geantwortet zu haben, wenn er Schubert spiele, sterbe er vor Langeweile. Zacharias hatte ihn erstaunt angeschaut. – Ob er Klavier spiele. – Geige, antwortete er. Bei den Violinsonaten, fuhr er fort, dürfte Schubert die Violine vergessen haben. Endlos brilliere das Klavier, man sehe das in den Noten, selten tauche die Geige auf. Heinrich aber höre das Klavier nicht, denn es gebe niemanden, mit dem er regelmäßig zusammenspielen könne, kein Bursch, kein Mädchen habe es in Kapfenberg auf dem Klavier so weit gebracht wie sie, die Geiger, die seit mehr als zehn Jahren auf diesem Instrument unterrichtet würden. Nur wenn er öffentlich vorspiele, werde vorher zwei-, dreimal mit einer Klavierlehrerin der Musikschule geprobt. Dann erst verstehe er die Komposition, höre, daß das Wenige, das die Geige zu sagen habe, sehr schön, also sehr wichtig sei. Doch zuvor das Üben! Allein, ohne Klavierbegleitung, auf der Geige eine Schubert-Sonate zu spielen, das sei ein Segeln von einer winzigen Geigen-Insel zur anderen in einem riesigen Klavier-Meer.

Heinrich hatte der Mutter die leeren Teller gereicht, sie legte sie in ein Schaff und goß heißes Wasser darüber. Er spiele, fuhr er fort, lieber Beethoven. Hier dominiere zwar ebenfalls das Klavier, doch sei Beethoven ein gerechtigkeitsbesessener Revolutionär gewesen, der auch die Geige habe leben lassen, und nicht aus Pflicht, sondern aus Vergnügen.

Sie gingen in den ersten Stock. Zacharias habe gesehen, sagte Heinrich, daß das Haus noch nackt dastehe, ohne Außenputz. Und im ersten Stock gebe es nur ein Zimmer, seines, der Rest sei Baustelle und werde das noch lange bleiben. Seine Eltern und er hätten das Haus mit eigenen Händen erbaut, es sei stets nur das Allernotwendigste gemacht worden, denn es habe an Geld gefehlt, der Vater sei Arbeiter bei der Firma Böhler, Schlosser, er verdiene weniger als die Hilfsarbeiter im Stahlwerk.

Sie standen in Heinrichs Zimmer: einer Mansarde, die Wand, über der das Dach des Hauses lag, war im oberen Drittel abgeschrägt; Bett, Schrank, Bücherregal, Notenständer, Tisch; auf dem lagen die Geige und zwei Schreibhefte. Das eine, erklärte Heinrich, brauche er für Notizen zu einer Erzählung, das andere für Skizzen zu Theaterstücken, Dramen, die in völliger Abgeschiedenheit spielten, auf einem Gletscher oder in einem Turm, und in denen ein Siebzehnjähriger, vermutlich Heinrich selbst, die ideale Geliebte suche, in denen aber auch eine Siebzehnjährige sich auf der Suche nach dem idealen Mann befinde. Bis zu diesem Tag hätten weder das Mädchen noch der Bursch das Glück gefunden. Er arbeite aber unverdrossen an diesen Stücken weiter.

Wie das ersehnte Mädchen aussehe, fragte Zacharias. In jeder Szene anders, antwortete Heinrich, groß, klein, kichernd, ernst, blond, schwarz; was der junge Mann suche, sei offenbar kein Schönheitsideal. Darauf Zacharias: Wahrscheinlich suche er überhaupt kein Ideal. Das, sagte Heinrich, sei gut möglich. Er selbst wisse gar nicht, was ein Ideal sei. Zacharias dachte nach; er schien es auch nicht zu wissen.

Er sah die Tür zu dem kleinen Balkon offen stehen, trat hinaus und zeigte sich entzückt von den Bergen ringsum. Heinrich wandte ein, daß diese von Wäldern, vor allem von Fichten überzogenen Hänge und Kuppen nur an einem Tag wie diesem, einem Sonnentag, freundlich wirkten, weil sie dann nicht, wie sie das sonst täten, alle Helligkeit absorbieren könnten, erst recht an trüben Tagen, an denen sie sogar das bißchen Licht schluckten, das die von einem Bergkamm zum anderen gespannten Wolken durchließen.

Ob Zacharias, fragte Heinrich, diesen großen kahlen Hang sehe. Zacharias nickte. Die Bäume seien vor zehn Jahren niedergebrannt, fuhr Heinrich fort. Jeder in der Stadt, der genug Kraft gehabt habe, sei mit Schaufel und Krampen ausgerückt, um mitzuhelfen, einen Graben um den brennenden Berg zu ziehen, damit das Feuer sich nicht auf die nächsten Berge oder gar aufs Tal ausbreiten konnte. Wenn Zacharias nichts anderes zu tun habe, könnten sie jetzt den Hang hinaufgehen, es gebe dort eine Stelle, von der aus man den Hochschwab sehen könne, einen richtigen Berg.

Jetzt? fragte Zacharias. Heinrich nickte. Ob man dazu Bergschuhe brauche? – Sie könnten so gehen, wie sie hier stünden. Mit Sandalen? fragte Zacharias. Besser als barfuß, gab Heinrich zur Antwort, und sogleich verließen sie das Haus, nach ein paar hundert Metern waren sie bei der Pötschen, von wo es hinaufging auf die Fischerwand. Auf dem Weg, sobald sie bergauf stiegen, forcierte Heinrich das Tempo, um zu sehen, ob der junge Mann aus dem Wüstenland mithalten konnte, der aber hatte nicht nur kein Problem, an Heinrichs Seite zu bleiben, er plauderte selbst dann noch munter dahin, als Heinrich, um Zacharias herauszufordern, von dem serpentinenartig angelegten Weg abwich und eine Abkürzung nahm, also den kerzengeraden, steilen Steig, auf dem dann Zacharias hinter ihm ging, jedoch, während Heinrich bereits schnaufte und nicht sprechen konnte, weiterplauderte, als spazierten sie eine Uferpromenade entlang.

Auf Heinrichs Notenständer sei, sagte Zacharias, eine Sonate von Beethoven gelegen. Heinrich blieb stehen und holte Atem. Die Frühlingssonate, antwortete er. Technisch sei sie für ihn kaum zu bewältigen, was den Vorteil habe, daß sich ihm die Frage, wie die Sonate zu interpretieren sei, ob sentimental, Frühlingsgeräuschen nachempfunden, oder in kalter Virtuosität, gar nicht stelle. Dennoch habe er sich in der Musikschule verschiedene Schallplattenaufnahmen angehört. Ausnahmslos seien diejenigen Geiger, die auf Virtuosität setzten, geigentechnisch schwach und täuschten Virtuosität nur vor, während bei den anderen die Technik so perfekt sei, daß sie die schwierigsten, ihm unspielbar scheinenden Passagen mit Leichtigkeit und auch noch schön spielten, wobei scheinbar ungewollt der Eindruck entstehe, man höre, wie am Winterende der Frühling sein Recht einfordere: nach Möglichkeit sanft, wenn es sein muß, entschieden, also ganz in der Art Beethovens.

Zacharias fragte, wo Heinrich das Geigenstudium betreibe, wer der Lehrer sei. Heinrich winkte ab. Von Studium könne keine Rede sein, er besuche die Musikschule in Kapfenberg seit seinem fünften Lebensjahr. Er vermute, es habe vor dem Krieg keine Musikschule in dieser Stadt gegeben, sie sei 1946 gegründet worden, neben der Fabrik in einer Baracke, in der während des Krieges Zwangsarbeiter untergebracht waren.

Zacharias sagte sehr bestimmt, als würde er ein ehernes Gesetz formulieren, so müsse es sein, man müsse mit der Gründung einer Musikschule beginnen, alles andere ergebe sich von allein. Diese Art zu sprechen, erinnerte Heinrich sich, habe ihm außerordentlich gefallen.

Sein Geigenlehrer habe sich zu Recht auf diejenigen Schüler konzentriert, die das Geigenspielen zum Beruf machen wollten, was Heinrich nie angestrebt habe. Mit zehn, elf hätte er gern komponiert, doch es gab daheim kein Klavier. Es sei notwendig gewesen, das Haus zu bauen, an die Anschaffung eines Pianinos war nicht zu denken, er aber, vielleicht sei das eine Ausflucht gewesen, konnte sich das Komponieren nur vorstellen mit Hilfe eines Klaviers.

Sein Lehrer habe sechs Schüler gehabt, sechs in dieser kleinen Industriestadt, die im Alter von vierzehn Jahren entschlossen waren, Geiger zu werden, und der Lehrer sei Fachmann genug gewesen, um ihnen zu raten, neben dem Unterricht in Kapfenberg noch das Konservatorium in Graz zu besuchen, was sie taten und was ihre Eltern auch finanzieren konnten. Seine Eltern wären dazu nicht in der Lage gewesen. In der Musikschule Kapfenberg, sagte Heinrich, habe es mindestens dreißig Buben gegeben, später seien zwei Mädchen dazugekommen, die Geige gelernt hätten, neben seinem Lehrer hätten drei ausgezeichnete Geigerinnen unterrichtet. Er erzähle das Zacharias, dem Ortsfremden, als spräche er über eine längst vergangene Zeit und einen sagenumwobenen Ort, in dem einstmals nur zwei Bevölkerungsgruppen gelebt hätten, Stahlarbeiter und Geiger.

Ende Oktober, sagte Heinrich, gebe er in der Musikschule mit der Frühlingssonate seine Abschiedsvorstellung. Er sei jetzt schon aufgeregt. Unmittelbar vor einer Vorspielstunde aber seien seine Finger so feucht, daß er sich frage, wie er auf den Saiten die Töne finden werde, wie er den Bogen halten solle. Er könne das Stück nur dank übermenschlicher Anstrengung spielen. Der kleinste Fehler, der ihm unterlaufe, eine unsaubere Intonation, die er sich vielleicht nur einbilde, führe dazu, daß er sich während des gesamten Spiels nicht mehr beruhigen könne und am Ende seines Vortrags nur den Wunsch habe, in den Boden zu versinken. Erst der Applaus eines wohlmeinenden Publikums hole ihn langsam ins Leben zurück. Einmal noch, sagte Heinrich, setze er sich dem aus, und da wolle er gut vorbereitet sein. Deshalb übe er den ganzen Juli jeden Tag mindestens zwei Stunden, egal, wie sehr die Arbeit in der Fabrik ihn auch anstrenge. Im August sei er nämlich nicht zu Hause.

Der Weg verengte sich wieder zu einem Steig, Heinrich

als Ortskundiger ging voran. Zacharias sagte, Heinrichs Eltern seien wohl sparsam, aber auch sehr großzügig. Heinrichs Mutter habe ihn bewirtet, als sei er erwartet worden, er habe sich wie ein Geburtstagskind gefühlt.

Heinrich antwortete, selbst ihm sei unklar, wie Mutter das zuwege bringe. Seine Eltern hätten sehr selten Besuch, nur hin und wieder komme ein Verwandter vorbei, der sich auf der Durchreise befinde, oder ein Arbeitskollege des Vaters bringe etwas, was man für die Fertigstellung des Hauses brauche, Beschläge für die Kellerfenster, ein Eisengestell, das vorerst als Garderobe diene, und jedesmal werde der unerwartete Gast zu Tisch gebeten, im Handumdrehen werde ihm eine Suppe serviert, dann eine Hauptspeise, und, gelüste ihn danach, auch noch Palatschinken.

Die merkwürdigsten Gäste hätten sie diese Ostern gehabt, sagte Heinrich. Eine Frau und ein Mann standen an einem frühen Nachmittag vor der Tür, direkt vor dem Haus parkte eine noble schwarze Limousine, der Mann trug einen Karton unter dem Arm, die Frau hielt einen Zettel in der Hand, von dem sie in holprigem Deutsch einfache Mitteilungen vorlas, zuerst der Mutter, die ihnen in der Tür gegenüberstand, dann, in der Küche, dem Vater und Heinrich. Daraus ging hervor, daß sich in dem Karton zwölf Flaschen Wein aus Bordeaux befanden und daß der Mann als französischer Kriegsgefangener im Stahlwerk Böhler Zwangsarbeit geleistet hatte. Er war Heinrichs Vater zugeteilt gewesen, und dieser hatte den Franzosen, der dem Hungertod nahe war, mit Brot und Speck versorgt.

Sein Vater, sagte Heinrich, habe das Geschenk nicht annehmen wollen, er habe versichert, was er getan hatte,

sei das Selbstverständlichste der Welt gewesen. Da habe
die Mutter sich eingemischt, die beiden gedrängt, am
Küchentisch Platz zu nehmen, und bald darauf sei das
Essen auf dem Tisch gestanden, Gemüsesuppe mit Hüh-
nerfleisch, dann Kaninchen mit Bratkartoffeln. Die Gäste
hätten die Mahlzeit in ihrer Sprache und mit großen Gesten gelobt. Für alle, gewissermaßen als Jause, es sei vier
Uhr nachmittags gewesen, habe es noch Palatschinken
mit Marillenmarmelade gegeben und dazu – die Mutter habe sich nicht geziert, das Geschenk der Franzosen
anzunehmen und eine Flasche zu öffnen – feinen Rotwein.

Sie habe, als Heinrich das Glas in einem Zug leer trank,
Vater einen besorgten Blick zugeworfen, schließlich sei
die Mutter, die zwar aufzutischen und einzuschenken
verstehe wie niemand sonst, auch ein äußerst sparsamer
und Heinrich gegenüber strenger Mensch. Der Vater, ein
von den Lebensumständen und seiner Frau beeinträch-
tigter Genießer, habe auf den besorgten Blick mit einem
belustigten Lächeln reagiert.

Es hätte, fuhr Heinrich fort, ein schöner Nachmittag
werden können, wäre der Vater nach dem Essen nicht
abrupt aufgestanden und weggegangen. Heinrich sei
darüber nicht verwundert gewesen, er habe gewußt, daß
Vater Gespräche über die Nazizeit verabscheue, selbst
die Erinnerung daran, daß er anderen geholfen, sie wahrscheinlich vor dem Hungertod bewahrt habe, den ihnen
die Nazis zugedacht hatten, sei ihm unangenehm gewesen. Denn nach seiner Erfahrung, so habe er behauptet, sei mit der militärischen Niederlage der Nazis die
Nazizeit nicht zu Ende gewesen. Die Nazis, immerhin
international anerkannte Verbrecher, seien präsent bis in

die Spitze des Staates, von der Leitung des Stahlwerks Böhler nicht zu reden. Er habe unter Anleitung genau jener Nazis, die das Land zugrunde gerichtet hätten, dieses wieder aufbauen müssen.

Verwirrt und traurig, fuhr Heinrich fort, seien die Franzosen zu ihrem Auto gegangen, er aber habe sich in sein Zimmer zurückgezogen, es sei Dienstag nach Ostern gewesen, der letzte Tag der Ferien, und habe niedergeschrieben, was die beiden Franzosen seiner Ansicht nach über die gastfreundliche Mutter und den abweisenden Vater gedacht hätten.

Der Franzose, habe Heinrich geschrieben, sei bei seiner Meinung geblieben, daß dieser Mann ihm geholfen und dabei das Leben riskiert habe, darum gehe es, und nicht darum, wie er sich, ohne sich mit ihm verständigen zu können, nun verhalte; die Französin blieb dabei, sie sei mit ihrem Mann nun acht Tage durch Österreich gereist, sie habe keine einzige unfreundliche Österreicherin und ausschließlich verbitterte Österreicher getroffen; der Franzose habe sich das damit erklärt, so habe Heinrich geschrieben, daß die Nazis verbittert seien, weil sie den Krieg verloren, und daß die Antifaschisten verbittert seien, weil die Nazis trotz des verlorenen Kriegs immer noch das Sagen hätten.

Er wüßte gerne, habe Heinrich in sein Heft geschrieben, warum die Frauen, die doch ähnliche Erfahrungen gemacht haben müßten, anders seien. Vielleicht weil sie nicht im Krieg gewesen, vielleicht weil sie von der Gestapo nicht so unerbittlich verfolgt worden seien wie die Männer. Da sei ihm eingefallen, daß die Nazis nicht einmal davor zurückgeschreckt waren, Kinder zu ermorden.

Ob Zacharias, fragte Heinrich, dort drüben den merkwürdigen Felsen sehe, der sich ausnehme wie ein riesiger Kopf. Zacharias nickte. Vom Scheitel dieses Kopfes, sagte Heinrich, und nur von dort, könne man den Hochschwab sehen.

6

Das Festzelt

Es war ein Freitagabend, erinnerte Sarani sich – er saß noch immer auf der Betonbank, mit der er schon so verwachsen war, daß er, wenngleich er keine Lebenskraft verspürte, dennoch nicht fürchten mußte, herunterzufallen, auch dann nicht, wenn das Flugzeug statt der angekündigten zwei noch weitere Stunden Verspätung haben sollte –, es war ein Freitagabend, als Mustafa zurück nach Kairo fuhr, nachdem er sich von allen verabschiedet hatte. In seiner Begleitung war der Österreicher, der sich von niemandem verabschiedete, nicht einmal von Saranis Kindern.

Am Dienstag darauf näherte sich dem Wüstengrundstück ein Konvoi, wie man in dieser Gegend noch nie einen gesehen hatte. An der Spitze Mustafas Auto. Dahinter ein riesiger amerikanischer Geländewagen, von dem Mustafas englisches Fabrikat sich nobel abhob. Ihm folgte ein kleiner Lastwagen, dessen Ladung von einer Plane geschützt wurde. Und dann drei riesige Sattelschlepper. Mustafa sprang aus dem Auto und wies die Fahrzeuge ein, jedem war ein bestimmter Standplatz zugedacht.

Die Bohrtrupps hörten zu arbeiten auf, ein Dieselaggregat nach dem anderen wurde abgeschaltet, das Klopfen der Motoren erstarb. Sarani erinnerte sich, daß er aus dem Zelt hinaustrat, in dem Sophie und er je einen kleinen zusammenklappbaren Schreibtisch stehen hatten. Sophie kümmerte sich auf ihrem Tischchen um die Buchhaltung, insbesondere um die Auszahlung der Löhne und die Bezahlung der ägyptischen Lieferanten, Sarani war zuständig für das Technische, die Gerätschaft, die rasch erweitert werden mußte, denn man stieß auf mehr Wasser als erwartet, konnte also schneller als geplant bewässern, brauchte dazu aber sofort mehr Rohre.

Sarani, so erinnerte er sich, sah Mustafa, er sah Lastwagen, die er nicht bestellt hatte, und er sah aus dem zweiten Geländewagen eine fremde Frau steigen und den Österreicher. Saranis Kinder liefen zu Freudensprung, der umarmte und herzte sie, Sophie stand neben Zacharias und lachte: über Sarani, der mit offenem Mund dastand, über die Leute von den Bohrtrupps, die entgeistert hinüberschauten zu dem Konvoi. Man hatte von den Arbeitern und Ingenieuren schon geglaubt, sie seien Maschinen, so diszipliniert und fehlerfrei hatten sie eineinhalb Wochen gearbeitet, und nun schalteten sie kurzerhand die Motoren ab, gingen zögernd ein paar Schritte von den Bohrlöchern weg, blieben aber, als sie Sarani sahen, stehen, als hätten sie von ihm eine Strafe zu erwarten.

Sophie aber rief ihnen zu, doch näherzukommen, und zu Zacharias sagte sie, so sei er eben, sein Freund. Er scheine ihn noch nicht zu kennen. Heinrich sei in letzter Zeit sehr schweigsam und nachdenklich gewesen. Nun sehe man das Ergebnis der Grübelei. Was sie denn so großartig finde an dem Spektakel, fuhr Zacharias sie an. Ein Wanderzirkus sei vorgefahren, der sein Zelt aufbaue, abends eine Vorstellung gebe und morgen abreise.

Die Leute, erinnerte Sarani sich, die aus den Fahrerkabinen kletterten, insgesamt sechs Frauen und zwölf Männer, konzentrierten sich auf den kleinen Lastkraftwagen, räumten Bündel von Eisenstangen von der Ladefläche und eine große hellgraue Zeltplane. Also wirklich ein Zirkus. Dann wurden Holzpfosten in den Sand gelegt und darauf, im rechten Winkel zu den Pfosten, Bretter, alles paßte zusammen, es handelte sich offensichtlich um ein ausgeklügeltes System, zu dem auch die Eisenstangen gehörten, die senkrecht in Bretter und Pfosten gesteckt und waagrecht in einer Höhe von drei Metern mit anderen Eisenstangen verbunden wurden. Über das Gestänge spannten die Fremden die Plane. Eindeutig kein Zirkuszelt; aber auch kein zusätzliches Wohnzelt, denn große, lange Tische wurden aufgestellt – im *Festzelt*.

Vier der Frauen und Männer kleideten sich um und begannen Gemüse zu putzen und Fleisch in Stücke zu schneiden, unter ihnen entdeckte Sarani den Österreicher, der ihnen half, aber nur ein paar Minuten, dann kümmerte er sich darum, daß die Tische festlich gedeckt wurden; dann um Wasser für die Rosen, um die Positionierung von vier großen Ventilatoren, die von der Lichtmaschine eines Sattelschleppers angetrieben wurden und für Kühlung sorgten. Erst als die Tische zu Freudensprungs Zufriedenheit gedeckt waren, ging er rückwärts aus dem Festzelt, langsam die Füße durch den Sand ziehend, als kulminiere seine ganze Kraft in einem letzten prüfenden Blick und als könne er deshalb die Füße nicht heben.

Im Schatten des Geländewagens trank er eine Flasche Wasser in einem Zug leer, dann einen Becher Wein, woraufhin er sich eine Pfeife anzündete und zu den Saranis ging, etwas erschöpft, sich grußlos an Sophie wandte und ihr versicherte, weder das Fest, das heute stattfinde, noch der um viele Wochen vorgezogene Barackenbau, der unter der Leitung der Frau, mit der er gekommen sei, einer amerikanischen Architektin, eben beginne, koste auch nur einen Piaster, er werde Sophie später erklären, wie er die Sache mit Mustafa eingefädelt habe.

Er bitte sie, und sie möge diese Bitte an die anderen weitergeben, die Arbeit für den Rest des Tages ruhen zu lassen, damit alle erholt zum Fest kommen und es genießen könnten. Bis zum Abend seien in der Baracke, die man nun aufstelle, zwei Zimmer fertig und zu besichtigen, am Ende der Woche werde jeder ein eigenes Zimmer beziehen.

Nun erst, erinnerte Sarani sich, habe der Österreicher sich an ihn gewandt. Zacharias wisse, habe Freudensprung gesagt, daß er Mustafa für einen Gangster halte. Nun aber sehe Heinrich: Mustafa sei auch ein umsichtiger Mann, gewissermaßen ein fürsorglicher Gangster. Nicht nur in den großen Fragen des Imports komme man nicht an ihm vorbei, auch in den kleinen Fragen des Wohlbefindens der Menschen auf der Wüstenbaustelle sei Mustafa ein wichtiger Ratgeber. Freudensprung habe gedacht, er sei der einzige, dem auffalle, daß alle, die hier arbeiteten, zwar die Arbeit, nicht aber das Leben ertrugen. Was passieren würde, habe er sich gefragt, wenn morgen drei, übermorgen fünf und überübermorgen zehn Arbeiter weggingen, weil sie es nicht mehr aushielten. Das Unternehmen wäre gescheitert, und Mustafa entgingen weitere Aufträge.

Als der in der Vorwoche Freudensprung gefragt habe, warum er sich abseits halte, sich an der Arbeit nicht beteilige, auch nicht mehr zum gemeinsamen Essen komme, habe Freudensprung geantwortet, daß es ihm Sorgen bereite, wie die Menschen von Tag zu Tag freudloser dahinlebten. Mustafa habe ihm beigepflichtet, ja, er habe sogar eingestanden, um zukünftige Aufträge zu fürchten und deshalb an sofortigen Verbesserungen des Lebens auf der Farm interessiert zu sein.

Deshalb, erinnerte Sarani sich, waren die beiden nach Kairo gefahren. Dort ließ der Österreicher sich die Baupläne und die Holzbauteile für die Wohnbaracken zeigen. Sarani hatte sie bei einer norditalienischen Firma bestellt, Mustafa hatte sie importiert. Freudensprung sah beim ersten Blick auf die Pläne, daß diese Art Unterkunft für Mitteleuropa, und auch dort nur in der kühlen Jahreszeit, geeignet war, keinesfalls für die Wüste, wo diese Holzschachteln sich zu Brutkästen aufheizen würden.

Freudensprung habe Sarani erzählt, wie schwer es gewesen sei, Mustafa von der Unsinnigkeit dieses Bauvorhabens zu überzeugen. Für den sei das eine ideologische Frage gewesen und keine praktische. Mustafa zufolge gebe es einen internationalen Baustil, und Anschluß an diesen zu finden sei die Aufgabe Ägyptens wie jedes anderen Landes. Im Norden Finnlands werde nicht anders gebaut als im Süden Spaniens, da würden die Gebäude geheizt, dort gekühlt; und in der Wüste Ägyptens müßten sie eben mit besonders starken Klimaanlagen ausgestattet werden. Freudensprung habe ihm entgegengehalten, daß der Zweck der Farmgründung sei, Gemüse zu züchten, aber nicht, Strom, der für Wasserpumpen gebraucht werde, an Klimaanlagen zu verschwenden.

Mustafa, so Freudensprung weiter, habe sich aus dieser ausweglosen Situation durch einen Gedankenblitz befreit. Er habe sich einer jungen New Yorker Architektin entsonnen, die in Kairo als Gastprofessorin tätig gewesen war, mit dem Forschungsziel, herauszufinden, wie man früher in der Wüste gebaut habe und hier und dort noch baue, außerdem: ob das Leben in diesen Bauten trotz der Hitze des Tages und der Kälte der Nacht erträglich sei, und wenn ja, ob man aus dieser Bauweise Lehren für modernes Bauen ziehen könne.

Diese Hexe, habe Mustafa ausgerufen, man sollte sie aus Ägypten jagen! Sie mache die jungen Leute an den Universitäten verrückt mit ihrer Herabwürdigung der Architektur des alten Ägypten, sie verunglimpfe diese Baukunst als Totenkult, die herrlichen Pyramiden und imposanten Gräber als Ausdruck maßloser Menschenschinderei, dem gegenüber nähmen die Lehmhütten der Bauern sich edel und klassisch aus.

Das Problem bestehe darin, habe der Österreicher eingewandt, daß in der Halle, in der Mustafas Importgüter lagerten, Holz gestapelt sei, nicht aber Lehmziegel.

Das sei, habe Mustafa scharf entgegnet, tatsächlich ein Problem, welches jedoch die Architektin lösen müsse, sie habe ja, größenwahnsinnig wie sie sei, für alles eine Lösung parat.

Mustafa hatte Freudensprung die Amerikanerin vorgestellt, die, als sie hörte, er komme aus Österreich, gelangweilt wirkte und meinte, sie habe höchstens eine halbe Stunde Zeit. Freudensprung beeilte sich, über die ersten Tage des Lebens und der Arbeit auf der Farm zu erzählen, wobei sich das Gemüt der Amerikanerin erhellte bis zur Ausgelassenheit. Sie habe, wie sie eingestand, befürchtet, daß man aus Österreich, einem Land, das den Ruf habe, Kulturland zu sein, deshalb hierherkomme, um das alte Kulturland Ägypten zu suchen, und daß der Österreicher in ihr, der Amerikanerin, eine devote Komplizin zu finden gehofft habe, devot, weil sie ja aus einem

Nicht-Kulturland stamme, wie Europäer glaubten, nicht ahnend, daß auch die Amerikaner vor lauter Hingabe an die Tradition kaum mehr eine Gegenwart hätten.

Mustafa ließ, nachdem er dem Österreicher den Schlüssel zur Lagerhalle übergeben hatte, die beiden allein, ja er ging, als hätte er einen plötzlichen Entschluß gefaßt, überstürzt und grußlos weg. Die Amerikanerin nannte Freudensprung den Grund: Mustafa hatte ihr vor Wochen einen Heiratsantrag gemacht. Er hatte die Sache von allen Enden her erwogen. An dem einen Ende, hatte Mustafa gesagt, stehe seine große Liebe zu ihr, an dem anderen die große Notwendigkeit für seine Firma, über eine international renommierte Architektin zu verfügen. Er selbst habe eine Lizenz, zu planen und zu bauen, und so importiere er zwar Baumaterial, seiner Firma fehlten aber ausländische Architekten und Bauunternehmer als Teilhaber, wodurch ihm viel Geld verlorengehe. Die beiden Enden der Sache, die große Liebe und die große Notwendigkeit, seien, was man selten erlebe, dabei, zu einer Einheit zusammenzuwachsen, es sei nun an der Amerikanerin, diese Notwendigkeit einzusehen, was er als Beweis ihrer Liebe verstünde.

Die Amerikanerin, sie hieß Jenna Vanzetti, hatte den Antrag nicht abgelehnt, aber zu bedenken gegeben, daß sie bereits verheiratet sei, allerdings auch eingeräumt, daß das kein Hindernis sei, sie könne sich scheiden lassen; sie lebe jedoch nicht nur mit ihrem Mann, sondern auch mit zwei Freunden zusammen, abwechselnd, nie würde sie das Risiko eingehen, nur einen Mann oder einen Freund zu haben, zu schmerzlich sei es, verlassen zu werden; würde sie sich scheiden lassen, wären drei Männer ihre Freunde und Mustafa ihr Mann. Er habe sich, erzählte sie Freudensprung, beleidigt gezeigt, anstatt sie ernst zu nehmen.

Diese Geschichte berichtete sie dem Österreicher nebenher, während sie die Holzbestände prüfte, die für den Bau von Baracken vorgesehen waren. Auch Vanzetti bezeichnete Holz als Baumaterial in der Wüste für nicht geeignet, schwächte aber dieses Urteil, als sie den Österreicher verzweifelt die Hände über dem Kopf zusammenschlagen sah, sogleich ab und versicherte ihm, mit dem Material für zwei Baracken zumindest *eine* bewohnbare in kurzer Zeit zimmern zu können, wobei es darum gehe, dem Gebäude eine Innen – und eine Außenhaut zu geben, damit die Hitze, die durch die Außenschicht dringe, durch einen Kanal abziehen könne, dasselbe gelte für das Dach, es müsse in zwei Schichten gewissermaßen über dem Gebäude schweben.

Freudensprung ging erlöst auf sie zu und küßte sie. Sie erwiderte den Kuß. Am nächsten Morgen erwachten sie in Vanzettis Hotelzimmer und lachten über die List, mit welcher Freudensprung die weibliche Aufsichtsperson im dritten Stock des Hotels übertölpelt hatte, eine Person, wie sie in jeder Etage jedes Hotels der Stadt obligatorisch war, um über die Sittlichkeit der Gäste zu wachen. Jenna Vanzetti hatte bei der Aufsichtsperson über Herzbeschwerden geklagt, Freudensprung hatte sich als Arzt der amerikanischen Botschaft ausgegeben und behauptet, in dem Karton, den er unter dem Arm trug, befinde sich ein Defibrillator. Tatsächlich waren in dem Karton einige Flaschen Rotwein, erstanden beim Italiener um die Ecke, dessen Firma eine Lizenz für Elfenbeinhandel hatte.

So jedenfalls hatte Sarani diese Geschichte im Gedächtnis. Außerdem erinnerte er sich, daß der Österreicher während des Festes zu ihm sagte, er sei mit der Absicht nach Kairo gefahren, sich zu verlieben; er kenne das Vorurteil, Liebe könne man nicht mit Absicht herbeiführen. Er aber wisse es besser. Als er sieben Jahre alt gewesen sei, habe er zum erstenmal das Empfinden gehabt, sich verlieben zu wollen. Er habe als Schulkind im Schaufenster eines Fotografen das Porträt einer Frau gesehen. Nicht daß er sich in dieses Bild verliebt hätte. Er sei aber überzeugt gewesen, irgendwann einer Frau zu begegnen, die dieser Fotografie ähneln und die er lieben werde. Damit diese Frau sofort merke, daß er sie liebe, habe er ständig im Zustand des Verliebtseins gelebt. Und tatsächlich, als dann, in der zweiten Klasse der Volksschule, eine neue Lehrerin, jenem Fotoporträt unfaßbar ähnlich, den Unterricht übernahm, leider nur für ein Jahr, habe die schwelende Liebe sich auf der Stelle entzündet.

Bis zum heutigen Tag sei das Bedürfnis lebendig, sich zu verlieben, es müsse nicht das Bild einer Frau sein, das er in der Wirklichkeit suche, immer öfter sehne er sich nur nach Augenblicken freudvollen Lebens – das Wort freudvoll gewinne für ihn immer größere Bedeutung und dem entsprechend das Gegenwort, lieblos –, er sehne sich nach einem freudvollen Leben als nach einer Form des Verliebtseins. Lieblos sein, ohne Liebe sein, nicht verliebt sein bedeute für ihn tot sein bei lebendigem Leib. Und hier auf dem Wüstengrundstück sei er schon am dritten Tag vor Freudlosigkeit gelähmt gewesen, als er gesehen habe, daß ausnahmslos alle, sosehr sie es kaschieren wollten, indem sie tüchtig gearbeitet hätten, derart verdrießlich geworden seien, daß sie außerhalb der Arbeitszeit nicht mehr miteinander und später nicht einmal mehr mit sich selbst geredet hätten, zermürbt vom Wüstensand, der durch ihre Haut gedrungen sei und sich über ihre Seelen gebreitet habe.

Deshalb sei er mit Mustafa auf gut Glück nach Kairo gefahren. Er sei wie die anderen zwar aus freien Stücken hergekommen, doch man sei hier als Gefangener festgesessen. Er sei aufgebrochen in der Absicht, freudvolles Leben zurückzubringen und damit das Unternehmen zu retten. Aber wie? Er schäme sich nicht, zuzugeben, daß er auch überlegt habe, zurück nach Europa zu reisen. Für ihn rangiere das eigene Wohlbefinden nicht immer an erster Stelle, aber auch nicht an letzter. Die Eigenliebe, Aristoteles habe das die Altvorderen gelehrt und Musil die Heutigen, sei die Voraussetzung der Nächstenliebe, und er könne nicht sagen, wozu er sich in Kairo entschieden hätte, wäre ihm nicht Jenna Vanzetti begegnet.

Das Festzelt, erinnerte Sarani sich, leuchtete weithin, denn Mustafa, Meister solcher Arrangements, hatte unter der Plane, die den Plafond bildete, Scheinwerfer an das Gestänge montiert, die ihr starkes Licht gegen den Plafond warfen, der, da das Festzelt keine Seitenwände hatte, nicht nur zu schweben schien, sondern zu fliegen, wegzufliegen, langsam, zauberhaft, und Sarani wunderte sich die ganze lange Nacht, daß die Plane noch vorhanden war.

Mustafa arrangierte auch die Menschen, bis sie in einem großen Kreis um die Tische standen, die, aneinandergereiht, eine lange Tafel bildeten, geschmückt mit Rosen, dazwischen Kerzen als Tischbeleuchtung, und in diesen Kreis trat Freudensprung, nachdem von ihm, von Mustafa und von der Amerikanerin jeder und jedem ein Glas Sekt gereicht worden war, und hielt eine Ansprache, in der er sich in seinem und in Saranis Namen für die erbärmliche Unterbringung des Teams entschuldigte und von seiner Beobachtung sprach, daß Menschen, die unter unerträglichen Bedingungen leben, selbst unerträglich werden und sich in den Heroismus flüchten, daß sie sich als Helden der Arbeit gerieren, denen keine Widerwärtigkeit etwas anzuhaben vermag.

Das Fest an diesem Abend, habe Freudensprung gesagt, sei kein Trostpflaster auf die lebenswunden Seelen, sondern nach der ersten Phase der Farmgründung, die eineinhalb Wochen gedauert habe, der Beginn der zweiten. Ab dem nächsten Morgen werde die erste Wohnbaracke mit einem eigenen Raum für jeden einzelnen errichtet. Weder das Fest noch die Wohnbaracke seien eine Spende des Farmeigentümers, das wolle Freudensprung deshalb betonen, weil die Festgäste niemandem Dank schuldeten. Sie hätten in den eineinhalb Wochen mit den überaus erfolgreichen Bohrungen so viel geleistet, daß sie dieses Fest als ihr eigenes genießen sollten.

Das wurde, erinnerte Sarani sich, von einigen Bohrarbeitern falsch verstanden. Sie vermeinten gehört zu haben, daß sie sogleich nach den Köstlichkeiten, die am Rande des Festzeltes aufgetürmt waren oder auf dem großen Grillrost schmorten, greifen sollten, und verließen den Kreis, in dem sie standen. Es zog sie zu den duftenden Lammkoteletts, und Mustafa, besorgt um sein Arrangement, klärte sie nicht einfach über das Mißverständnis auf, er warf sich ihnen entgegen, wodurch er einen Tumult provozierte, was den Österreicher zu der protestierenden Gruppe hineilen ließ, um sie zu beschwichtigen. Die Amerikanerin aber war es, die das Problem löste.

Sie sagte den Männern, was sie ohnedies schon gesehen hatten, daß die Tafel für sie gedeckt sei, vor allem aber, was sie offenbar nicht wußten, daß sie bedient würden. Als alle endlich saßen, der eine und andere noch aufgebracht zu Mustafa hinschnauzte, klatschte Jenna Vanzetti in die Hände, bat um Gehör und setzte die Ansprache des Österreichers fort, indem sie verlautbarte, daß die Erfinder dieses Festmahls elf Gänge vorgesehen hätten, es werde also niemand verhungern, allerdings gebe es ihr zu denken, daß einige Voreilige ausgerechnet zum Lamm drängten, so daß sie die Köchinnen und Köche bitte, dieses Gericht, das erst an der dritten Stelle der Speisefolge stehe, vorzuziehen, was ihr den lauten Beifall der Bohrarbeiter, aber auch den leisen Widerspruch der Köche eintrug, weil die ihren Zeitplan über den Haufen geworfen sahen, woraufhin Vanzetti sich entsann, daß der Österreicher versprochen hatte, nach der Hauptspeise, dem Lamm, etwas auf der Geige zum besten zu geben. Und so dekretierte sie, eine geborene Volksrednerin, wie Sarani sich erinnerte, daß die drei Ehrenkellner, Mustafa, der Österreicher und sie selbst, noch einmal die Gläser derer, die dem Alkohol zugetan waren, mit Sekt füllten, daß danach der Österreicher die *Steyrischen Tänze* von Joseph Lanner auf der Geige spielen werde, so daß die Köche genug Zeit hätten, das Lamm als erstes Gericht zuzubereiten. Da vernahm man aus einer Ecke Applaus. Der galt aber nicht der Amerikanerin, sondern Mustafa, dem es gelungen war, einen der Köche zu seinem Komplizen zu machen, welcher aus dem großen Vorrat, der für den letzten, den elften Gang vorgesehen war, die Hälfte abgab und auf Teller verteilte: Ziegenkäse, Feigenmarmelade und je ein Stück gegrilltes Weißbrot mit

Knoblauch. Mustafa lief, um zu zeigen, wie man eine schlechte Stimmung in eine festliche verwandelt, mit vier kleinen Tellern auf dem linken Unterarm zwischen Festtafel und Buffet hin und her und hatte bald alle Festgäste zu deren Überraschung mit einer Vorspeise versorgt.

Daraufhin gab die Amerikanerin, die sich an der Rand des Geschehens gedrängt fühlte, dem Österreicher den Einsatz, als wäre sie die Dirigentin und er der vor einem Orchester stehende Solist, damit er mit dem Geigenvortrag beginne, was er auch tat, indem er, fügsam wie nur ein Frischverliebter, zu seiner Geige sprang, die auf dem Buffet bereitlag. Der Österreicher, erinnerte Sarani sich, legte los mit einer Fingerfertigkeit und einer Sicherheit auch in den hohen Lagen, als hätte er die Geige in Kairo mitgehabt und die wenigen Tage dort genutzt, um Lanners *Steyrische Tänze* zu üben, die er auch in Wien gern gespielt hatte, doch stets unsicher, wenn er auf der E-Saite, was Lanner ihm nicht ersparte, hinauf in die dritte und fünfte Lage mußte.

Jenna Vanzetti stellte sich vor ihn, begann zu tanzen, schneller, immer schneller, weil sie, da sie mit dem Walzertakt nicht zurechtkam, den Dreivierteltakt in Achtel auflöste und den Walzer zu einer Polka transformierte, was, dachte Sarani, wahrscheinlich nur er als – zugegeben anmutigen – Aberwitz empfand. Zweimal tanzte die Amerikanerin um die Festtafel herum, der Österreicher folgte ihr ausgelassen fiedelnd, bis er von einem der Köche das Zeichen bekam, daß die Küche die Änderung der Speisenfolge organisiert hatte und das Lamm aufgetragen werden konnte.

Freudensprung brach mitten in einem Tanzstück ab, verwandelte sich vom Geiger zum Kellner und trug die erste

Portion Lamm mit Bratkartoffeln und Bohnen auf. Die Amerikanerin konnte so rasch nicht innehalten, erst der Jubel über ihre Tanzkunst und der Applaus fürs Lamm brachte sie zum Stehen.

Nicht nur die schlechte Stimmung war gebannt, auch schlug, erinnerte Sarani sich, die steife Feierlichkeit um in Festtagsstimmung. Sophie flüsterte Zacharias ins Ohr, sie habe ihn noch nie so traumverloren dasitzen sehen, und er konnte, versunken in den Anblick der drei Kellner, nicht einmal antworten. Die amerikanische Architektin, der ägyptische Staatssekretär und der österreichische Schriftsteller servierten nicht nur Lamm, sie unterhielten die Gäste, sie stellten nicht bloß die Teller auf den Tisch, sondern machten dazu Bemerkungen der sonderbarsten Art.

Die Amerikanerin sagte, sie bemühe sich, die Gäste rasch zu bedienen, dennoch brauche alles seine Zeit, schließlich komme das Lamm aus Neuseeland, die Fisolen aus Dänemark, die Kartoffeln aus Zypern. Das war ihr Spiel, und an dem hielt sie fest, jeder Kleinigkeit, die sie auftrug, dichtete sie eine fabelhafte Herkunft an. Mustafa hingegen mimte den ägyptischen Nationalisten, alles, was er servierte, nannte er eine Nationalspeise, aus diesem Dorf komme das Fleisch, aus jener Stadt der Fisch, aus dem übernächsten Dorf das Brot, aus der benachbarten Region das Gemüse.

Freudensprung, erinnerte Sarani sich, hatte es schwer, neben den beiden zu bestehen, und so verzichtete er auf komische Bemerkungen und besann sich auf die Rolle des Musikers, in der er schon einmal Erfolg gehabt hatte. Konnte er zwischen den Gängen ein wenig verschnaufen, weil er keine Speisen auftrug, sondern nur

Gläser nachfüllte, sang er den Gästen Gstanzln vor, Vierzeiler, wie er sie an langen Winterabenden mit Sarani und anderen Freunden in obersteirischen Berghütten gesungen hatte.

Sarani erinnerte sich, das Festmahl dennoch nicht unbeschwert genossen zu haben. Welche Gestalt die Barakken, die nun überstürzt nach Ideen der Amerikanerin gebaut werden sollten, annähmen – ob sie tatsächlich den Bedürfnissen der zukünftigen Bewohner entsprächen –, diese Frage beschäftigte ihn den ganzen Abend, während er den anderen zuliebe ausgelassen zu wirken versuchte. Die erste Baracke wurde am Tag nach dem Festessen fertiggestellt – sie war beispielhaft für alle folgenden Bauten, die auf der Farm entstanden: Schutz gegen die Hitze des Tages und vor der Kälte der Nacht. Sobald die wirtschaftliche Situation es zuließ, wurde Holz seltener verwendet.

Freudensprung bezog nicht wie die anderen ein Zimmer in der ersten Baracke, er wohnte mit der Amerikanerin in deren Geländewagen. Die beiden schienen unzertrennlich, auch wenn Freudensprung, kaum wurde mit dem Bau der ersten Baracke begonnen, sich einer anderen Arbeit zuwandte. Er schichtete, um die zukünftigen Felder vor dem Wüstensand zu schützen, Steine, die auf seine Initiative hin mit einem Lastwagen geliefert worden waren, zu einer mannshohen Mauer. In der Planung für die ersten Monate war das nicht vorgesehen.

In den Pausen saßen Vanzetti und Freudensprung beisammen, stets ein wenig abseits, wohl um die anderen mit ihrem Geschnatter und Geturtel nicht zu inkommodieren, sie paffte einen Zigarillo, er die Pfeife, er trank ab mittags Rotwein, verdünnt mit Wasser, mit dem frischen

Wasser, das aus dem Boden gepumpt wurde, sie Budweiser Bier.

Sarani erinnerte sich, an seinem Schreibtisch im Zelt gesessen zu sein, als Sophie und Jenna hereinkamen und sich an dem anderen Tisch niederließen. Sophie, welche die Amerikanerin von der ersten Sekunde an ins Herz geschlossen hatte, versuchte, als ein Erfolg mit der Baracke sich abzeichnete, Vanzetti für das Team der Farmgründer zu gewinnen, doch die winkte, ohne nachzudenken, ab: Sie sei nur zufällig hier, sie plane noch die Dachkonstruktion der Baracke, und sobald sie sehe, daß die Handwerker das Prinzip verstanden hätten, reise sie nach New York; ein Kollege aus Berlin warte dort auf sie und brauche ihre Hilfe, er arbeite an einem Buch über das Glashaus des neunzehnten Jahrhunderts, und sie habe als erste die Glashäuser in den USA, insbesondere das gigantische in New York, von denen keines mehr existiere, erforscht; sie wisse, wo die Pläne liegen.

Er war aufgesprungen, erinnerte Sarani sich, war von seinem Schreibtisch mit großen Schritten zu Vanzetti gegangen und hatte gesagt, ihr Kollege aus Berlin müsse Georg Loser heißen. Ruckartig stand Vanzetti auf, zwang sich aber sofort, gelassen zu bleiben, und schaute, als sie zu sprechen begann, niemanden an. Wenn sie sich in den USA oder in Europa aufhalte, sagte sie, habe sie mitunter den Eindruck, jeder kenne jeden, wenn nicht überhaupt jeder mit jedem verwandt sei. Nicht von ungefähr sei in diesen Ländern die Floskel von der kleinen Welt entstanden.

Sie, Vanzetti, halte sich gern in rückständigen Ländern und Kontinenten auf, denn dort sei die Welt noch vielfältig und groß. In diesen Regionen zu bauen, mit be-

schränkten Mitteln, sei für sie interessanter als jenen
architektonischen Unfug mitzumachen, den der aus
Raub entstandene Überfluß der Ersten Welt gebäre. Sie
bezeichne diese Erste Welt deshalb als das Letzte.
Diese Einsicht, fuhr Vanzetti fort, verdanke sie Georg
Loser, einem Architekten, der aus Graz stamme, in Wien
studiert und in Paris gearbeitet habe, nun in Berlin lehre
und arbeite. Er habe die Ökologie wiederentdeckt, nicht
als brauchbares Beiwerk, sondern als Formelement der
Architektur. Daß es in ein Haus nicht hineinregne, daß
man in einem Haus nicht friere oder nicht vor Hitze um-
komme, sei auch eine baukünstlerische Frage.
Sie entschuldige sich für diese Ausschweifung, die, wie
sie beteuerte, gleichwohl notwendig gewesen sei, denn
dieser Architekt habe ihr die Augen geöffnet. Und hier in
der Wüste auf jemanden zu stoßen, der ihn kenne, lasse
sie beinahe die Fassung verlieren, schließlich sei Loser
jemand, der nur durch sein Werk wirken wolle, Reklame
für sich weder betreibe noch zulasse, ja behaupte, die
Wirkung seiner Bauwerke sollte sich vollends im Wohlbefinden der Benutzer und im Wohlwollen der Betrach-
ter erschöpfen. Nun müsse sie feststellen, daß Loser eine
Bekanntheit anhafte, die bis in die ägyptische Wüste reiche.
Sarani antwortete, ihre Überlegungen würden sie zwar
als eine dem Georg Loser ebenbürtige Schülerin auswei-
sen, ihre Sorge aber, Loser könnte einer dieser Routiniers
geworden sein, die weltweit ihre aufdringlichen Marken-
zeichen in Gestalt von Architektur hinterlassen, sei un-
begründet. Loser sei ein alter und sehr guter Freund von
Heinrich und insofern auch ein Freund von ihm. Freudensprung und der um weniges ältere Loser hätten zur

gleichen Zeit in Wien studiert. Für Sarani, den Techniker, seien sie damals die Künstlerfreunde gewesen, einander auf eine ebenso beglückende wie erschreckende Weise ähnlich. Habe er ihnen zugehört, habe er mitunter nicht gewußt, welcher der beiden redete, so ähnlich habe ihre Art des Denkens, aber auch des Sprechens gewirkt. Anders als die Freundschaft zwischen Sarani und Heinrich, die des fortwährenden Kontakts, des persönlichen oder brieflichen bedürfe, scheine die Freundschaft zwischen Freudensprung und Loser auf keine Form von Wirklichkeit, nicht einmal die des telefonischen Gesprächs angewiesen zu sein.

Er sei dabeigewesen, als die beiden sich trafen, nachdem sie sieben Jahre nichts voneinander gehört hatten. Nur flüchtig hätten sie sich begrüßt, und schon seien sie mitten in einem heiteren Gespräch gewesen, aber so, als würden sie das Gespräch vom Tag zuvor fortsetzen. Es sei wie immer irritierend tiefsinnig gewesen, irritierend, weil sie Tiefsinn nur in Gestalt des Witzes ertragen hätten, es sei wie immer darum gegangen, woran jeder von ihnen gerade arbeite. Sarani habe mit Freude und Gewinn zugehört, aber auch mit einem bitteren Gefühl. Die beiden hätten zwar immer wieder zu ihm geblickt, ihn zum Gespräch einladend, doch dieses Gespräch sei so hermetisch gewesen, daß er zwar verstand, was gesagt wurde, aber nicht daran teilnehmen konnte. Er habe das erkannt, aber, merkwürdigerweise, nicht darunter gelitten.

Vanzetti, erinnerte Sarani sich, umarmte ihn und weinte und lachte und sagte, sie habe außer mit Heinrich noch nie mit einem Mann geschlafen, den sie nicht gut gekannt habe. Nun begreife sie, warum Heinrich Freudensprung ihr vom ersten Augenblick an nahegestanden sei. Weil er sich von Loser nur in Nuancen unterscheide. Sie habe mit Heinrich und also mit Loser geschlafen, an Loser, den Lehrer, hätte sie sich nicht so nahe herangewagt.

Verwundert über sich selbst, schüttelte Vanzetti den Kopf, wobei sie die Lippen aufwarf zu einem Clownsmund, was Sophie zum Lachen brachte, und sie zog die Amerikanerin sanft zurück auf den Sessel, auf dem diese vorher gesessen war, und fragte, ob Vanzetti angesichts der neuen Lebenskonstellation nicht doch auf der Farm bleiben wolle, es gebe hier viel zu bauen. Vanzetti, erinnerte Sarani sich, drehte den Spieß um und sagte zu Sophie, so jemanden wie sie, mit einem liebevollen Verstand, brauche sie als Kollegin in ihrem Architekturbüro in New York.

Sarani verließ das Zelt, lief bis zum äußersten Rand des großen Grundstücks, wo Freudensprung Steine übereinanderschichtete, und erzählte ihm, daß seine Geliebte abreisen werde, nur um in New York Georg Loser zu treffen.

Freudensprung sagte nur, er wisse, daß Georg in New York sei. Sarani: Und die Verbindung zu Vanzetti? Und daß Heinrich ausgerechnet sie in Kairo getroffen habe und daß sie jetzt hier sei und das Unternehmen rette? Das sei doch mehr als erstaunlich.

Die Hauptsache sei, antwortete er, daß es sei, wie es sei, und er setzte weiter Stein auf Stein. Sophie, fuhr Sarani fort, wolle ein Abschiedsessen für Jenna geben. Es sei Jennas und sein letzter Abend, den würden sie gern allein verbringen, antwortete Freudensprung. Ob Heinrich ihr nachreisen werde, fragte Sarani. Nein, gab er zur Antwort, ihn ziehe es zu seinen Kindern.

Als das Unternehmen im Lauf der Jahre Gestalt annahm, erinnerte Sarani sich, kam der Österreicher immer seltener nach Ägypten, und jedesmal fuhr er bald wieder zurück nach Wien zu seiner Familie und zu seiner schriftstellerischen Arbeit. Auf der Farm schrieb er nicht, er machte nicht einmal Notizen. Immer wieder schlug Sarani ihm vor, mit der Familie hierher zu ziehen. Freudensprung nickte jedesmal, wirkte aber geistesabwesend. Nun, rückblickend, interpretierte Sarani dieses Verhalten des Österreichers als erstes Zeichen von Verrat.

Die Farm, erinnerte er sich, hätte von Anfang an nicht nur seine, sondern auch Freudensprungs Familie ernährt, außerdem wuchs das Unternehmen rasch. Nach fünf Jahren waren dreihundert Leute beschäftigt, ein Kühlhaus wurde gebaut, Lastwagen wurden angeschafft, die das Gemüse nach Kairo zum Flughafen transportierten, und sogar zwei eigene Flugzeuge, welche die Ware nach Paris und London brachten, wo Gemüse von der Wüstenfarm besonders in der kalten Jahreszeit die Märkte dominierte.

Heinrich, erinnerte Sarani sich, hatte das kommen sehen und auch, daß Sarani sich mit dem ökonomischen Erfolg nicht bescheiden werde. Warum Freudensprung das nicht animierte, mit seinen Ideen, die ja nicht nur schwärmerisch, sondern auch auf Neuerung aus waren, auf dem Wüstengrundstück tätig zu werden, respektierte Sarani, akzeptiert hatte er es nie. Ihm war die Doppelgesichtigkeit des Unternehmens bewußt. Man sah den wirtschaftlichen Erfolg. Ohne diesen aber wäre alles andere nicht möglich gewesen. Nur um wirtschaftlich erfolgreich zu sein, hätte Sarani nicht nach Ägypten gehen müssen, hätte er in Graz bleiben können. Das Unternehmen in der

Wüste, dachte Sarani, war ein Experiment. Nichts war vorhersehbar, außer daß man auf Wasser stoßen werde.

Er nahm alles, wie es kam, auch, in der ersten Woche, den Unmut seiner Frau, die er über alles liebte und derenthalben, hätte sie darauf bestanden, er das Wüstenabenteuer auf der Stelle abgebrochen hätte. Sie aber trachtete, ihren Unmut wenn schon nicht zu verbergen, wenigstens nicht zur Sprache zu bringen.

Ähnlich verhielten sich die Kinder. Die beiden, Johanna war damals zehn, David zwölf, hatten ihn, den Vater, geradezu gedrängt, mit ihnen ins Ungewisse aufzubrechen, allerdings war ihnen dieses Ungewisse nicht ganz fremd. In dem Jahr, bevor sie sich für lange Zeit dort niederließen, hatte Sarani seiner Frau und den Kindern zwei Monate lang das Land gezeigt, das gegenwärtige Ägypten – die Altertümer nur nebenbei. In Hotels zu wohnen war aber etwas anderes als im Jahr darauf in einer Unterkunft in der Wüste.

Dort lebten sie später nur in den Schulferien und am Wochenende. Montags bis donnerstags besuchten sie das Internat der amerikanischen Schule in Kairo, und daß sie schon donnerstags auf die Farm zurückkehrten, ging auf eine Regelung zurück, welche die Kinder bei den Eltern und die bei der Schulleitung durchsetzten, denn die Kinder wollten auf der Farm mithelfen.

Sarani, so erinnerte er sich, hatte, nachdem er zum Studium nach Graz gegangen war, Ägypten achtzehn Jahre lang nicht besucht, und nach dem zweimonatigen Aufenthalt kam er mit einem Koffer voll Notizen zurück. Wieder in Graz, saß er über der Arbeit an einem Buch, das von den Reformen handeln sollte, die in Ägypten anstanden. Zum Glück rief er, vor Reformgeist glühend, einen ägyptischen Bekannten an, der in Graz lebte und der, als er von Saranis Vorhaben hörte, in ein Gelächter ausbrach, das nicht enden wollte.

Also legte Sarani den Hörer auf und rief einen anderen Ägypter an, der ebenfalls nach Saranis ersten Worten schallend auflachte, aber nicht lange, weil er an Bronchitis litt, und der ihn schwer hustend fragte, ob er noch nie von der ägyptischen Krankheit gehört habe. So nenne man die zwanghafte Neigung derjenigen Ägypter, die im Ausland lebten und später ihr Land bereisten, ein Buch darüber zu schreiben, was dort reformiert gehöre.

Sarani war Derartiges nie zu Ohren gekommen. Beschämt stellte er die Arbeit an dem Buch ein und besprach sich mit dem österreichischen Freund. Sie waren bestürzt, wie einfach und ganz in ihrem Sinn die Lösung des Problems war: Reformen in Ägypten müßten *gemacht* werden. Wenige Monate später saßen sie auf dem Wüstengrundstück, Sarani mit seiner Familie, Freudensprung war allein gekommen, also nicht für immer.

Erinnerungsselig und gedankenverloren saß Sarani auf der Betonbank und ließ Bilder aus der Gründerzeit der Farm vorüberziehen, Bilder, auf denen er nicht nur seine Familie und sich selbst, sondern auch den Österreicher agieren sah – als denjenigen, der in der schwierigen Anfangszeit Saranis Kinder, dessen Frau, aber auch die anderen Mitstreiter aufrichtete, indem ausgerechnet er, der Bergbewohner, so tat, als wäre die Wüstenhitze nicht weiter beschwerlich. Saßen die andern im Schatten und schienen dort umzukommen, hielt er sich, auch mittags, in der Sonne auf, half Bretter zuzuschneiden für die Wohnbaracken, wenn er nicht gerade an der Steinmauer arbeitete.

Sarani schüttelte es vor Abscheu. Das Verfluchte an der Erinnerung sei, dachte er, daß sie sich, anders als sie verspreche, nicht mit der Vergangenheit bescheide. Einen Moment überlegte er, sich den Satz zu notieren als Material für den nächsten Brief an den Freund. Aber er hatte keinen Freund mehr. Wie lange es wohl dauern werde, fragte er sich, bis er sich mit dieser Tatsache abfinde. Er befahl sich: Keine Notiz! Und ließ die Vergangenheit den unvermeidlichen Schritt in die Gegenwart tun.

Johanna, längst erwachsen, hatte sich für die Farm entschieden. Die Farm gab es, die ließ sich beurteilen, dafür konnte man sich entscheiden oder auch nicht. Die Tochter hatte es, das räumte Sarani ein, leichter als der Sohn. Sarani ging in Gedanken einen Schritt weiter: Die beiden Frauen in der Familie, Mutter und Tochter, hatten es überhaupt leichter als er und der Sohn. So eindeutig und einseitig hatte er die Familienverhältnisse noch nie gesehen. Seine Frau und die Tochter waren seiner Ansicht nach begabter als die beiden Männer, ja, Zacharias Sarani sah sich in diesem Augenblick als windigen Pläneschmied, der es gerade einmal zu Skizzen für unsichere Vorhaben gebracht hatte.

Sophie mußte, bei der Gründung der Grazer Firma war das schon so gewesen, die Skizze weiterdenken zu einem Plan, der diesen Namen auch verdiente. Die Tochter, dachte Sarani, ein Abbild ihrer Mutter nur insofern, als sie die Mutter in allem übertraf, an theoretischer und praktischer Intelligenz, an Musikalität, an Schönheit, erfüllte mit großer Selbstverständlichkeit seine Träume, ohne mit ihm darüber zu sprechen, einmal hatte er sogar den Verdacht gehabt, sie tue das aus Mitleid mit ihm. Sie vergrößerte fortwährend die Farm, den Umsatz, den

Gewinn, die Zahl der Mitstreiter, die Zahl der sozialen Einrichtungen und verfolgte parallel dazu das Ziel des Vaters, eine Vergesellschaftung des Betriebs zu erreichen, schneller, als er das zu hoffen gewagt hatte.

Die Farm war allerdings wohletabliert, als Johanna sie übernahm. Eine Akademie, die David hätte übernehmen können, gab es nur als Plan, und dem war David bis vor wenigen Monaten zugetan gewesen. Sarani – auf die Ankunftshalle brannte die Spätsommersonne herunter – fuhr sich mit der kalten Hand über die eiskalte Stirn. Sie war trocken. Die Wangen waren naß. David, der Sohn, lag zerschmettert auf dem Grund von Saranis Seele, als tote Hoffnung. Der Österreicher, dachte Sarani, habe ihm den Sohn abspenstig gemacht, ihn gegen den Vater aufgehetzt, ihn veranlaßt, Ägypten ohne ein Wort der Erklärung zu verlassen. Er habe ihm den Sohn weggenommen und so die Akademie zu Fall gebracht.

Da stellte sich ihm eine Frage. Der Österreicher könne nicht von einem Tag auf den anderen ein derartiger Schuft geworden sein. Sarani hatte das Empfinden, als gehe ihm ein Licht auf. Es war das Irrlicht der Selbstbezichtigung. Er, Sarani, sei selbst an allem schuld. Vierzig Jahre lang habe der andere ihm Freundschaft vorgegaukelt. Wie könne man so dumm sein, so gutgläubig, das nicht bemerkt zu haben?

Sarani erinnerte sich, seit den Jugendtagen der beiden Freunde eine sehr bestimmte Vorstellung von dieser Freundschaft gehabt zu haben. Grundlage war eine ähnliche Sicht der Dinge. Gott? Nein. Diese Frage war für beide erledigt. Der Mensch an der Stelle Gottes? Nein. Zu sehr ist der Mensch Teil der Naturgeschichte, Kreatur, als daß er Herr über alles Leben sein könnte. Wie

erst soll er Herr der Welt sein? Und soll er die Welt verändern? Unbedingt, aber nicht, indem die Neuerung von
heute die Neuerungen von gestern, das wenige an Freiheit, an Recht, an Demokratie, abschafft.

Sie sprachen ähnlich, aber, vermutete Sarani, sie dachten
unterschiedlich. Schließlich waren sie unterschiedlich,
wenn nicht gegensätzlich begabt, der Österreicher ein
Schriftsteller und Philosoph, Sarani ein Ingenieur und
Geschäftsmann. Doch in ihren Gesprächen und Briefen
kehrten sie nicht ihre Stärken hervor, Sarani bemühte
sich sogar, auf dem Gebiet des anderen zu bestehen, ver-
tiefte sich in die Geheimnisse der deutschen Sprache und
schrieb und sprach dem Freund zuliebe das Deutsche
bald besser als die meisten Deutschsprachigen.

Hatte aber der Österreicher sich für Naturwissenschaf-
ten, Technik, Industrie interessiert? Wohl nicht. Wahrscheinlich hatte er sich Saranis Welt der Wissenschaft
und der Wirtschaft heuchlerisch angebiedert, nur um
sie mit seiner Welt, der des Geistes, zu zerstören. Das
war ihm gelungen. Gewiß war er auf Saranis Welt, die
materielle, die alle nährt, immer eifersüchtig gewesen.
Vermutlich hatte er die Untat, die Zerstörung der Akademie, nur begangen, um Sarani weiszumachen, Freudensprungs Welt sei stärker als die Saranis. Und mit
seiner Welt mußte er auch ihn, den Freund, vernichten.
Tragisch, nein, komisch, daß Sarani diesen Plan erst jetzt
erkenne und durchschaue.

Die Hoffnungslosigkeit, die ihn niedergedrückt hatte,
begann, seit er sie ergründete, allmählich belebend zu
wirken, sie nahm Gestalt an, wenn auch nur die der
Ausweglosigkeit, beides aber, Hoffnungslosigkeit und
Ausweglosigkeit, bildeten ein logisches System, als des-

sen Opfer Sarani sich sah. Der Österreicher, ein wahrer
Teufel, hatte es von Anfang an darauf abgesehen, Sarani,
nein nicht zu vernichten, sondern zu besiegen, nein nicht
zu besiegen, sondern vernichtend zu schlagen. Diese
Überlegung gab dem logischen System neue Nahrung, es
wurde noch logischer.

Sarani erinnerte sich, immer Zweifel gehabt zu haben,
daß die Freundschaft zwischen ihm und dem Österreicher von Bestand sein könne, er hatte aber, und das war
ausschließlich seine Schuld, über diesen Zweifel eine
wundersame These gestülpt, die ihm so gefallen hatte,
daß der Zweifel erstarb; die These, es gebe eine tiefe
Klassenverbundenheit zwischen ihm, dem Aristokraten,
und dem Österreicher, dem Sohn von Proletariern, denn
nur zwei Klassen, die nichtarbeitende und die arbeiten-
de, würden in der Geschichte eine Rolle spielen, das Bür-
gertum sei eine Übergangserscheinung, die nur existiere,
damit es in der Geschichte auch ein Beispiel dafür gebe,
wie die Welt von Gangstern an den Rand des Untergangs
getrieben werde. Zum Glück nur an den Rand.

Denn der Bourgeoisie fehle es nicht nur an Lebenslust,
sondern auch an Todessehnsucht. Der Bürger organisie-
re unermüdlich Arbeit, wobei er *sich* begünstige, den andern übervorteile. Er verwalte Tag und Nacht die Welt,
die er als ein einziges riesiges Geschäft betrachte. Wohingegen Sarani Geschäfte nur betreibe, um herauszufinden, wie die Geschäftemacherei zu überwinden sei. Das,
vermutete Sarani, scheine ihm der Österreicher nicht zu
glauben, er halte ihn offenbar für einen ordinären Bour-
geois – dieser Kunstprolet, der an der Revolution nur
die Destruktion der alten Welt liebe, nicht auch die Konstruktion einer neuen.

Nun durchschaue er ihn und werde nicht länger das Opferlamm sein. Sondern was? Von dieser Frage lenkte er sich mit der Überlegung ab, was nun geschehen werde. Habe der Österreicher, was Sarani nicht annahm, sich im Flugzeug aus New York befunden, so werde er bald vor ihm stehen. Freudensprung werde Saranis Blick ausweichen, werde zu Boden schauen und von seinem schändlichen Verrat sprechen.

Sarani werde es kurz machen. Denn es dürfe nicht sein, daß Freudensprung, das Haupt heuchlerisch gesenkt, die Sache auf den Kopf stelle, um Verständnis bettle, wohl mit dem Argument, er leide unendlich unter dem, was er getan habe. Der Unverschämte habe in dem Telefonat, erinnerte Sarani sich, von seinem, ja, von *seinem* Leid gesprochen. Das werde Sarani sich nicht nochmals bieten lassen.

Für den unwahrscheinlichen Fall, daß der Österreicher tatsächlich nach Kairo gereist sei, hatte Sarani einen Plan, von dem er so besessen war, daß er ihn fortwährend memorierte. Er werde Freudensprung grußlos entgegentreten und sagen: Morgen um zehn Uhr dreißig im *Hotel Marriott*. Der Österreicher werde die ganze Nacht grübeln, was ihn erwarte. Er werde hoffen, daß Sarani ihm die Hand zur Versöhnung entgegenstrecke. Freudensprung werde sich getäuscht haben. Ein kurzes Nicken, das Gesicht unbewegt, so werde der Abschiedsgruß sein, eine rasche Kehrtwendung, ein entschiedenes Ausschreiten, hinaus aus dem Hotel, hinaus aus der Freundschaft.

7

Das Hochgebirge

Heinrich Freudensprung lief das Wasser im Mund zusammen, als dem Fluggast, der neben ihm saß, kalter Lachs serviert wurde. Freudensprung bildete sich ein, nicht Speichel, sondern Blut in seinem Mund zu schmekken, das infolge wochenlanger Unterernährung aus dem Zahnfleisch drang. Er wollte diesen Zerfall nicht gestört wissen, und so wehrte er mit zittriger Hand den Versuch ab, ihm einen Teller vorzusetzen, was der Steward, dem Freudensprung schon einmal als Störenfried aufgefallen war, mit verständnislosem Kopfschütteln quittierte, waren er und seine Kollegen doch bemüht, die Passagiere mit kleinen Köstlichkeiten für die Unterbrechung des Flugs zu entschädigen.

Freudensprung hielt sich bereits für halbtot, gleichwohl erinnerte er sich an die Zeit, als er noch lebte und selbstvergessen den sinnlichen Genüssen zugetan war – nicht anders übrigens als Sarani, der damals, als sie auf die Fischerwand gestiegen waren und einander an Schnelligkeit und Ausdauer überbieten wollten, dann doch heftig keuchte, stehenblieb, um zu rasten, und sogleich über das Mittagessen bei Freudensprungs Eltern redete. Das wolle er ihn noch fragen: wie, bei dieser äußersten Kargheit der Lebensführung, Heinrichs Mutter solchen Überfluß herbeizaubere.

Die Antwort sei einfach, antwortete Freudensprung: Das

Haus stehe auf einem großen Grundstück, auf diesem wachse Gemüse, seien Obstbäume gepflanzt, und es stehe eine Hütte dort, die sei zur einen Hälfte Kaninchenzucht, zur anderen Hälfte Hühnerstall. Den Hühnern würden auch die Rasenflächen rund ums Haus gehören einschließlich des kleinen Rosenbeets, Kleinod des Vaters, der die Hühner, wenn sie dort scharrten, am liebsten erschlüge, doch die Mutter schütze sie. Sie seien nützlich, die Rosen nicht. Vater, hatte Heinrich gesagt, habe einen Hang zum Unnützen, Mutter vergötze das Nützliche – was den Vorteil habe, daß es an Fleisch und Gemüse nicht mangle.

Sie waren weiter bergan gestiegen. Auf der Fischerwand erhob sich oben auf dem Grat ein Kalkfelsen in Gestalt eines schmalen Halses, auf dem ein großer Kopf saß. Für ihn, dachte Heinrich, sei dieses Gebilde aus Kalk der Beginn des Bergsteigens und Kletterns gewesen, wobei das klettertechnisch Interessante war, wie man vom Hals auf den Kopf gelangte, denn der Übergang war zugleich ein Über*hang*, ein kurzer zum Glück: Überhänge sind für Kletterer das Schwierigste und äußerst gefährlich, es ist, als müsse man sich auf einem Plafond fortbewegen. Der Überhang auf der Fischerwand jedoch war ungefährlich; scheiterte man, fiel man aus einer Höhe von drei Metern ins Gras.

Der Felskopf war deshalb so anziehend, weil man, wenn man oben stand, einen Blick in eine andere Welt hatte. Der Hochschwab, fünfzehn Kilometer von der Fischerwand entfernt, war mit seinen weißen Kalkfelsen das strahlende Gegenbild zu den dunklen Wäldern rund um Kapfenberg, er war die Einladung, sich auf das Fahrrad zu setzen, ins Thörltal und von dort weiter entweder zum Bodenbauer oder in die Fölz zu fahren, und dann hinaufzusteigen, die Baumgrenze hinter sich zu lassen und endlich, was für ein Erlebnis für den Talbewohner, freie Sicht zu haben. Das konnte einen, erinnerte Heinrich sich, in einen Freudentaumel versetzen.

Unvergeßlich war Freudensprung der Anblick der zwei Buben, die auf dem Felskopf standen und entzückt in die Ferne schauten. Da wollte er auch hinauf. Andere versuchten es ebenfalls, einmal, zweimal, dann resignierten sie.

Oft hatte er sich in die Nähe des Felskopfes gesetzt und gewartet, bis ein Bub kam, der es schaffte, hinaufzuklettern. Das Warten war keine verlorene Zeit. Wenn er wanderte, ging ihm viel durch den Kopf, und er war froh, wenn er, sitzend und wartend, Muße hatte, den Gedankengang anzuhalten. Kletterte ein Bub über den Hals auf den Kopf, beobachtete Freudensprung jede Bewegung und prägte sich jeden Griff ein. Kam ein anderes Mal ein anderer, stellte Freudensprung fest, daß alle sich gleich bewegten und die gleichen Griffe und Tritte benutzten. Es gab offenbar nur eine Art, den Felskopf zu erklimmen.

Er mußte erfahren, wie groß die Kluft zwischen Zuschauen und Nachahmen war. Daß er begriffen hatte, was zu tun war, nützte ihm nicht, wieder und wieder fiel er aus dem Überhang, oder er ließ sich fallen, weil ihn die Kraft in den Fingern verließ, und darin, aus der Wand auf den Boden zu fallen, ohne sich zu verletzen, erreichte er bald eine Meisterschaft, die er zwar nicht anstrebte, die ihn aber ermunterte, ohne Hast seine Versuche fortzusetzen. Nach Wochen merkte er, wie die Finger kräftiger wurden, der Körper entspannt blieb, sich nicht aus Angst

und Ehrgeiz verkrampfte, und eines Tages war er plötzlich oben. Und vor ihm erhob sich der Hochschwab.

Nun war Heinrich mit Zacharias auf dem Weg zum
Felskopf. Sie hatten sich, außer Atem, auf den Stamm
einer umgestürzten Lärche gesetzt, und Heinrich fragte, warum Zacharias ausgerechnet in Graz studieren
wolle.

Zacharias erzählte vom Tod des Onkels, der Brüder und
der Eltern. Diese Eigenart Saranis, eine Frage zu überhö-
ren, wenn sie ihm belanglos erschien, lernte Heinrich mit
der Zeit zu lieben. Er wiederum sagte, daß sie bald beim
Felskopf seien, und riet Zacharias, sich von ihm helfen
zu lassen; man könnte die Hosen und Hemden zu einer
Art Seil zusammenknüpfen.

Barfuß und in Unterhosen erreichten sie den Kopf. Nur
zweimal, erinnerte Freudensprung sich, mußte Zacharias nach dem improvisierten Seil greifen, das Heinrich
zum Überhang hinunterließ. Pathetisch zeigte Heinrich
Richtung Hochschwab. Zacharias nickte nur. Sie setzten
sich auf den warmen Kalkstein, und Heinrich sagte, es
sei erstaunlich gutgegangen.

Zacharias behauptete, kein Problem beim Erklettern des
Kopfes gehabt zu haben. Er sei immer schon gelenkig
gewesen, dazu dünn und zäh und klein. Heinrich wandte ein, Zacharias sei so groß wie er. Zacharias widersprach; er schätze, Heinrich sei ein Meter achtzig groß,
er sei ein Meter zweiundsiebzig. Er wiege sechzig Kilo,
Heinrich wohl an die siebzig. Schon als Kleinkind sei es
ihm schwergefallen, ruhig zu sitzen, auf allem habe er
geturnt, auf Sesseln, Sofas, die Welt habe für ihn nur aus
Turngeräten bestanden, am liebsten sei er auf den Händen gegangen, im Haus die Stiegen hinauf und hinunter,

aber auch auf der Straße, wieselflink habe er sich durch den Autoverkehr geschlängelt, er, der Sohn des höchsten Beamten. An eine Rüge des Vaters, gar der Mutter, könne er sich nicht erinnern.

Heinrich gestand, nie versucht zu haben, einen Kopfstand zu machen, geschweige denn einen Handstand, eher hätte er sich den Kopf abschlagen lassen, als sich auf den Kopf zu stellen. Fürs Turnen sei er völlig ungeeignet und doch dem Sport zugetan, sofern es nicht um Verrenkungen gehe oder um Schnelligkeit. Lange Strecken zu laufen liege ihm, aber auch Bergsteigen, sogar Klettern, wenn es nicht extrem sei.

Er verfluche manchmal, sagte Zacharias, seinen Körperverrenkungsdrang, der ihn daran hindere, so lange und kontinuierlich über seinen Studien zu sitzen, wie er das wünsche. Er habe in Kapfenberg in einem werkseigenen Haus ein Zimmer gefunden, im sogenannten Ledigenheim, das Zimmer sei so klein – offenbar gehe man davon aus, daß ein Lediger kein vollwertiger Mensch sei und deshalb zum Leben keinen Platz brauche –, daß er nach einer Stunde aus dem Zimmer hinaus und in den Wald laufe, einem Slalomfahrer gleich zwischen den Baumstämmen hin und her sause und, wenn er einen kräftigen Ast sehe, diesen als Reckstange benutze, woraufhin er sich von einem Ast zum anderen schwinge. Doch halte er ängstlich Ausschau, daß niemand ihn sehe, die Leute könnten sonst ihre Einschätzung, er sei ein Kameltreiber, revidieren und ihn fortan als Baumaffen bezeichnen. Er habe aber schon ein anderes Quartier gefunden, zwei Zimmer im Gasthaus *Steiner*.

Heinrich fragte Zacharias, wie lange dieser vorhabe, im Stahlwerk zu arbeiten. Auf jeden Fall vier Wochen. –

Und danach? – Keine Ahnung, die Hochschule beginne erst im Oktober. Vielleicht fahre er nach Salzburg zu den Festspielen, um sich den *Wozzeck* anzuhören. Oder, sagte Heinrich, Zacharias gehe mit ihnen – mit ihm und zwei Freunden – in die Hohen Tauern. Sie würden sie drei Wochen lang durchwandern und am Großglockner versuchen, die Eisrinne hinaufzukommen. Gern, antwortete Zacharias. Er müsse sich nicht sofort entscheiden, sagte Heinrich. – Er habe sich bereits entschieden. – Sie entflochten die Kleidungstücke, die als Seil gedient hatten, zogen sich an und kletterten und sprangen den Felskopf hinunter.

Beim Abstieg ins Tal fragte Heinrich, warum Zacharias Maschinenbau studieren wolle. Nichts, antwortete Zacharias, fasziniere ihn so sehr wie die Industrie. Schon als Grundschüler habe er – Zeitungen und Zeitschriften aus aller Welt seien im Elternhaus zuhauf umhergelegen – Fotos von Industrieanlagen gesammelt, von Produktionsstätten für Autos, für Flugzeuge, für Schiffe, Fotos von der Bauindustrie, die Hochhäuser und Staudämme errichte, Fotos von der Agrarindustrie, die über Mähdrescher verfüge, groß wie Moscheen. Und die Substanz der Industrie sei die Maschine. Sie und die aus ihr entspringende Industrie, fuhr er fort, seien vergleichbar mit der Waffe und dem Krieg.

Das verstehe er nicht, sagte Heinrich. Er auch nicht, antwortete Zacharias; das habe mit der Doppeldeutigkeit der Dinge zu tun. Die Waffe sei hilfreich, um sich zu verteidigen, sie könne das Leben sichern, aber auch vernichten. Mit der Maschine sei es ähnlich. Sie könne das Leben sichern, sie vermöge Lebensgüter in großer Menge herzustellen, sei allerdings auch eine Bedrohung aller, die sie nicht besitzen, denn der Maschinenbesitzer stelle Güter her, um sich zu bereichern, wodurch die anderen verarmten.

Er hatte, erinnerte Freudensprung sich, eine einfachere Sicht der Dinge gehabt. Die Welt bestand für ihn aus arm und reich, aus dem Vater, der viel arbeitete und wenig verdiente, aus dessen Vorgesetzten, die in Heinrichs Augen wenig taten und viel verdienten, und aus den Bürohengsten, die den Arbeitern finanziell davongaloppierten.

Weil Heinrich es nicht wagte, Zacharias diese Weltsicht darzulegen, fragte er ihn, wie es um die ägyptische Industrie bestellt sei. Die habe, sagte Zacharias, mit dem Pyramidenbau geendet. – Ach, und warum? – Er wisse es nicht, antwortete Zacharias, er habe nur eine Vermutung. Der Bau der Pyramiden sei wahrscheinlich die größte industrielle Leistung der Antike und doch nur eine Gräberindustrie gewesen. Zahllose Generationen hätten ihr Wissen, ihr Können, das es außerhalb Ägyptens nicht gab, und ihre Arbeitskraft in einen Totenkult investiert. Das räche sich noch nach Jahrtausenden. Was man übrigens auch über die heutige Industrie der ersten Welt bald sagen werde. Bei ihr handle es sich um eine ebenso gigantische wie blinde Produktion, nur nicht im Auftrag der Priester-, sondern der Kapitalistenklasse.

Maschinen, sagte Zacharias, in der Hand einer Klasse, die sich nur dadurch auszeichne, im Besitz von Maschinen zu sein, mit denen der Rest der Bevölkerung arbeiten müsse, um Lohn zu bekommen, solche Maschinen seien – das klinge merkwürdig, doch er als Techniker wisse, wovon er rede – auch technisch rückständig, sie dienten nicht nur, aber vor allem der Kapitalvermehrung. Aus diesem Teufelskreis müsse man ausbrechen. Er werde andere Maschinen konstruieren und bauen und schließlich in Betrieb nehmen.

Heinrich, so erinnerte er sich, hatte Zacharias bewundernd und verständnislos angeschaut, woraufhin der nachsichtig über etwas anderes sprach. Er wollte wissen, warum Heinrich, der offensichtlich nicht die Absicht habe, Techniker zu werden, in den Ferien im Stahlwerk arbeite. Er brauche Geld, sagte Heinrich, um im August in die Hohen Tauern zu fahren. Was allerdings nicht viel kosten werde. Und er brauche Geld, um sich im Herbst ein Sakko zu kaufen. Es hänge bereits im Schaufenster eines Modegeschäfts in Bruck, er wolle es Zacharias zeigen, er sei neugierig, ob es ihm gefalle.

Zacharias hatte schallend gelacht. Wieder schaute Heinrich ihn verständnislos an. Zacharias entschuldigte sich. Er sei, sagte er, ein Produkt seiner Herkunft. In seiner Familie habe niemand gearbeitet. Er habe selbstverständlich gesehen, wie andere Leute arbeiten, auch wie sie sich schinden würden. Noch nie aber sei ihm jemand begegnet, der gesagt habe, er arbeite nur, um eine bestimmte Sache, zum Beispiel ein Sakko, zu kaufen. Gewöhnlich müsse man *immer* arbeiten – oder sei arbeitslos.

Es wäre doch schön, sagte Heinrich, würde man nur arbeiten, wenn es unbedingt notwendig sei. Das wäre zu schön, sagte Zacharias, doch die Lohnarbeit trage eben nur so viel ein, daß man immer arbeiten müsse. Wie dem auch sei, sagte Heinrich, ihn interessiere, wie Zacharias das Sakko gefalle. Die Grundfarbe sei Dunkelrot, der Stoff aber nicht glatt, sondern durchwirkt mit kleinen schwarzen Einsprengseln, dadurch werde das Rot gebrochen, es sei dezent und nicht auffällig, was für ein Sakko wichtig sei.

Zacharias sagte, Heinrich spreche wie ein Modefachmann. Es werde sein erstes Sakko sein, antwortete Heinrich, wenn er von den merkwürdigen Anzugröcken absehe, die seine Großmutter aus Anzügen des verstorbenen Stiefgroßvaters geschneidert habe, ohne vom Schneidern viel zu verstehen; denn die Großmutter, die Mutter seines Vaters, sei der Ansicht gewesen, daß, was unbedingt zu machen sei, gemacht werden müsse, und wenn er für einen Vorspielabend einen Anzug gebraucht habe, so habe sie sich eben an die Nähmaschine gesetzt und einen genäht.

Ob Heinrich das Sakko schon probiert habe, fragte Zacharias. Zum Glück, sagte Heinrich, passe es ausgezeichnet, es sei vom Frühjahr an drei Monate im Schaufenster gehangen, und erst als es eines Tages verschwunden war, sei er in das Geschäft gegangen und habe nach dem Sakko gefragt. Es sei das einzige Stück und nur in dieser einen Größe vorhanden, erfuhr er von dem Verkäufer. Heinrich sagte ihm zu, das Sakko zu kaufen, aber erst im September. Im Juli werde er einiges Geld in der Fabrik verdienen, im August sei er in den Bergen, im Oktober aber beginne der Schul-Tanzkurs, da brauche er das Sakko. Hier hänge es, sagte der Verkäufer, plazierte es am Ende einer langen Stange mit Steirerjoppen, und hier werde es auch im September noch hängen.

Im Juli des Jahres 1958, so erinnerte Heinrich sich, war Zacharias im Haus der Freudensprungs immer wieder zu Gast. Ließ Zacharias sich auch nur drei Tage nicht blicken, fragte die Mutter schon, wo er denn bleibe. Sie schätzte es überaus, daß Zacharias ein technisches Studium anstrebte, und sie hoffte immer noch, irgend etwas oder irgend jemand könnte Heinrich von dem unseligen Entschluß abbringen, *kein* technisches Fach zu studieren. Aber sie war klug genug zu erkennen, daß Zacharias und Heinrich Freunde waren, was ausschloß, daß einer den anderen bekehren wollte.

Der Vater hatte an Zacharias dessen technische Kenntnisse geschätzt, und er genoß es, wenn der Ägypter Fragen über Fragen zum Maschinenbau stellte, die der Vater bis ins kleinste beantworten konnte. Nebenbei erfuhr Heinrich, daß der Vater bis zum Beginn des Hausbaus – eine Strapaze, die den Bedürfnissen des Vaters völlig zuwiderlief, weil das Hausbauen ihn in der Freizeit zum Bauhilfsarbeiter degradierte – Fernkurse in Technik absolviert und entsprechende Zertifikate erworben hatte. Doch machte ihm auch dieses Fernstudium keine Freude mehr. Das erzählte er Zacharias – Heinrich durfte zuhören –, wenn Mutter in der Küche zu tun hatte. Vater war, wie er Zacharias unverblümt sagte, von der Entwicklung in Österreich so enttäuscht, daß er nicht nur politisch, sondern auch beruflich aufgab.

Im Februar 1934, hatte der Vater erzählt, nahm er an der Seite von Koloman Wallisch an einem bewaffneten Arbeiteraufstand teil, nicht weil er sich als Revolutionär verstand, sondern weil es sich so ergab. Er war auf dem Weg in die Fabrik, die Aufständischen auch, da schloß er sich ihnen an, man hatte ja denselben Weg, er war im Umgang mit Waffen geschickt und kämpfte an der Seite der Aufständischen nicht ohne Erfolg. Kapfenberg war bald in ihrer Hand.

Man zog weiter nach Bruck und nahm gemeinsam mit den dortigen Arbeitern die Stadt ein. Trotz Wachsamkeit und Kampfeslust herrschte unter den Aufständischen große Ausgelassenheit, denn Bruck war als Verwaltungsstadt das obersteirische Zentrum der klerikalfaschistischen Diktatur, die, erklärte Vater dem ägyptischen Gast, Österreich nicht nur dem Kapital, sondern auch der Kirche unterworfen und eine mittelalterliche Ständeordnung als Gegenmodell zum neuzeitlichen, also noch brutaleren Nazifaschismus in Deutschland errichtet hatte.

Daß die Aufständischen den Brucker Herrschaften die Herrschaft entrissen hatten, erzählte der Vater, das empfanden sie als erheiternd, aber nicht lange. Mitten im Ort stand ein gewaltiges Gebäude, die Gendarmeriekaserne, wo in der vorangegangenen Nacht, um den Aufstand niederzuschlagen, Hunderte Gendarmen zusammengezogen worden waren. Also hieß das nächste Ziel, die Kaserne zu stürmen.

Sie hatte nur einen Eingang, ein Tor, groß genug, damit ein Mannschaftswagen aus- und einfahren konnte, und es war nicht nur verriegelt, sondern auch noch aus Eisen. Man hatte ihn, sagte Vater, gefragt, ob er als Schlosser es öffnen könne, woraufhin er in eine Eisenhandlung ging und Sperrhaken in verschiedener Größe kaufte, mit denen man einfache Schlösser knacken konnte.

Ein Freund aus dem Arbeitersportverein, der beste Turner der Obersteiermark, gesellte sich ihm bei, und sie liefen nach kurzer Beratung zur Kaserne, standen dort an der Mauer und schlichen dann bis zum Tor. Er machte sich am Schloß zu schaffen, konnte es auch aufsperren, doch die eigentliche Sicherung des Tors befand sich venünftigerweise an der Innenseite, und so gab er den in einer Seitengasse wartenden Aufständischen ein Zeichen, daß er das Tor nicht öffnen konnte. Einer rief herüber, ob der Vater eine Handgranate brauche, ja, schrie der zurück; man warf ihm eine zu. Er fing sie auf und befestigte sie mit einem Sperrhaken an dem Tor, entsicherte sie, sein Freund und er warfen sich in Deckung.

Nach der Explosion, als sie die Köpfe vorsichtig hoben, erschallte aus der Seitengasse lautes Gelächter, und sie sahen bald, warum: Von dem vorher mächtig wirkenden Eisentor waren nur mehr Stücke von dünnem, rostigem Blech übrig, die auf dem Boden umherlagen, und einige dünne, verbogene Streben, an die das Blech geschraubt gewesen war, standen noch und erinnerten an ein Tor, das den Aufständischen Respekt eingeflößt hatte, aber nur Schrott war.

Der Vater schwieg. Die Kaserne, meinte Zacharias, sei also gestürmt worden. Die Gendarmen, sagte Vater, hätten keinen Schuß abgegeben. Sie hätten bereits gewußt, daß die Angreifer verloren hatten. An die hundert Militärfahrzeuge mit schweren Waffen und unzähligen Soldaten seien in die Stadt gefahren. Die Aufständischen seien vor dem offenen Tor gestanden, als sie die ersten Militärfahrzeuge die Straße herunterkommen sahen. Sie seien in die Berge geflüchtet. Die endgültige Niederlage in einem Kampf, der im Februar 1934 zwei Wochen gedauert habe, hätten die Aufständischen jedoch erst nach dem Ende des Zweiten Weltkriegs erlitten, als der Aufstand umbenannt worden sei – in Bürgerkrieg.

Das Flugzeug näherte sich dem Bestimmungsort. Freudensprung vermutete, Sarani habe erstaunlich oft eine Situation falsch eingeschätzt. Möglicherweise habe er auch die verheerende Wirkung seiner Intrige gegen Heinrich nicht absehen können. In diesem Fall würde, was

Sarani ihm angetan habe, weniger schmerzen, was aber, fügte er sofort hinzu, am Tatbestand nichts ändere.

Freudensprung rekapitulierte: Sarani habe, in der Meinung, die Hitze könne ihm, der so viel Erfahrung mit dem Klima in der Wüste hatte, nichts anhaben, die Hitze am Hochfrequenzofen unterschätzt. Drei Monate später, im Oktober, sei Sarani tatsächlich in Gefahr gewesen – habe den schweren Unfall aber als leichte Verletzung abgetan. Damals, auf der Fölzalm, dem Gipfel des Hochschwabs vorgelagert, sei es, was Sarani bis heute nicht wahrhaben wolle, um sein Leben, wahrscheinlich auch um das von Heinrich gegangen, genauer könne er es nicht sagen, da sein Bewußtsein durch körperliche Überanstrengung getrübt gewesen sei.

Freudensprung hatte sich, als er sechzehn war, mit fünf anderen Burschen, die er beim Klettern auf der Fölzalm kennengelernt hatte, zusammengetan, um von der Sennerin, die nur von Mai bis September mit den Rindern auf der Hochalm war, die Erlaubnis zur Nutzung der Sennhütte zu bekommen. Dank der sechs Jugendlichen – drei waren Lehrlinge, zwei gingen in Heinrichs Schule – war die Hütte auf der Fölzalm fortan auch nach dem Almabtrieb bewirtschaftet, wenn auch außer in den Weihnachts- und Osterferien nur an den Wochenenden. Die drei Gymnasiasten hatten am Samstag bis zwei Uhr Unterricht, die Arbeitszeit der Lehrlinge endete mittags, um drei Uhr nachmittag waren sie schon auf der Hütte. Wenn Heinrich um fünf auf die Alm kam, glühte der Ofen bereits, es war herrlich warm in dem Raum, der von dem großen Herd dominiert wurde, vor welchem zwei Tische und vier Bänke standen. Zwei Petroleumlampen sorgten für ein wenig Licht, aber auch tagsüber, selbst wenn die Sonne schien, war es in der Hütte dämmrig, die drei Fenster waren sehr klein, jedes von ihnen vierfach unterteilt, denn kleine Scheiben konnten Unwettern und Schneestürmen besser standhalten.

Die Hütte schmiegte sich in den Hang, so daß sie den kleinen Lawinen, die manchmal über die verschneiten Latschenfelder heruntersausten, nicht nur keinen Widerstand entgegensetzte, sondern ihnen wie einem Schispringer als Schanzentisch diente. Der Dachboden, die Schlafstatt, war niedrig, man schlief auf Strohsäcken, die dicht nebeneinander in zwei Reihen ausgebreitet lagen, eine Reihe für Gäste, die gegenüberliegende für die Burschen und bald auch für einige Mädchen, die sich, nachdem die Burschen im *Espresso Dockl* in Bruck von den Strohsäcken auf der Almhütte als von Himmelbetten erzählt hatten, gern dorthin begaben. In einem Gemeinschaftsraum miteinander schlafen hieß, sich auf körperliche Lust konzentrieren zu können, ohne von irgendeiner seelischen Last behelligt zu werden. Den Burschen gefiel das nur zum Teil, denn manchmal nicht zu wissen, mit welchem Mädchen man geschlafen hatte, machte es tagsüber schwierig, sich auf die eine zu konzentrieren, die man gern zur Freundin gehabt hätte, ein Problem, das auch Heinrich beschäftigte, ohne darüber sprechen zu können, während die Mädchen über diesen Sachverhalt, den sie offenbar nicht als Problem ansahen, munter redeten und die Burschen so lange keck ansahen, bis die verlegen nach den Äxten griffen.

Oberhalb der Baumgrenze Holz zu machen, dachte Freudensprung, sei eine teuflische Arbeit gewesen. Warum, das wisse niemand besser als Zacharias, der einmal dabei hatte helfen wollen. Ob er sich daran erinnerte?

Die Druckwelle, die das Flugzeug verursachte, als es in Kairo landete, schleuderte einige Hühner ein paar Meter in die Höhe und warf eine Ziege, die auf dem Streifen Erde neben der Landebahn Futter suchte, zu Boden, während die drei Menschen, denen die Tiere vermutlich gehörten, sich rechtzeitig auf die Erde geworfen hatten, nicht jedoch in die Erdmulden, die ihnen als Behausung dienten, die sie aber nicht als Schutz vor Flugzeugen zu brauchen schienen.

Freudensprung wandte den Blick ab von den Vorgängen draußen, Ähnliches hatte er vor zwei Jahrzehnten zum erstenmal gesehen, damals gab es auf dem Kairoer Flughafen noch nicht so viele Start- und Landebahnen, und es war, die große Landflucht begann gerade, noch nicht alltäglich, auf den Erdstreifen zwischen den Betonbahnen Menschen mit ihren Haustieren zu sehen. Erst im Lauf der Zeit, Kairo war so vollgestopft mit Menschen, daß jeder Quadratmeter genutzt werden mußte, wurde einem der Anblick der Flughafenhöhlenbewohner vertraut.

Heinrich erinnerte sich, damals, nach seiner ersten Landung in Kairo, von Zacharias gefragt worden zu sein, ob er vom Flugzeug aus einen Höhlenbewohner gesehen habe, und daß er, Heinrich, nur genickt hatte. Zacharias daraufhin: Heinrich habe ein ägyptisches Gemüt. Ein Kompliment, hatte Freudensprung gemeint. Und tatsächlich, als er einen hingeduckten Menschen und dessen in die Luft gewirbelte Hühner sah, hatte er gedacht: ein gelobtes Land. Das Land, aus dem er komme, und die paar Länder, die er kenne, würden Menschen und Haustiere neben Start- und Landebahnen nicht dulden. Daß sie hier hausten, unterstandslos, war eines; daß sie nicht vertrieben wurden, das andere. Der Fortschritt in Gestalt von Flugzeugen war eingezogen in Ägypten; der Fortschritt, die Menschen fernzuhalten vom Fortschritt, damit sie diesen nicht störten, hatte sich noch nicht durchgesetzt.

Sarani, dachte Freudensprung, mußte es merkwürdig gefunden haben, daß Heinrich, der nach Kairo gekommen war, um zu helfen, die Gründung der Farm vorzubereiten, weder zu dem Termin mit den Ingenieuren noch zu dem Essen mit drei hohen Regierungsbeamten erschienen war. In dem wohligen Durcheinander der Stadt kam ihm sogleich das Verständnis abhanden, was ein Termin, was eine Verabredung sei, und er ging umher, bald nicht mehr nur beobachtend, sondern bereits mit dem Empfinden, indem er gehe und schaue, etwas zu tun zu haben. Hätte Sarani ihn im Hotel angerufen, Heinrich hätte ihm nur sagen können, daß er nicht kommen könne, da er Wichtigeres zu tun habe, nämlich nichts.

In jenen ersten Kairoer Tagen, in denen sich in Heinrich die freudige Hoffnung herausbildete, er würde sich selbst verlorengehen, staute sich auch eine derartige Tatkraft auf, daß er, es war der vierte Abend, zum Telefon griff, Sarani anrief und ihm mitteilte, er werde am nächsten Tag zum Wüstengrundstück fahren und, ohne die Bewilligung der Behörde abzuwarten, mit den Bohrungen nach Wasser beginnen. Zumindest *eine* Probebohrung, eine illegale, konnte Heinrich dem Freund abringen.

Das Flugzeug rollte immer langsamer, schließlich blieb es mitten auf dem Rollfeld, weitab vom Flughafengebäude, stehen, was Freudensprung zu der Überlegung verführte, ob nicht auch er, dem Beispiel des Flugzeugs folgend, sich langsam und in Etappen dem Feind nähern sollte. Dies könnte so vonstatten gehen, daß Heinrich dem andern erzähle, ihm sei während des Flugs das Geschehen auf der Fölzalm durch den Kopf gegangen, es würde ihn interessieren, wie Sarani die Geschichte in Erinnerung habe. Es könnte sich ein Gespräch entspinnen, und mitten in dieses friedliche Hin und Her würde dann die Kriegserklärung platzen.

Im Spätherbst, erinnerte Freudensprung sich, sechs Wochen nach der Tour über die Hohen Tauern, habe das Holzmachen auf der Alm Zacharias beinahe ein Bein gekostet. Der wollte die Eigenart der Legföhre nicht wahrhaben, wenngleich Heinrich ihn davor warnte, die Hakke, die er selbst geschärfte hatte, unbedacht in die Hand zu nehmen und gegen einen Ast zu schwingen.

Die Legföhren, hatte Heinrich dem ägyptischen Freund erklärt, hier Latschen genannt, kämen nicht einzeln vor wie andere Bäume, sondern bildeten oberhalb der Baumgrenze große Felder, buschartig, eine eng an die andere gedrückt, weil sie anders die Stürme und die Schneelast nicht überleben könnten. Die Legföhren seien gefährlich, ihre Äste tückisch wie Giftschlangen. Man könne nicht einfach auf sie eindreschen. Sarani solle zuschauen, wie Heinrich an die Sache herangehe. Am besten wäre es, er lasse überhaupt die Finger davon.

Zacharias Sarani hatte sich über Heinrichs Warnungen lustig gemacht. Die Alpenbewohner, hatte er erwidert, seien so fürsorglich zu den Menschen aus dem Flachland, besonders zu ihm, der aus der Wüste komme, daß sie die Flachländler am liebsten von den Bergen fernhielten.

Er erinnerte Heinrich an ihre erste gemeinsame Klettertour, vor der Heinrich ihm geraten hatte, sich ganz auf das Seil zu verlassen, und wie erstaunt Heinrich gewesen sei, als Zacharias die Seilsicherung kaum in Anspruch nahm, weil er dank der Kraft, die er in den Fingern hatte, sich auch an winzigen Felsvorsprüngen hochziehen konnte.

Und nun, sagte Zacharias, mit der Hacke ausholend, wolle Heinrich ihn vor diesen mickrigen Latschen warnen. Am Rand eines Latschenfeldes, wo Heinrich und ein Freund Holz machten, schlug er auf einen Ast, dieser gab mangels eines festen Untergrunds nach. Die Hacke rutschte zur Seite, auch deshalb, weil das Holz zäh war, wahrscheinlich gibt es kein zäheres Holz als das der Legföhre. Der mißglückte Schlag machte Zacharias wütend, er hieb mit noch mehr Wucht auf den Ast ein, worauf der, durch den ersten Schlag ins Erdreich gedroschen, ihm entgegenschnellte, so daß der Axthieb den Ast verfehlte und die Hacke durch das dünne Erdreich sauste und gegen den Fels schlug.

Heinrich tat, als würde er Zacharias nicht beachten, aber er sah, wie der vor Schmerz das Gesicht verzog und sich das Handgelenk rieb, das er sich offenbar geprellt hatte. Noch einmal holte er aus, zielte mit der Hacke auf den Ast, sie glitt abermals ab. Er hatte sie nun nicht mehr in der Hand, sie lag auch nicht auf dem Boden. Sie steckte im linken Oberschenkel.

Nicht nur Zacharias war vor Schreck erstarrt, auch Heinrich und der Freund standen reglos vor Entsetzen, und erst als Zacharias nach der Hacke griff, um sie aus dem Fleisch zu ziehen, kehrte das Leben in Heinrich zurück. Mit einem Satz war er bei ihm und riß Saranis Hand vom Hackenstiel weg. Heinrich entschied, die Hacke müsse, damit Zacharias nicht verblute, im Oberschenkel bleiben, zerriß sein Hemd und band es über das blutige Fleisch, das neben dem scharfen Stahl auseinanderklaffte, mit den Hemdsärmeln schnürte er den Oberschenkel ab. Dann suchten Heinrich und der Freund einen langen Latschenast, auf den setzten sie Zacharias und hoben ihn in die Höhe. Zacharias legte seine Arme um die Schultern der beiden, und so gingen sie zu Tal. Der vierte von ihnen mußte auf der Alm bleiben, es brannte noch Feuer im Ofen, man konnte die Hütte nicht unbeaufsichtigt lassen.

Alle paar Minuten mußten sie anhalten, weil Heinrich, noch nie war ihm so etwas passiert, vor Erschöpfung schwindelte. Durch die Last des Körpers und aus Sorge um den Freund war er wie benommen. In diesen Momenten der Schwäche bestimmte der hilflos auf dem Latschenast sitzende Zacharias die Richtung des Wegs mehr als die Träger. Der Arm, den er um Heinrich gelegt hatte, umklammerte diesen in Todesangst. Zacharias' Finger bohrten sich in Heinrichs Schulter und zogen ihn näher an Zacharias heran, damit der Wankende, der am äußersten Rand des Pfades ging – neben ihm fiel der Hang fast senkrecht ab, gewiß hundert Meter –, nicht abstürzte und Zacharias mit in den Tod riß.

Schade; wären sie damals hinuntergestürzt, dachte Heinrich Freudensprung, müßte er nun nicht aus dem Flugzeug steigen und ins Flughafengebäude gehen. Müßte nicht dem Schurken Sarani begegnen, der am Telefon gesagt hatte, er hole ihn ab. Und Sarani halte Wort – ein absolut zuverlässiger und pünktlicher Schurke.

Heinrich war in jenem Herbst nicht mehr in die Berge gegangen. Das Wetter kam ihm entgegen, schon Mitte November schneite es stark, Stadt, Tal, Stahlwerk, Wälder lagen unter einer weißen Decke, die so viel Licht ausstrahlte, daß Heinrich die weißen Kalkfelsen des Hochschwabs nicht vermißte. Außerdem war die Vorspielstunde auf Mitte Dezember verschoben worden, so daß Heinrich den November nutzen konnte, um die drei Stellen in Beethovens Frühlingssonate, an denen er bislang gescheitert war, vielleicht doch noch zu bewältigen.

Belustigt hatte Freudensprung sich eingestanden, daß die dicke Schneedecke beruhigend auf ihn wirkte, ein Empfinden, das er bislang nicht gekannt hatte. Er sei, hatte er gedacht, auf die Achtzehn zugehend, alt geworden. Er fühlte sich mitgenommen von den Ereignissen im Stahlwerk, von dem Unfall auf der Fölzalm. Der ägyptische Freund habe aber auch, abgesehen von den außergewöhnlichen Vorfällen, durch die Gespräche, die sie geführt hätten, eine ständige Aufregung in sein Leben gebracht, wie sie ihm bislang fremd gewesen sei. Heinrich erinnerte sich, in den drei Wochen, die Zacharias in Graz im Krankenhaus gelegen war, mit dem Freund korrespondiert und diese Wochen als Zeit der Ruhe genossen zu haben.

Und doch war er froh gewesen, als Zacharias endlich wieder zu Besuch kam. Der Ägypter versicherte Heinrichs Eltern, daß ihr Haus sein Zuhause sei, die Wohnung in Graz wiewohl weitaus komfortabler – in Kapfenberg mußte er, wenn er über Nacht blieb, zum Schlafen das Zimmer mit Heinrich teilen –, nannte er dagegen abfällig seine Studentenbude.

Am Nachmittag stapften Heinrich und Zacharias, der nach dem Unfall noch leicht hinkte, eine Stunde durch den Schnee hinauf auf die Pötschen, setzten sich beim

Ortner-Bauern in die Gaststube, die zugleich Wohnstube war, tranken Most, Heinrich zündete sich eine Zigarette an, deren Rauch sich im Pfeifenqualm des Altbauern verlor, und sie schauten hinaus auf eine friedliche Landschaft, deren abgezirkelter Charakter – hier das Feld, dort der Wald, hier die Wiese, dort der Hohlweg – vom Schnee aufgehoben worden war.

Doch die Ruhe währte nicht lange. Zacharias zog einen Skizzenblock heraus, warf ihn auf den Tisch und berichtete, zeichnend und erklärend, daß er vorhabe, die bestehenden Bremssysteme zu revolutionieren, indem er sie auf eine hydraulische Basis stelle, wodurch der Betrieb von Seilbahnen überhaupt erst zu verantworten sei, was für Österreich, wo alle hundert Meter eine Seilbahn auf einen Berg führe, von Interesse sein müßte.

Als er, erschöpft von der eigenen Begeisterung, innehielt, zog Heinrich sein Schreibheft aus der Tasche und las ihm zwei Sätze vor, einen von Kleist, einen von Nestroy, als Beispiele für polyphones Schreiben, welches ihn fessle. Vielstimmig zu schreiben heiße, einen Satz, der in der Gegenwart spiele, in die Vergangenheit, von wo er den Ausgang nehme, springen zu lassen, aber auch in die Zukunft, wohin es ihn, unzufrieden mit der Gegenwart, ziehe.

Der Altbauer kam an ihren Tisch und fragte, ob sie Hunger hätten. Sie nickten, daraufhin nickte auch er und ging in die Küche. Heinrich machte Zacharias darauf aufmerksam, daß er, wenngleich er vorgebe, seine Verletzung sei ausgeheilt, noch hinke. Der bestritt das nicht. Heinrich schlug gezieltes Training vor, und wissend, daß der Montag für Zacharias vorlesungsfrei war, erzählte er ihm von der Möglichkeit, an diesem Tag im Kapfenberger Sportverein bei der Sektion Fechten, welche die Ausrüstung kostenlos zur Verfügung stelle, mit dem Florettfechten zu beginnen, bei dem – Heinrich sei probeweise dort gewesen – die Beine extrem trainiert würden. Zacharias zögerte auch diesmal keine Sekunde. Florettfechten, sagte er, während der Altbauer ein Schneidbrett mit einem großen Stück kaltem Geselchten auf den Tisch stellte, Brot daneben legte und sich zu den beiden setzte, sei der ideale Wintersport. Der Altbauer nickte.

8

Die Geliebte

In der Ankunftshalle des Flughafens bildete Heinrich Freudensprung sich ein, aufrecht und stolz einherzuschreiten. Er wollte bei Sarani den Eindruck erwecken, hier komme einer, mit dem sei nicht zu spaßen. In den Gesichtern der anderen Ankömmlinge stand allerdings die Frage, ob dieser Mann von Schwindel erfaßt und dadurch der Orientierung beraubt worden sei. Freudensprung wankte, ging unvermittelt ein paar Schritte in die Richtung, aus der er gekommen war, blieb dann stehen und horchte, so schien es, in sich hinein.

Er war in der Tat äußerst konzentriert. Er wollte nicht nur nach außen akkurat wirken, auch von seinem Verstand verlangte er absolute Präsenz. Zudem sei er, trichterte er sich ein, guter Dinge. Am liebsten hätte er voll Tatendrang in die Hände geklatscht; sei doch der Augenblick nicht fern, da er mit dem Feind abrechnen werde. Aber er hatte zum Klatschen nicht die Kraft, auch schaffte er es kaum, sich aufrecht zu halten. Kopf und Schultern waren schwer, sie drohten nach vorne zu kippen und dabei den entkräfteten Leib zu Boden zu ziehen. Die Kränkung, das mußte er sich auch hier in Kairo eingestehen, die ihm durch die Intrige dieses nichtswürdigen Trios – Sarani, dessen Sohn David und Heinrichs Geliebte Lena – zugefügt worden war, habe ihn zerstört.

Freudensprung suchte seit Wochen nach Techniken des

Weiterlebens, er wollte mit sechzig noch nicht sterben, was er nicht in Widerspruch dazu sah, nicht mehr leben zu wollen. Eine dieser Techniken sollte darin bestehen, zu jenem Geschehen Distanz zu gewinnen. Freudensprung versuchte, sie anzuwenden, doch so sehr er sich bemühte, einen Fingerbreit wenigstens zurückzutreten von der *Ungeheuerlichkeit*, um aus der Distanz von einem *Unglück* sprechen zu können, über das man hinwegkomme, von einem *Vorfall*, den man verwinde, es gelang ihm nicht, er empfand den Schmerz so stark wie damals.

Er stolperte mit dem einen zittrigen Bein über das andere und rettete sich zu einer Säule, lehnte sich an sie, spürte die angenehme Kühle des Betons und schloß die Augen, um zu Kräften zu kommen. Ja, Kraft, die brauche er, denn mit unsicherer Hand werde er Sarani weder erschlagen noch erwürgen können. Doch die *Ungeheuerlichkeit* brach wieder über ihn herein, und die Erinnerung setzte sich in Gang als ein Folterinstrument, das die Seele in Stücke riß und den Verstand zerrieb.

Spätestens Ende Mai, dachte er, habe die Planung seines Untergangs begonnen. Diese Formulierung war ihm zu pathetisch. Ende Mai, er setzte nochmals an, sei sein Buch fertig gewesen. Im nächsten Jahr werde es unter dem Titel *Amerika* erscheinen. Heinrich war über die Maßen verliebt gewesen. Ein halbes Jahr zuvor, es war der Jahreswechsel von 2000 auf 2001, hatte er eine junge Frau gefunden, ja: gefunden. Er hatte das Gefühl, ein Leben lang auf sie gewartet zu haben. Und eine Frau, auf die man so lange wartet, lernt man nicht kennen, man findet sie.

Ihr, hatte sie behauptet, sei es genauso ergangen. Sie war Mitte dreißig, Heinrich sechzig. Ihre Beteuerung, dachte er, hätte ihn stutzig machen sollen. So jung zu sein und großspurig zu sagen, sie habe *ein Leben lang* auf ihn gewartet, sei lachhaft. Doch auch ein halbes Jahr später, Ende Mai, war er nicht mißtrauisch geworden, als sie auf seine beiläufige Bemerkung, er würde in einem Anhang an das Buch versuchen, den Unterschied zwischen Amerika und Europa, der ein Gegensatz sei, zu beschreiben, der ein Gegensatz sei, mit ungewöhnlicher Intensität reagierte.

Sie äußerte den Wunsch, mit ihm nach New York zu reisen und dort ihren Urlaub zu verbringen, den ganzen August, das wäre wunderbar. Anders als Heinrich, der dort gelebt und gearbeitet habe, sei sie nie länger als drei Tage dort gewesen und über das Hotelzimmer, das sie bewohnt und den Vortragssaal, in dem sie über ökonomische Themen referiert habe, nicht hinausgekommen. Sie habe von New York nicht mehr gesehen, als man von einem Taxi aus wahrnehmen könne. Das sei erstaunlicherweise nicht wenig. Wie schön müsse es sein, dort zu flanieren, mehr noch, ein paar Wochen dort zu leben.

In Heinrichs Bemerkung war das Wort New York *nicht* gefallen. Er hatte von *Amerika* gesprochen, auch davon, daß er *eventuell* in den Anhang zu dem Buch einige Anmerkungen über die amerikanische Wirtschaft stellen werde, daß er aber nicht wisse, ob er sich das zutraue angesichts des Umstands, daß Lena vom Fach war: Wirtschaftswissenschaftlerin. Dennoch wollte er den Versuch wagen, denn was als wackelige Theorie begonnen hatte, war in den vergangenen Wochen zu einer soliden Spekulation gereift. Die gipfelte in der Einsicht, daß die amerikanische Wirtschaft sich grundverschieden von der europäischen entwickelt hat.

Die Nationalstaaten Europas traten im achtzehnten und neunzehnten Jahrhundert als neuer Souverän an die Stelle des alten, des Königs. Die USA, da sie jede Form von Zentralmacht ablehnten, wollten keinen Nationalstaat. Ihre Wirtschaft war deshalb nicht nur nationale Ökonomie, sondern immer schon Weltwirtschaft, weil die USA, ein Novum in der neueren Geschichte, ein Weltstaat waren, bevölkert mit Menschen aus aller Welt, die, endlich nicht mehr national beschränkt, auch ihr wirtschaftliches Wirken nicht mehr national einzugrenzen gedachten.

Heinrich Freudensprung hatte sich bei der jungen Frau für das Skizzenhafte seiner Überlegungen entschuldigt, um sich vor ihren Fragen zu schützen, redete gleichwohl mit Feuereifer weiter, bis er bei der Behauptung anlangte, die Ökonomie der Amerikaner sei von Anfang an international und insofern imperialistisch gewesen. Den Vorwurf, imperialistisch zu sein, konnten die Amerikaner nicht verstehen. Was sich nie als Nationalstaat etablierte, war deshalb von der Gründung an ein Weltstaat und insofern eine Weltmacht. Aber nicht für immer.

Bis zum Herbst, hatte er damals zu Lena gesagt – die Geliebte trug den Namen Lena Bauer, sie trug ihn vor sich her als ein Wappen: den Vornamen Lena als neckische Feder, sie steckte flatternd auf dem Familiennamen Bauer als auf einem ehernen Helm –, bis zum Herbst werde dieser Text abgeschlossen sein.

Lena sofort: Diese Arbeit könne nirgendwo besser geschrieben werden als in New York. Heinrich verständnislos: Diese Arbeit habe mit New York nichts zu tun. Sie sofort: Warum er seine Wohnung in Manhattan, wenn er dort nichts mehr zu tun habe, nicht aufgebe, warum er sie nur für kurze Zeit vermiete, im Mai, Juni und Juli, warum nicht auch im August. Ob das mit einer alten Liebschaft zusammenhänge? Mit jener New Yorkerin, die auf Heirat gedrängt habe? Oder immer noch dränge? Ob er vorhabe, im August allein nach New York zu reisen? Heinrich: Das sei vorbei, sowohl die Arbeit in New York an dem Buch als auch die Liebe zu der New Yorkerin. Er habe nie von einer Liebschaft gesprochen, es sei Liebe gewesen.

Sie sofort: Im August sei die Wohnung frei, sie sollten diesen Monat dort verbringen. Sein Amerika-Buch, schmeichelte sie ihm, sei, soweit sie das nach den wenigen Seiten, die sie gelesen habe, sagen könne, eine Art *Göttliche Komödie* Amerikas. Heinrich werde sie durch alle Stationen dieser Komödie führen, das könne für ihn, der dann einen letzten Blick, den Abschiedsblick, auf New York werfen werde, aufregend und melancholisch sein, aufregend aber gewiß für Lena. Niemand werde jemals so durch diese Stadt geführt worden sein.

Heinrich nichtsahnend: Warum nicht. Hätte er, so seine Überlegung, nicht verständnisvoll, sondern ablehnend geantwortet, wie es der Sache angemessen gewesen wäre, er lehnte nun nicht als Wrack hier an der Säule.

Heinrich wußte nicht, wann genau Lena den Sohn von Zacharias Sarani, David, zum erstenmal gesehen und wann die beiden füreinander Feuer gefangen hatten. Er wußte aber, wann er David zum erstenmal von Lena erzählt hatte. Es konnte nur im Februar dieses Jahres gewesen sein. David war Heinrichs zweiter Sohn. Heinrich hatte zwei Töchter und einen Sohn, David war sein zweiter Sohn – der Sohn des Freundes, des Feindes.

Lena und Heinrich reisten im August nach New York.

Sie wohnten dort – nicht, sie waren eingebettet. Das Haus in Manhattan hatte dreißig Stockwerke, die Wohnung lag im fünfzehnten Stock. Sie schauten nicht über andere Häuser hinweg, sie begegneten ihnen auf gleicher Höhe, sie mußten sich nicht ducken unter dem Schatten benachbarter Gebäude, das Licht meinte es gut mit Lena und Heinrich, es umfing sie.

Der Fußboden hätte wegbrechen können, und sie wären nicht abgestürzt, denn sie standen auf einem Geräuschteppich, wie er dichter nicht geknüpft werden konnte. Hunderte von Tönen waren aufeinander abgestimmt, die Tonrhythmen so vielfältig, daß sie vom Klangkörper, den die Straßenschluchten bildeten, als eine großartige, Heinrich schätzte: achtundvierzigstimmige Fuge aufgeführt wurden. Heinrich wußte, daß das menschliche Gehirn im besten Fall einer achtstimmigen Fuge zu folgen vermag. Der Geräuschteppich Manhattans überforderte somit das Gehirn um das Fünffache, weshalb Menschen, deren Gehirn chronisch unterfordert war, jene Überforderung nicht genießen konnten und die Geräusche zuerst als Lärm verleumdeten und dann zur Strafe unter dem Lärm, der keiner war, auch noch litten. Heinrich und Lena hingegen hatten es gut. Ihre Augen waren zu einem einzigen offenen Blick geworden, und ihre Ohren zu *einem* Saal, in dem die Stadt ein Konzert gab.

Eingebettet war auch ihr Wohnhaus, und liebevoll umrahmt: im Norden vom Washington Square, im Süden von Soho, im Westen von Greenwich Village, auf der anderen Seite vom East Village, mittendrin ihr Haus, und inmitten des Wohnhauses Lena und Heinrich, zwei Körper, so beglückt von der Stadt, daß sie sich Tag und Nacht wie *ein* Körper bewegten, im Bett, auf dem Boden, im Bad, auf dem Tisch so ineinander verschlungen wie auf der Straße, im Café, im Park, im Museum, daß sie nicht mehr unterscheiden konnten, ob sie miteinander schliefen oder nebeneinander gingen, das Betrachten eines Hauses war eine körperliche Seligkeit, das Berühren der Hände ein geistiges Ereignis.

So traf es Heinrich wie ein Faustschlag in den Magen, als Lena nach zwei Wochen schwebender Unbeschwertheit ihm zu verstehen gab, daß sie einmal allein durch New York flanieren wolle, schon um einer alten Neigung zu frönen, denn ihr sei, wohl von Natur aus, das Alleinsein zur zweiten Natur geworden. Gewiß, sie habe so schöne Tage wie die vergangenen noch nie erlebt, nun aber fordere die Gewohnheit ihr Recht, ihr, Lenas, Drang, allein zu sein, sei unbändig.

Verdutzt schaute Heinrich sie an, denn er hörte aus *ihrem* Mund s*eine* Wörter: Eine Zeitlang allein sein zu müssen – Wörter, die, hatte er sie irgendwann an eine Frau gerichtet, stets Zweifel an seiner Liebe auslösten, Zweifel von einer Heftigkeit, daß sie nie mehr besänftigt werden konnten. Und nun redete Lena wie er. Während er sich jedoch im Lauf der Jahrzehnte angewöhnt hatte, sein Bedürfnis, zeitweise allein zu sein, verständnisheischend, niemals fordernd, vorzutragen, äußerte Lena das gleiche Bedürfnis gerade heraus und mit einer Selbstverständlichkeit, die ihn konsternierte.

Am nächsten Morgen brach sie auf, abends kam sie nach Haus, um sich zu erfrischen, und ging wieder weg. Allein gelassen, fiel Heinrich in die alte Angewohnheit, nachts zu arbeiten und bis mittags zu schlafen. Er beschäftigte sich aber nicht wie beabsichtigt mit dem Gegensatz zwischen den USA und Europa, das werde er in Wien mit mehr Elan tun, denn Europa strotze derart vor Abneigung gegen Amerika, daß er diese Häme gegen das an seiner Weltmacht erstickende und sich an seinem Kapitalismus erdrosselnde Land am besten in Europa beschreiben könne.

Heinrich warf sich vor, Lena nicht gefragt zu haben, wohin sie gehe, was sie vorhabe. Da hörte er den Schlüssel im Türschloß, atmete erleichtert auf, eilte Lena entgegen und umarmte sie. Sie drückte ihn an sich, so fest und heftig, als hätte sie ihn nach langem wiedergefunden. Die wenigen Kleidungsstücke waren rasch abgestreift, und die beiden warfen sich aufs Sofa.

Wie jeden Tag gingen sie um Mitternacht in die *Pitti Bar*, um an einem Tischchen, das auf dem breiten Gehsteig stand und um diese Zeit für sie reserviert war, Wein zu trinken und in Olivenöl getränktes Brot zu essen. Die Männer an den benachbarten Tischen, fiel Heinrich auf, gaben sich Mühe, Lena nicht fortwährend anzustarren.

Heinrich konnte Lena in Ruhe betrachten, denn sie war mit ihren Gedanken nicht bei ihm, und ihr Gesicht war der vierspurigen, mit Autos übervollen Einbahnstraße zugewandt. Sie sah aus, als würde sie in der nächsten Sekunde explodieren. Die Augen funkelten, die Stirn leuchtete, die Wangen glühten, und ihre Brustwarzen schienen das T-Shirt durchbohren zu wollen. Heinrich, auf einem Klappsessel sitzend, hatte das Empfinden, auf dem Gipfel des Lebensglücks zu sein. Die Blicke der Männer, meinte er, gälten auch ihm.

Der Besitzer des Lokals drängte die Gäste freundlich zum Aufbruch, Lena stand auf, Heinrich aber wollte protestieren. Er konnte die Worte, die er auf den Lippen hatte, gerade noch hinunterschlucken. Auf dem Gipfel des Lebensglücks, wollte er sagen, gebe es keine Sperrstunde.

Lena nahm Heinrich an der Hand, zog ihn über die Houston Street nach Soho und zeigte ihm die Thompson Street, ein altes Gäßchen mit niedrigen Backsteinbauten, das er zwar kannte, aber nie beachtet hatte. Vor einem Haus mit zierlichem, von zwei Säulen flankiertem Eingang blieb sie stehen, und ein Zittern durchlief ihren Köper, so daß Heinrich ängstlich fragte, ob sie friere, doch sie zog ihn weiter. Im Gegenteil, sagte sie.

Und sie brachte, da sie an einem Kirchlein vorbeigingen – ein Schild wies die Glaubensrichtung als dänisch-katholisch aus – das Gespräch auf die zahllosen, meist kleinen Kirchen in Manhattan. Es handle sich, sagte Heinrich, bei diesen Kirchen wohl um Museen, die an die Zeit der europäischen Einwanderer erinnerten, unter denen nicht wenige religiös Verfolgte waren.

Nein, sagte Lena, diese Kirchen, sie habe das beobachtet, seien, wenn sie das so ausdrücken dürfe, in Betrieb. Sie habe Messen besucht, auch Versammlungen der Kirchengemeinden, und gesehen, daß das Kirchleben blühe. Manhattans Gotteshäuser, klein, aber zahlreich, stünden Manhattans Straßen, was die Auslastung betreffe, um nichts nach.

Ach Gott, erwiderte Heinrich erschrocken, er habe gedacht, in New York sei Religion längst Folklore, in den Kirchen würden sich Volkstanzgruppen tummeln, deren Mitglieder es dann am Broadway zu Musicaldarsteller brächten, weshalb er der Meinung gewesen sei, das Musical, als Kind der toten Operette an sich eine Totgeburt, werde fortleben, bis die letzte New Yorker Volkstanzgruppe, jene der grönländisch-griechisch-muslimisch-orthodox-protestantisch-katholischen Kirche, auf ihrer Welttournee mit dem Musical *Orpheus bei den Nibelungen* zur Hölle fährt.

Endlich zu Haus, war Lena todmüde ins Bett gefallen. Heinrich hatte sich an den Schreibtisch gesetzt und die Vermutung notiert, daß jene zahllosen Kirchen unzählige geistliche Schimmelpilze seien, welche die Hoffnung nicht aufgäben, den großen Käse Amerika einstens unter einer dicken Schimmelschicht zu begraben. Und er fragte sich, wie er so verblendet habe sein können, die USA als fruchtbaren Boden für Atheismus einzuschätzen. Da erinnerte er sich, Zacharias Sarani in der Jugendzeit gewissermaßen über den Atheismus kennengelernt und sich fortan mit der Frage nach dem Gottesglauben nicht mehr beschäftigt zu haben. Und er begann einen Brief an den Freund zu entwerfen.

Daß es keinen Gott gibt, notierte er, ist das Selbstverständliche, ist gesichertes Wissen. Damit aber über der Wahrheit die Lüge thronen kann, schafft man den Begriff des Glaubens. Der hat mit Wissen und Wahrheit nichts zu tun, was er, um sich als das Höchste zu postulieren, auch zur Schau stellt. Wir beide, schrieb Freudensprung, sahen Wissen und Wahrheit stets als endliche, nicht endgültige Phänomene an, die, kaum daß sie in die Welt treten, auch schon angezweifelt werden, wohingegen der Glaube den Zweifel nur als Sünde kennt und Gott als das vollkommene Wissen und die höchste Wahrheit: als das völlig Irrationale. Glaube ist Aberglaube.

Warum, schrieb Freudensprung weiter, ist das Selbstverständliche, daß es Gott nicht gibt, so wenig selbstverständlich? Weil Dinge, die es nicht gibt, niemanden interessieren. Es gibt so vieles nicht, keinen Wassermann, keinen Engel, keine Fee, und es würde keinen Teufel scheren, trumpfte man mit der Behauptung auf, daß es keinen Teufel gibt, obwohl der in der Glaubenslehre einen ebenso sicheren Platz hat wie Gott.

Am nächsten Morgen, erinnerte Freudensprung sich, hatte Lena ihn gefragt, ob er seine New Yorker Freundin wiedergesehen habe. Nein, hatte er geantwortet, er habe deshalb ein schlechtes Gewissen. Er habe nicht einmal angerufen. Andrerseits: Er habe diese Frau geliebt, sie aber habe behauptet, diese Liebe sei an einem Streit zerbrochen. Woran er sich nicht erinnern könne. Er wisse auch nicht, ob er Zeit finden werde, die frühere Freundin zu sehen. O doch, antwortete Lena, und stur wiederholte sie: O doch.

Sie seien, erwiderte Heinrich, nur mehr eineinhalb Wochen in New York. Sollte Lena noch Zeit für sich allein haben wollen, könne er ihr, sagte er im Scherz, noch zwei, drei Tage geben. Die darauffolgende Woche aber, die letzte, wolle er mit ihr zusammen sein. Sie würden es sehr schön haben. Sie würden nicht von Abschiedsschmerz überwältigt sein, denn sie wüßten, sie kämen wieder. Wenn sie nicht überhaupt hierher übersiedelten. Lena hatte angedeutet, daß sie es einrichten könne, in New York zu arbeiten. Freudensprung ergänzte, er habe immer schon vorgehabt, seinen Lebensabend in New York zu verbringen, ein Herzenswunsch, den er wegen seiner Kinder und seiner Enkeltochter, die allesamt in Wien lebten, zurückgestellt habe.

Ob er mit seiner New Yorker Freundin nicht einmal telefoniert habe, fragte Lena. Er sagte, da dieses Thema doch erledigt war, gar nichts, schaute sie nur verwundert an, weil er sie als einen aufmerksamen Menschen kannte, der gewöhnlich eine Frage, die beantwortet worden war, nicht noch einmal stellte.

Sie lächelte. Sie sah ihn an, wie ein Erwachsener ein Kind ansieht, das nicht durchtrieben, sondern unbeholfen gelogen hat: nachsichtig lächelnd. Und er dachte, womöglich vermute sie, daß er mit seiner früheren Freundin, die nur drei Subwaystationen entfernt wohnte, in Verbindung sei und mit ihr geschlafen habe. Er versuchte Lenas Lächeln zu enträtseln und schaute dabei auf jene leere, weiße Wand des Zimmers, auf der sonst seine Augen ruhten, wenn der Kopf von der Arbeit erschöpft war.

Da sagte Lena, sie sang mehr, als sie sprach: An der Kreuzung habe sie gestanden, habe auf den LaGuardia Place gehen wollen, da sei ein Radfahrer auf sie zugeschossen, habe vor ihr abgebremst und sie angesprochen: Er heiße David, wie sie denn heiße? Lena. – Er habe ihr seine Telefonnummer gegeben, sie ihm ihre. Ob sie mit ihm Kaffee trinken wolle? – Nicht jetzt, habe sie gesagt. Er habe auf die Uhr geschaut. Es sei vier; vielleicht um fünf? – Nein, habe sie gesagt, um sechs.

Warum er nicht reagiert habe, fragte Heinrich Freudensprung sich, an der Säule lehnend, die Augen geschlossen. Er konnte zwar nicht wissen, was man gegen ihn im Schild führte. Dennoch, warum habe er nicht reagiert, nur gefragt, ob sie den Radfahrer um sechs getroffen habe? Ja. – Welchen Eindruck habe er auf sie gemacht? – Er sei nett gewesen. – Sie werde ihn wiedersehen? – Nein. Heute nicht. Er könnte sich einbilden, sie sei an ihm interessiert. – Und morgen? – Lena sagte, sie habe Heinrich diese Geschichte nur erzählt, um ihn zu fragen, ob er morgen Zeit habe. Warum, fragte Freudensprung sich, habe er geantwortet, er sei mit seinem Übersetzer zum Abendessen verabredet? Warum habe er rasch hinzugefügt, der Übersetzer-Freund und er hätten zu arbeiten, das Essen gönnten sie sich nur nebenbei, neue Übersetzungsprobleme seien aufgetaucht.

Das war eine Lüge. Er hatte sich mit niemandem verabredet. Lena bedauerte, nicht dabeisein zu können, sie hätte den Übersetzer, diesen liebenswerten und geistreichen jungen Mann, gern wiedergesehen. Selbstverständlich wolle sie bei der Arbeit nicht stören. Sie überlege nun aber doch, den spaßigen Kerl mit dem Rad noch einmal zu treffen, der halte sich übrigens in New York auf, um in Archiven Pläne abzuzeichnen von Bauten, die nicht mehr existierten.

Sie traf ihn und kam um vier Uhr nachts nach Haus. Freudensprung wußte, er hatte verloren. Am Sonntag traf sie den spaßigen Kerl schon am Vormittag. Dienstags am Abend. Und am Mittwoch stellte sich heraus – Freudensprung ging um Mitternacht in die *Pitti Bar*, an seinem Tisch saßen Lena und ein junger Mann, Freudensprung erstarrte, der Anblick der beiden vernichtete ihn, er glaubte weinen zu müssen, doch die Tränen konnten nicht aus den Augen stürzen, auch sie waren erstarrt, er wandte sich ab und schlurfte mit winzigen Schritten, Zentimeter für Zentimeter, nach Haus, wo er nicht wußte, wie er es geschafft hatte, in seine Wohnung zu kommen, wo er noch den Entschluß faßte, sich aus dem Fenster zu werfen, jedoch zusammenbrach – am Mittwoch stellte sich heraus, daß Lenas Liebhaber David war, der Sohn des Zacharias Sarani.

Eben hatte Freudensprung die knappste Fassung der Ereignisse zustande gebracht, die ihm je gelungen war. Sie erwies sich als äußerst effektiv. Freudensprung ging in die Knie. Größer als der Hieb, den die Erinnerung ihm versetzte, war jedoch die Angst, vom Flughafenpersonal aufgelesen, in einen Sanitätsraum, vielleicht sogar in ein Spital gebracht zu werden, und so riß er seinen Körper in die Höhe, taumelte, sich ganz aufzurichten, dazu reichte die Kraft nicht, zu einer Bank, setzte sich und seufzte auf. Gerade noch war er dem Schlimmsten entronnen, der sozialen und medizinischen Obsorge, er, der weder ein sozialer noch ein medizinischer Fall war, sondern ein Zerfallsfall.

Erschöpft lehnte er sich zurück. Da es keine Lehne gab, klappte der Oberkörper nach hinten, die Hände aber klammerten sich geistesgegenwärtig an die Vorderkante der Bank, andernfalls Freudensprung nach hinten gestürzt wäre.

Etwas war dennoch zu Boden gefallen, Freudensprung konnte sich nicht vorstellen, was es gewesen sein könnte, er trug ja nichts bei sich außer Paß und Geldbörse, und die steckten in den Hosentaschen. Er schaute zu Boden: Neben dem rechten Fuß lag der Leinenbeutel mit den Briefen, sein einziges Gepäcksstück. Er hatte vergessen, es bei sich gehabt zu haben. Als er sich danach bückte, sah er am anderen Ende der Ankunftshalle Zacharias Sarani.

9

Das Duell

Ein Hochgefühl durchlief Freudensprung beim Anblick Saranis, er spürte, wie das Leben in ihn zurückkehrte, atmete tief durch, und es war ihm, als weiche endlich jene Last, die ihn in den letzten Wochen niedergedrückt hatte. Ohne Mühe stand er auf, schritt aus, ein wenig wackelig noch, und winkte von weitem dem Freund zu. Der reagierte nicht, konnte nicht reagieren, denn er blickte in eine andere Richtung. Heinrich blieb stehen und mußte lachen.

So ein Schalk! dachte er, zieht die Sache ins Komische, als würde sie dadurch einfacher. Freudensprung sah die Betonbank nicht, auf der Sarani saß, denn die unterschied sich in der Farbe nicht vom Fußboden, und so hatte er den Eindruck, Sarani habe die Grundstellung eines Fechters, die Hocke, eingenommen. Schneller als er denken konnte, wußte Freudensprung, warum Sarani das tat. Nur eines verstand er nicht: Warum schaute Zacharias nicht zu ihm? Doch bald begriff er auch das. Zacharias wollte offenbar, daß Heinrich mitspiele, daß er wie Zacharias in Angriffsposition gehe, als hielte er ein Florett in der Hand, und daß er einen Angriff vortrage, von hier bis zu ihm, durch die ganze Ankunftshalle. Zacharias werde warten, bis er Heinrich aus den Augenwinkeln auf sich zustürmen sah, sich dann blitzschnell Heinrich zuwenden, dessen Angriff parieren und, den

Unterarm florettartig bewegend, mit einer Riposte antworten.

Freudensprung nahm zwar die Stellung eines Fechters ein, in ihr zu verharren gelang ihm aber wegen seiner körperlichen Schwäche nicht, außerdem belastete die Fechthaltung, auch wenn er sie nur schlampig nachahmte, die Oberschenkel aufs äußerste. Dazu kam, daß Leute sich um ihn scharten, Wartende, die froh waren, etwas zu gaffen zu haben, dankbar für die Abwechslung, die ein offensichtlich Verrückter ihnen bot, indem er zu gymnastischen Übungen ansetzte.

Schade, dachte Heinrich, und er ging zu der Säule, die ihm schon einmal als Stütze gedient hatte, lehnte sich daran, stellte sich gleichgültig, damit die Gaffer sich verliefen, was sie auch taten, aber so zögernd und immer wieder nach ihm schielend, daß Freudensprung den Florettangriff nicht von neuem zu beginnen wagte. Er blickte zwischendurch zu Sarani, der denkmalgleich in seiner Position verharrte, der sich aber doch, dachte Freudensprung, einmal aufrichten müsse, um die Beine auszuschütteln. Kein junger Florettmeister, der beste nicht, könne ewig in der Hocke verharren, wie sollte das dem alten Sarani gelingen? Freudensprung imponierte die Sturheit, mit der sein Freund als Sportlerstatue posierte, er verstand auch, daß sich um Sarani keine Gaffer scharten, der hatte sie wohl auf arabisch angeschnauzt und vertrieben, gleichwohl erwartete Freudensprung, daß der Freund – er ertappte sich dabei, von Zacharias wieder als von seinem Freund zu sprechen – im nächsten Augenblick, von Krämpfen in den Oberschenkeln gepeinigt, einen Schmerzensschrei ausstoßen und sich unter Qualen aufrichten werde. Wie damals vor vierzig Jahren.

Freudensprung rechnete, nachdem er sechzig geworden war, nur mehr in Jahrzehnten, er nannte es ein Vorrecht des Alters, sich mit kleineren Zeiteinheiten nicht herumzuschlagen. So gerechnet, war es vor vierzig Jahren, als Sarani und Freudensprung, zum Gaudium des Trainers und der anderen Mitglieder des Kapfenberger Fechtclubs, gleichzeitig aufschrien. Sie überschätzten sich maßlos und wollten demonstrieren, daß sie es in der Hocke länger aushielten als die durchtrainierten Fechter, welche die beiden Jugendlichen mit Zurufen wie »Nur noch ein halbes Stündchen« oder »Das ist erst der Anfang« anstachelten. Die Schmerzensschreie brachen aus ihnen heraus wie aus Schwerverletzten, worauf die beiden sich auf den Fußboden warfen, weil im Stehen der Krampf in den Oberschenkeln nicht nachließ; erst im Liegen besserte sich ihr Zustand, während um sie herum das Training weiterging.

Heinrich Freudensprung erwog, sich die Tropfen von der Stirn zu wischen, damit sie nicht weiterhin durch die Brauen sickerten und salzig in den Augenwinkeln brannten, doch er tat es nicht. Er genoß es, daß ihn nicht mehr fröstelte wie während der vergangenen Wochen in New York, wo im September die Temperatur nächtens nicht unter 30 Grad Celsius gefallen war und er dennoch überlegt hatte, einen elektrischen Heizkörper anzuschaffen, wozu aber die Kraft nicht reichte. Die fünfhundert Meter bis zu dem Elektrohändler am Broadway traute er sich nicht zu, auch war ihm bewußt, daß es nicht die Temperatur war, die ihn frösteln machte und aufs Bett warf, sondern Eifersucht und Haß, Eifersucht auf Lena, Haß auf Sarani. Und nun Schweißtropfen!

Sogleich sah Heinrich die Welt deutlicher, sah, daß Zacharias nicht, gestützt auf einen Melkschemel, die Position eines Fechters simulierte, sondern bloß auf einer Betonbank hockte. Du meine Güte, rief er und fragte sich dann still, wie ein Mensch derart zerfallen könne. Heinrich sah einen Kopf, der nicht mehr auf dem Rumpf saß, sondern vornüber hing, Arme, die hinter der Bank als tote Glieder baumelten, Beine, von denen jedes in eine andere Richtung strebte. Er hatte den Freund ein Jahr nicht gesehen – seit vierzig Jahren war es nicht vorgekommen, daß sie nicht mindestens zweimal im Jahr zusammengetroffen waren. Diese Zeit, dachte er, sei eine verfluchte Zeit gewesen, ehe sie mit einer Katastrophe endete.

Heinrich war zu Kräften gekommen, es war richtig gewesen, an die Säule gelehnt zu warten, bis Herzschlag und Atem sich verlangsamten, bis der Blick nicht mehr flackerte und der Fuß, wenn er ihn aufsetzte, nicht mehr umknickte. Also steuerte er auf Sarani zu und dachte sich Sätze aus, damit er vor dem Freund nicht ins Stottern geriete: Ob er noch wisse, wie er während der Arbeit in Ohnmacht gefallen sei. Und welche Geschichte er Heinrich, als er im Ruheraum des Stahlwerks wieder zu sich gekommen sei, als Wachtraumgeschichte erzählt habe.

Heinrich, nur noch Schritte von Zacharias entfernt, schreckte zurück. Zacharias schaute auf, langsam, da in seiner Nähe jemand einen seltsamen Laut ausgestoßen hatte. Heinrich hatte gekeucht: Zacharias! Sarani schien die Stimme vertraut zu sein. Ausdruckslos starrte er sein Gegenüber an, als würde er Heinrich nicht wiedererkennen, was diesen so erschütterte, daß er lächelte, in der Hoffnung, dies möge die Erstarrung des anderen lösen. Und tatsächlich, Sarani nickte ihm wie aus einem Schlaf

erwachend zu und gab sich augenblicklich Mühe, ebenfalls freundlich dreinzuschauen. Außerdem versuchte er
sich von der Bank zu erheben, auch das gelang ihm.

Suchend schaute er um sich, als habe er erwartet, der
Freund komme in Begleitung, dann fragte er, wo Heinrichs Gepäck sei. Heinrich verspürte ein Glücksgefühl,
als er Saranis Stimme hörte, diese trotz ihrer augen-
blicklichen Brüchigkeit klangvolle Stimme, die in Kontrast stand zu dem hageren Mann, und als Antwort wies
Freudensprung auf den kleinen Leinenbeutel in seiner
Hand als auf sein einziges Gepäckstück.

Sarani nickte wissend, er erinnerte sich, daß Freudensprung gewöhnlich ohne Gepäck reiste – fuhr er für
längere Zeit an einen anderen Ort, schickte er die Koffer voraus, nichts verabscheute er mehr, als etwas mit
sich zu schleppen. In diesem Moment des Erinnerns, in
dem der Haß außer Kraft gesetzt war, ging Sarani mit
entschlossenen Schritten auf Freudensprung zu und umarmte ihn. Der, erschrocken über die Keckheit, mit welcher der andere auf ihn zutrat, wartete schicksalsergeben
darauf, erstochen zu werden.

Als Heinrich nach einer Schrecksekunde Zacharias'
Hände spürte, die reglos auf seinem Rücken lagen, beeilte er sich, seinerseits den Freund zu umarmen. Keiner
der beiden wagte, sich als erster aus der Umarmung zu
lösen. Also standen sie Statuen gleich in der Halle. Freudensprung flüsterte dem Freund zu, sie sollten gehen.
Worauf Sarani leise antwortete, sie *müßten* gehen. Beide
lösten sich gleichzeitig aus der Umarmung. Jemand rief
Sarani einen freundlichen Gruß zu; der grüßte kurz und
unfreundlich zurück. Der andere kam mit ausgebreiteten
Armen auf Sarani zu; der aber wandte sich ab.

Freudensprung war schockiert. Wie, fragte er sich, könne Zacharias den alten Geschäftsfreund Mustafa derart
herablassend behandeln? Freudensprung erinnerte sich,
daß Zacharias diesen Mann nie gemocht hatte; gewiß,
er hatte sich auf Zacharias' Kosten bereichert, ihn aber
nicht schamlos ausgenutzt. Merkwürdigerweise ärgerte
Sarani die Abhängigkeit von Mustafa um so mehr, je
leichter er im Lauf der Jahre die Kosten der Abhängigkeit verkraftete.
Mustafa, gewohnt, von allen umschmeichelt zu werden,
fühlte sich von Sarani derart beleidigt, daß er wie vom
Schlag gerührt dastand, immer noch die Arme ausgebreitet, um Sarani mit einem Bruderkuß zu begrüßen, doch
diese Arme standen, wie Freudensprung beobachtete,
steif zur Seite, bis plötzlich Leben in den Mann einkehrte
und er zunächst die Fäuste ballte und sie drohend gegen
Sarani, der das nicht sah, erhob, dann kehrtmachte und
weglief.
Zacharias wandte sich Heinrich zu, nahm ihn am Arm
und wollte ihn mit sich ziehen, doch der war nur mit
Mühe von der Stelle zu bewegen. Die schroffe, feindseli-
ge Art Saranis gegenüber Mustafa hatte Freudensprung
so verstört, daß er dachte, Zacharias sei im Alter starr-
sinnig und bösartig geworden, er sehe wohl jeden als
Feind an, ihn, Heinrich, ebenso wie Mustafa.
Da redete Sarani milde auf den Freund ein. Er habe sich
in diesem Augenblick entschlossen, mit dem Gangster zu
brechen. Es sei damit zu rechnen, daß Mustafa sich rächen werde. Der Konflikt schwele seit Jahren. Mustafa
habe sich nicht gescheut, seiner Leibwache zu befehlen,
Sprengstoff und Waffen einzusetzen. Das habe sich noch
nicht direkt gegen Sarani gerichtet, sehr wohl aber gegen

dessen Versuche, die kümmerlichen Ansätze zur Industrialisierung des Landes zu fördern, auch zum Nutzen der Farm. Noch habe es keinen Toten gegeben.

Dieser feige, ja verbrecherische Friede, den er, so fuhr Sarani fort, eingehalten, den der andere aber gebrochen habe, sei nun zu Ende. Heinrich solle das nicht beunruhigen, Zacharias unterhalte zum Schutz der Farm eine kleine Armee, er habe das in seinen Briefen an Heinrich als eine Möglichkeit angedeutet, die sei inzwischen Realität geworden, und von dieser Privatarmee werde er zu Heinrichs und zu seinem eigenen Schutz ein paar Leute, von denen es heiße, sie seien verläßlich, zum Flughafen bitten.

Verläßlich, sagte Sarani, was für ein unzuverlässiges Wort in einem Staat, in dem der Staatspräsident damit rechnen müsse, von einem Mitglied seiner Leibwache erschossen zu werden, da, und dieses Dilemma sei so alt und langweilig wie aktuell, der Staat weltlich fundiert sein wolle, was ein nicht unbeträchtlicher Teil der Bevölkerung ablehne und statt dessen einen Gottesstaat verlange, ein Begehren, das, da es ein Jenseits im Diesseits anstrebe, der Vernunft nicht zugänglich sei, die Leidenschaft aber in dauerhafte Raserei versetze, welche wiederum, um mit dem offiziellen Staat nicht in offenen Krieg zu geraten, im verborgenen tobe. Mustafa sei unter diesen Verhältnissen, das aber werde er dem Freund später schildern, vom verbrecherischen Geschäftsmann zum geschäftstüchtigen Verbrecher geworden.

Es tue ihm leid, sagte Sarani, das erwähnen zu müssen, Heinrich sei gewiß nicht nach Kairo gekommen, um sich diesen Quatsch anzuhören, worauf Freudensprung erwiderte, Zacharias irre. Er hatte eine heftige Konfrontation mit Zacharias erwartet und war froh, daß diese nicht, jedenfalls nicht sofort stattfand. Am liebsten wäre ihm gewesen, Zacharias hätte stundenlang über Mustafa räsoniert.

Es sei schön, sagte Freudensprung, Zacharias' Stimme zu hören. Und er, erwiderte Sarani, habe eben sagen wollen, es sei schön, Heinrich zu sehen. Er sei hier, entgegnete Freudensprung, um dem Freund etwas mitzuteilen; er sei aber noch nicht zum Reden gekommen. Das sei nicht nötig, sagte Sarani, zum Reden sei Zeit genug, er lasse den Freund nicht so bald weg; oder aber, auch das halte er für möglich, sie würden über diese leidige Sache gar nicht sprechen; vielleicht sei es schade um die Zeit.

Sie sollten an ihre früheren Gespräche anknüpfen, fuhr Sarani fort, falls das möglich sei, was er allerdings für ungewiß halte. Im Alter scheine das Leben zu zerfallen, das treffe auf sie beide zu. Er hakte sich bei dem Freund unter, wodurch er Tempo und Richtung bestimmen konnte. Wochenlang, fuhr Sarani fort, habe er sich das Gehirn zermartert, um herauszufinden, was Heinrich zu der Intrige gegen ihn bewogen habe. Und plötzlich wisse er, daß es das Alter sei, das Heinrich verändert habe, daß Heinrichs Persönlichkeit, wie Zacharias sie gekannt und geschätzt und geliebt habe, in Auflösung begriffen sei – wie übrigens auch seine eigene –, daß Heinrich also nicht als der gehandelt habe, als den Zacharias ihn kannte. Deshalb lohne es sich nicht, über die Angelegenheit zu reden.

Sarani wollte den Freund weiterziehen, doch der bewegte sich nur langsam und mit kleinen Schritten, zu sehr war er mit einem Gedanken beschäftigt und dem Entschluß, diesen sofort auszusprechen. Ob Zacharias es für möglich halte, sagte er – er wählte die sanfte Frageform, um Sarani nicht weh zu tun –, daß er, Zacharias, die Dinge durcheinander bringe, daß er den eigenen Fall mit seinem Fall verwechsle, daß er von Heinrichs Intrige spreche, obgleich es sich um die seine handle.

Sarani stutzte und blieb stehen. Heinrichs Rede, sagte er, sei nicht ohne Raffinement. Heinrich halte es also nicht für ausgeschlossen, daß, was er Zacharias angetan habe, gewissermaßen ihm von Zacharias angetan worden sei. Das klinge für ihn, der trotz Heinrichs Bemühen nie begriffen habe, was Dialektik sei, bestenfalls dialektisch, in Wirklichkeit sei diese verworrene Rede aber Produkt des Alters, wenn nicht der Senilität.

Freudensprung verlor die Fassung, er riß sich los aus der Führung durch den Freund, stellte sich ihm entgegen – war aber klug genug, seine Anklage, Zacharias habe Freudensprungs Liebe zu einer Frau zerstört, zurückhaltend zu formulieren: Zacharias wisse, was geschehen sei; Heinrich mache ihm keinen Vorwurf; ihm sei das wichtigste, Zacharias wiederzusehen. Er gab die Haltung des Kampfhahnes auf und hakte sich bei Sarani unter.

Der atmete auf und sagte, sie hätten jenen Überfluß an Zeit, den man nur im Alter habe. Wochen, Monate stünden vor ihnen, sie müßten nicht an diesem Tag ihre Meinungen fruchtlos gegeneinanderstellen, alles würde sich nach und nach von allein klären – falls sie das noch interessiere.

Um gegenseitige Vorwürfe hintanzuhalten, schlurften die beiden schweigsam zum Ausgang des Flughafengebäudes. Ihre Gesichter waren nicht mehr grau, nicht mehr steinern, die Milde des Erinnerns an die Jugend lag auf ihnen: Freudensprung hatte sein Studium voll Begeisterung, weil mit einer Arbeit über Musil, abgeschlossen und lebte freiberuflich und mittellos als Schriftsteller mit seiner Frau, die mit dem regelmäßigen Einkommen einer Lehrerin für den Lebensunterhalt aufkam, und drei Kindern in Wien. Sarani hatte das Studium des Maschinenbaus als Diplomingenieur beendet und bald danach, er hatte nie gelernt, sich auf Dauer einzufügen, in Graz ein eigenes Unternehmen und eine Familie gegründet, was ihn nicht davon abhielt, den Freund einmal im Monat in Wien zu besuchen, schon um sich zu beweisen, daß ein Jungunternehmer keineswegs Tag und Nacht in der Firma zubringen muß, um nicht unterzugehen, und meistens begleiteten ihn seine Frau und die beiden Kinder, ein Mädchen und ein Bub.

Wie üblich stieg man im *Hotel Lila* hinter der Votivkirche ab, einer besonders von Musikern geschätzten und gehaßten Familienpension, in der jede und jeder von sieben Uhr früh bis zehn Uhr abends musizieren oder singen durfte, so laut und so lange er wollte, ein Recht, das jeder nur für sich haben, dem anderen, um nicht gestört zu werden, aber streitig machen wollte, was im Hotel Dissonanzen hervorrief, die Sarani während des Frühstücks, das er von sieben bis acht zu sich nahm, um so mehr genoß, als er den Rest des Tages nicht im Hotel zubrachte, sondern schon um neun Uhr zum zweiten Frühstück im *Café Landtmann* saß, einem Kaffeehaus, das nicht nur nahe der Votivkirche lag, sondern gleichsam deren Innenraum darstellte.

Denn diese Kirche – ein neugotisches Monster, das nicht als monströs empfunden wird, weil es in der Nähe des Wiener Rathauses steht, eines Bauwerks, das an Häßlichkeit allen abstoßenden Bauwerken Wiens, vielleicht sogar der Welt, den Rang abläuft – diese Kirche hat, weil fragil, keinen kompakten Innenraum und insofern keinen Ort der Andacht, weshalb in der Nähe, im *Café Landtmann*, Ersatz geschaffen wurde, ein Ort zeitgemäßer Andacht, also endlosen Tratsches, wie Sarani mit Vergnügen feststellte, wenn er, weg von der Firma und noch nicht mit Freudensprung zusammen, sich im *Landtmann* dem Müßiggang hingab und aufschnappte, was ihm an Gesprächsfetzen zuflog: geschäftliche Erwägungen über Politik, politische Spekulationen über Geschäfte, kulturelle Einschätzungen der Politik und der Geschäfte, politische und kommerzielle Bewertungen der Kultur.

Nur diejenigen, dachte Sarani, indem er im Kaffeehaus die einflußreiche Schicht der Stadt, wenn nicht des Landes beobachtete, die sich als Elite empfänden und bezeichneten, in Saranis Worten das herrschende Gesindel auf dem Weg zur herrschenden Klasse, nur diejenigen, dachte er, sprächen von sich als Elite, die es nicht sind, während die anderen, welche, gäbe es einen positiven Begriff von ihr, die Elite wären, diesen Begriff nicht nur für sich, sondern schlechthin ablehnten. Sarani hatte den Eindruck, Hegel habe, indem er die bürgerliche Gesellschaft als geistiges Tierreich bezeichnete, dem Tierreich schweres Unrecht zugefügt.

Am Nachmittag hatten die Freunde nach der Wanderung durch den sanften Ostabhang des Wienerbergs, des pannonischen Gegenstücks zum voralpinen Wienerwald, von wo aus sie die rätselhaften Bewegungen der Züge auf dem Verschiebebahnhof Kledering, ohne darüber zu sprechen, bewunderten, ihr Lieblingsgasthaus in Oberlaa erreicht und sich im Gastgarten niedergelassen, der sich im Hof eines Vierkanters befand, welcher zur Stallseite hin Tauben in einem alten Taubenschlag beherbergte, eine freie Herberge, von den Tauben sehr geschätzt, um nichts weniger von den beiden Freunden, die in Gesprächspausen den Vögeln zuschauten, ohne zu verstehen, nach welchen Regeln sie dort aus und ein flogen oder ob es überhaupt Regeln gab.

Nun gingen die beiden in Richtung des Flughafenausgangs, unsicher auf den Beinen, was sie aber nicht wahrhaben wollten, denn der Umstand, daß sie sich, miteinander konfrontiert, nicht als Feinde empfanden, erfüllte sie mit so viel Zuversicht, daß sie sich stärker fühlten, als sie waren.

Heinrich Freudensprung war gesprächslustig, seine Lippen aber klebten ausgetrocknet aufeinander, so daß er sie erst bewegen konnte, nachdem die Zunge in der Mundhöhle ein wenig Feuchtigkeit gefunden hatte. Sorgsam verteilte er sie auf den Lippen. Er habe sich gerade vorgestellt, sagte er, Zacharias hätte sich damals im *Landtmann* mit dem Gründer einer alternativen Zeitung geeinigt und auch nur an einer einzigen Ausgabe mitgearbeitet. Das wäre ein historisches Ereignis gewesen, zumindest in der Zeitungsgeschichte.

Zacharias hätte, sagte Heinrich, von Neuerungen berichtet. Die Alternative zu dem, was es bereits gibt, sei für Zacharias die Neuerung. Für Heinrich sei es, wie Zacharias wisse, die Revolution. Er habe sich nicht begeistern können für das, was Zacharias Neuerung nannte, aber er habe es akzeptiert, schon deshalb, weil er, wie Zacharias, den Widerpart der Neuerung, die Erneuerung, widerwärtig gefunden habe. Nichts hätten sie so verabscheut wie Erneuerung. Und erst die Erneuerer! Die seien – das gelte bis zu diesem Tag – die Retter des guten

Alten, das sie mitschleppten in die schlechte Gegenwart. Erneuerung der Demokratie, der Kultur, der Moral und immer so weiter. Wer von Erneuerung schwärme, das sei ihre Ansicht gewesen, der wolle jede Neuerung verhindern.

Er habe damals, sagte Sarani leise, jeden Tag als Glück empfunden, seine Stimme klang tonlos, als käme sie aus einem Trichter, der eigenmächtig, ohne einen Menschen, welcher hineinspräche, zu reden imstande sei. Sarani hatte offenbar keinen Tropfen Feuchtigkeit mehr im Mund, um seine Lippen zu benetzen. Er habe damals, sagte er, jeden Tag als Glück empfunden, sagte er, an dem er mit einem Buch in der Hand durch die Welt gegangen sei, welches ihn gerade dadurch geleitet habe, daß der Autor, Musil, es sich zum Prinzip machte, keine Anleitungen zu geben. Sie beide hätten den *Mann ohne Eigenschaften* zur gleichen Zeit entdeckt. Für Sarani sei dieser Roman nicht nur Lektüre gewesen, sondern die ebenso unausgesprochene wie unverstellte Ermutigung, die in der Kindheit und in der Jugend mit viel Umsicht erworbenen Erkenntnisse und Erwartungen nicht aufzugeben als Preis fürs Erwachsenwerden.

Er nenne dieses Buch das Buch der drei Selbstverständlichkeiten, auf denen menschliches Leben beruhe, sofern es auf Menschlichkeit beharre: Atheismus, pragmatischen Nihilismus, Antimoralismus. Es gibt keinen Gott außer dem, den Menschen sich ausdenken, es gibt keine Werte außer denen, die Menschen als Vertrag schrecklichen oder ersprießlichen Zusammenlebens untereinander aushandeln, und es gibt keine Moral außer der, die einige Menschen zur Sekkatur der anderen aushecken.

Er sei durstig. Barsch unterbrach Sarani sich, blieb stehen, und als er weiterredete, war seine Stimme einigermaßen gereinigt von dem röhrend Mechanischen und näherte sich dem Klang eines lyrischen Baritons, schwingungsreich, ohne zu vibrieren, sanft, aber nicht weich. Er sei, sagte er, ausgetrocknet bis in die Zehenspitzen. Stunden könne er durch die Wüste gehen, ohne einen Schluck zu trinken, nun aber vermöge er keinen Schritt mehr zu tun. Er habe tagelang nichts gegessen und getrunken. Im Auto seien Dutzende Flaschen Wasser, etliche davon in einem kleinen Kühlschrank. Doch das Auto müsse man erst finden. Er wisse nicht mehr, wo er es abgestellt habe.

Der Parkplatz, wandte Freudensprung ein, sei nicht so groß. Heinrich sei längere Zeit nicht hier gewesen, sagte Sarani, man habe den Parkplatz um das Fünffache vergrößert. Ein Jahr, sagte er vorwurfsvoll, habe Heinrich sich nicht blicken lassen. In den vergangenen vierzig Jahren sei es nie vorgekommen, daß sie einander so lange nicht gesehen hätten. Doch, korrigierte Sarani sich, damals, als Heinrichs Sohn einen Autounfall hatte und danach querschnittgelähmt war, habe es auch lange gedauert, bis sie sich wieder trafen. Er habe nach Wien eilen und dem Burschen und den Eltern beistehen wollen, doch Heinrich habe davon abgeraten.

Was für ein Fehler, sagte Freudensprung, Zacharias sei der einzige Erwachsene gewesen, den Andreas, nein, nicht geliebt, aber akzeptiert habe, und wer Andreas kenne, der wisse, daß dies die höchste Form seiner Zuneigung gegenüber einem Erwachsenen sei. Andrerseits, wäre Zacharias gekommen und hätte Andreas nach dem schrecklichen Unfall Halt an ihm gefunden, was wäre gewesen, wenn Zacharias nach Ägypten zurückgefahren wäre?

Er hätte, sagte Sarani, für immer bei Andreas bleiben müssen und hätte es doch nicht gekonnt. Nicht wegen der Farm, nicht wegen der Akademie, auch nicht wegen der Kinder, die wären ohne ihn zurechtgekommen. Aber wegen seiner Frau. Er könne, dazu habe er sich gegenüber Heinrich noch nie geäußert, ohne Sophie nicht leben. Freudensprung sah ihn skeptisch an. Die Phrase, fuhr Sarani fort, daß man ohne jemanden nicht leben kann, werde zur Wahrheit, wenn es tatsächlich so sei. Wie Sophie das sehe, fragte Freudensprung. Sophie, sagte Sarani, habe immer ohne ihn leben können. Der Mensch brauche die Sonne, die Sonne aber nicht den Menschen.

Gegen Ende des Studiums, sagte Sarani, sei er in einem Konzert gewesen und in der Pause aus dem Saal gelaufen, nicht in das Foyer, wo Erfrischungen verkauft wurden, sondern ins Freie, weil er hoffte, in der frischen Luft rascher zu sich zu kommen. Das Amadeus-Quartett, damals für ihn das beste Streichquartett der Welt, habe in Graz Haydns *Vogel-Quartett* musiziert in einer Schönheit, welche ihm die Besinnung geraubt habe, und als er mit geschlossenen Augen, um der Benommenheit Herr zu werden, auf der Straße stand, vernahm er die Stimme einer Frau. Er solle sich nicht von der Stelle rühren, sie komme gleich wieder.

Er hätte, sagte Sarani, ohnedies keinen Schritt machen wollen. Auch sei er von dieser Stimme betört gewesen. Sie habe jung geklungen, noch dazu habe diese Frau ein Österreichisch gesprochen, wie man es in der südlichen Steiermark, schon gar in Graz, nicht zu hören bekam.

Die Frau habe sich beeilt, sagte Sarani, und sei wieder vor ihm gestanden, in der einen Hand einen kleinen Mokka, in der anderen ein Glas Wasser, eine schöne junge Frau, von der er, weil er die Augen aufriß, um alles genau zu sehen, das Gesicht nur umrißhaft wahrnahm, starke, hohe Backenknochen, schmale, grüne Augen, brünettes Haar bis zur Schulter, eine Strähne sei, immer wieder zurückgeworfen, hartnäckig über das rechte Auge gefallen. Er habe nur den Wunsch gehabt, diese Frau anzusehen, immer anzusehen, bis ans Ende seiner Tage.

Sie habe nur den Wunsch gehabt, den Kaffee und das Wasser, das sie für Sarani gebracht hatte, loszuwerden. Verwundert habe sie festgestellt, daß Sarani keineswegs der Ohnmacht nahe war. Er sei nicht körperlich beeinträchtigt, erklärte er ihr, sondern überwältigt vom Haydnschen Quartett und dessen Interpretation. – Was sie nun mit dem Kaffee machen solle? Er habe ihr versichert, daß er ihn trinken werde, unter der Bedingung, daß er *sie* nach dem Konzert einladen dürfe, in ein Café oder ein Restaurant.

Er habe, nachdem sie das Glas Wasser auf den Gehsteig gestellt hatte, die Tasse in einem Zug leergetrunken, es habe ihn so geekelt, daß es ihn schüttelte, was sie komisch fand, jedenfalls lachte sie laut. Er habe gesagt, daß er noch nie in seinem Leben Kaffee getrunken, daß er von Kindheit an vermieden hatte, Kaffee zu trinken, weil seine Beobachtung in Kairo, wo er aufgewachsen sei, ihn gelehrt habe, daß unter den Kaffeetrinkern viele lebende Mumien waren, völlig ausgetrocknete Menschen.

Es habe sich gut gefügt, fuhr Sarani fort, daß nach der Pause Beethovens Streichquartett op. 130 mitsamt dem op. 133, der Großen Fuge, gespielt wurde, ein Werk, das er auf Schallplatte immer nur in kleinen Abschnitten höre, so sehr erschöpfe es ihn. Nun, von Gedanken an jene Frau okkupiert, habe er überhaupt nicht zuhören können, er sei dagesessen, habe in der Rechten die kleine Kaffeetasse hin und her gedreht, außen braun, innen weiß, *Made in Italy*, habe sie in der Hand verborgen, um die Nachbarn nicht zu irritieren, und auf den letzten Takt gewartet.

Im Freien habe er sich dorthin gestellt, wo er in der Pause gestanden war, und sofort habe ihn ein Fieber höchster Erwartung erfaßt, denn würde diese Frau nicht kommen, sie hatte es nicht versprochen, wäre er dazu verdammt, sein Leben lang *einer* Frau, und nur ihr, in Liebe zugetan zu sein, ohne sie je wiedergesehen und, schlimmer noch, ohne ihre Stimme je wieder gehört zu haben.

Die Frau habe ihm zugewinkt, in der Hand die kleine Untertasse, er sei ihr winkend entgegengegangen, in der Hand die Kaffeetasse. Er fürchte, habe er gesagt, er werde bis zu seinem Tod nicht von ihrer Seite weichen, und habe sich geärgert, diesen schweren Satz auch noch bedeutungsschwer gesprochen zu haben. Doch sie habe ihm aus der Verlegenheit geholfen. Vielleicht sterbe er bald, habe sie geantwortet, dann sei das Problem gelöst.

10

Das Abendmahl

Statt in Erinnerung an Kaffeetasse und Untertasse, die
Insignien seiner Liebe, selig zu lächeln, wie Freudensprung es erwartet hatte, sagte Sarani, er fürchte, Sophie
sei krank; woraufhin sein Gesicht wieder versteinerte. Er
wirkte derart geistes- und körperabwesend, daß Freudensprung Angst hatte, der Ägypter liebäugle tatsächlich
mit der Möglichkeit, aus der Welt zu scheiden.

Unvermittelt und laut sagte Freudensprung deshalb, er
falle um vor Durst. In den vergangenen Wochen habe
er, wenn überhaupt, nur Wein getrunken. Er habe sich
Linderung erhofft, der Alkohol aber bewirkte, daß Wut
und Zorn ihn noch mehr aushöhlten.

Sarani antwortete, als hätte er auf diese Gelegenheit
gewartet: Er habe vergessen, wo das Auto geparkt sei.
Und Heinrich habe vergessen, ihn zu besuchen, weshalb
Zacharias gedacht habe, ein Unglück braue sich über
ihm zusammen, doch nun begreife er: Es gehe einfach
zu Ende mit ihnen. Mehr stecke nicht hinter ihren Problemen. Heinrich möge mit ihm in die Lounge kommen,
die fänden sie eher als das Auto, dort bekämen sie zu
trinken und zu essen.

Essen! rief Freudensprung, er wisse gar nicht mehr, was
das sei. Sie näherten sich einer unauffälligen, waffengrau-
en Eisentür, in deren Nähe drei Männer bemüht waren,
unauffällig umherzuschlendern und dabei den Eindruck

zu erwecken, nicht zusammenzugehören, doch sie konnten nicht anders, als abgezirkelt zu patrouillieren – woran man weltweit Staatspolizisten sofort erkennt. Einer dieser Männer, der die Eisentür an Unauffälligkeit übertraf, so daß er einem zwangsläufig ins Auge stach, eilte an den beiden Freunden vorbei zur Tür und öffnete sie.

Ob er sicher sei, ohne Gepäck gekommen zu sein, fragte Sarani den Freund, er könnte diesen Herrn bitten, die Koffer zu holen. Freudensprung verwies abermals auf den kleinen Leinenbeutel als auf sein einziges Gepäckstück. Darin, sagte er, befinde sich ihrer beider Korrespondenz der vergangenen zwölf Monate. Er habe sie als Lektüre mitgenommen.

Die beiden standen in der Tür, was den Staatspolizisten nervös machte, er winkte sie eindringlich weiter, doch Freudensprung ignorierte das, er mußte die richtigen Worte finden, mußte vermeiden, in Zusammenhang mit der Korrespondenz wieder von Saranis Verrat an der Freundschaft zu sprechen.

Sarani verstand den Eifer des Beamten, dessen Aufgabe es war, die Besucher der Staatslounge so rasch wie möglich hinter der Tür, hinter der sich eine Oase der Gastfreundlichkeit inmitten des abweisenden Flughafens auftat, verschwinden zu lassen, denn je geheimer ein Ort, so vermutlich die Meinung der Behörde, desto sicherer die Besucher. Damit der Ort aber geheim blieb, mußte er unauffällig betreten werden. Siebenundneunzig ägyptische Staatsbürger waren befugt, allein oder mit Gästen, drei durften mitgebracht werden, das Restaurant zu betreten, achtundvierzig Staatspolizisten waren dazu ausgebildet, diese Personen zu erkennen und in die Lounge zu geleiten.

Freudensprung stand stur in der Tür und redete so selbstvergessen, daß Sarani es nicht über sich brachte, ihn zu unterbrechen. Zacharias hatte es immer genossen, wenn der Freund, egal an welchem Ort, stehenblieb, um etwas zu sagen, und dabei wirkte, als könne er, was er sagte, nur im Stehen sagen. Schon am Gewicht der Briefe, sagte Freudensprung, und er wog dabei mit der Rechten den Leinenbeutel, als höbe er eine Vogelfeder hoch, sei zu erkennen, daß etwas Schreckliches passiert sein mußte. Die Briefe vom September des Vorjahres bis zu diesem Februar, zwanzig an der Zahl, zehn von Zacharias, zehn von Heinrich, zwei Drittel weniger als im Jahr zuvor, und seit einem halben Jahr gar kein Brief. Das sei, als wären sie beide nicht mehr am Leben.

Seien sie auch nicht, rief Sarani. Er hatte dem Freund das Wort abschneiden müssen, denn die Düfte aus der Küche drangen in seine Nase, und ihn, der sich noch vor einer Stunde nicht hatte vorstellen können, jemals wieder Appetit zu haben, überkam eine Gier nach Essen. Auch war ihm aufgefallen, daß der Staatspolizist einen Kollegen herbeigewinkt hatte, damit er ihn unterstütze.

Sarani nahm Freudensprung am Arm, zog ihn Zentimeter für Zentimeter in die Lounge, und als das ohne Straucheln geglückt war, weiter bis zum nächsten Tisch, wo Heinrich sich erleichtert auf einen Sessel fallen ließ. Sarani nahm Platz, ein Kellner stand bereit, um die Bestellung aufzunehmen, doch Sarani tat, als müßte er erst die Speise- und Getränkekarte studieren.

In Wahrheit fixierte er Mustafa, der an der Bar stand, den Telefonhörer sinken ließ, die beiden Männer entgeistert anstarrte, den zum Sprechen geöffneten Mund zu schließen vergaß, den Hörer auf die Theke knallte und durch den zweiten Ausgang hinausrannte.

Freudensprung hatte indes eine Scheibe Toast bestellt und ein Glas Mineralwasser und hinzugefügt: fürs erste – obwohl er nicht glaubte, daß der ausgezehrte Körper auch nur einen Bissen werde aufnehmen können. Sarani waren solche Bedenken fremd, er bestellte – auch er sagte: fürs erste – *ham and eggs* und ein Bier, worauf der Kellner, der nicht zu wissen schien, daß der Ägypter Sarani kein Moslem war, Schinken vom Truthahn vorschlug, was Sarani von sich wies: Schinken, der diesen Namen verdiene, gebe es nur vom Schwein.

Ob Heinrich gesehen habe, wie Mustafa davongestürzt sei, fragte Zacharias. Freudensprung schüttelte den Kopf. Er fühle sich so müde, sagte er, daß er sich am liebsten auf den Boden legen und schlafen würde. Die Angst, in Zacharias einen Feind anzutreffen, und die noch größere Angst, dem Freund als Feind zu begegnen, seien von ihm abgefallen. Diese Angst habe ihn aufgeputscht, sie sei die einzige Energie gewesen, über die er noch verfügt habe.

Nein, erwiderte Sarani mit Nachdruck, sie hätten Hunger und Durst, jetzt werde gegessen und getrunken. Er sei körperlich am Ende, und auch Heinrich sei ein Bild des Jammers. Sie würden herausfinden, warum das so sei, zuerst aber müßten sie zu Kräften kommen.

Sarani glaube wohl, wandte Freudensprung ein, es sei wie früher, als sie nach einer anstrengenden Bergtour oder einer nächtlichen Debatte ein Stück vom Brotlaib und eine Scheibe Speck abgeschnitten hätten und mit jedem Bissen das Leben in sie zurückgekehrt sei, bis nach dem fünften Bissen die Lust auf ein Glas Schnaps übermächtig wurde. Diese Zeiten, fuhr Freudensprung fort, seien vorbei, würde er wie damals Brot und Speck in sich hineinschlingen und mit Schnaps hinunterspülen, müßte er ins Spital. Er frage sich, wie sie diese Exzesse hätten überstehen können.

Was ihn, sagte Zacharias, von Anfang an zu Heinrich hingezogen habe, sei dessen Sinneslust gewesen, der Hang, das Leben zu genießen, ohne ihm einen Sinn abzuverlangen oder gar zu geben, eine Lebenslust, welcher der Blick zurück so fremd war wie der nach vorn. Ob diese Fähigkeit im Alter verlorengehe?

Den Kellner, der den Toast servierte, kannte Freudensprung seit Jahren. Er hatte, Heinrich merkte es mit Erstaunen, denn früher war ihm das nicht aufgefallen, große Ähnlichkeit mit Saranis Sohn David; eine geglückte Mischung aus einem Araber und einem Afrikaner vom Oberlauf des Nils, hochgewachsen, dunkler Teint, langer Kopf, kurzes, gekräuseltes Haar, was man in Kairo nicht schätzte, wo man sich lieber als Anrainer des Mittelmeers sah und als Nachbar Europas denn als Einheimischer des afrikanischen Kontinents.

Der Kellner entfernte sich zu rasch, als daß Sarani ihn hätte zurückrufen können. Freudensprung hatte mit zwei Bissen den Toast verschlungen, Sarani wollte für den Freund noch etwas bestellen und wandte sich an den anderen Kellner, der eben *ham and eggs* servierte, doch der Hunger war übermächtig, so daß Sarani mit der Gabel ein großes Stück sowohl vom Schinken als auch vom Spiegelei in den Mund schob, was ihn am Reden, nicht aber am Gestikulieren hinderte, und so bedeutete er mit der freien Hand dem kleinen rotblonden Kellner, auf keinen Fall wegzugehen, doch der, dem Habitus nach englischer Kolonialbeamter, wandte sich indigniert von dem ungezogenen Gefuchtel ab. Da nahm Sarani ein Glas und zerschmetterte es auf dem Boden. Gemessenen Schritts kam der rotblonde Kellner zurück und fragte, was *der Herr* wünsche. Zweimal Huhn mit Reis und eine Flasche Merlot. Der Rotblonde ging, der andere, der Große, kam mit einer Schaufel und einem Besen.

Sarani stand auf, nahm dem Kellner den Besen aus der Hand, kniete sich, um nicht zu wanken, auf den Boden, kehrte die Glassplitter unter den Tisch, legte den Besen ebendorthin, wandte sich dann an den jungen Mann und bat ihn, zaghaft, als müßte er damit rechnen, zurückgewiesen zu werden, ihn zur Toilette zu geleiten, er sei ein alter Mann, geistig nicht mehr auf der Höhe, auch habe er den Gehstock im Auto vergessen. Der Kellner, zwei Kopf größer als Sarani, beugte sich hinunter, bot ihm den Arm dar, so gingen sie – der junge Mann mit kleinen Schritten, der alte schlurfte neben ihm her – zur Toilette und dann zurück zum Tisch, wo gerade Huhn mit Reis und eine Flasche Wein aufgetragen wurden. Der rotblonde Kellner machte sich davon, als ginge von diesen Gästen Gefahr aus.

Der große Kellner, Freudensprung fiel ein, der junge Mann hieß Maher, schenkte Wein ein und beugte sich dabei tief hinunter zu Sarani, der ihn mit leiser Stimme bat, bei Gelegenheit nachzusehen, wie das Wetter sei. Maher nickte freudig, als hätte er ein Kompliment für den Service bekommen, und zog sich gemessenen Schrittes zurück; mit lässiger Eleganz, fand Freudensprung und schaufelte Reis und Huhn in sich hinein. Sarani, von der großen Portion *ham and eggs* schon ein wenig gesättigt, speiste im Vergleich zu seinem Freund geradezu bedächtig, und ebenso begann er zu reden.

Die vergangenen Wochen, sagte er, seien seit vierzig Jahren die einzige Zeit gewesen, in der er mit Heinrich nicht in Verbindung stand. Ausgerechnet da habe er, ohne sich mit Heinrich beraten zu können, eine Entscheidung treffen müssen.

Er übersiedle in die Schweiz, nach Zürich. Was mit der Farm geschehen werde, wisse er nicht. Man habe ihm eine Professur angeboten. Er habe nie aufgehört, sich mit dem Seilbahnbau, insbesondere, wie Heinrich wisse, mit Bremssystemen, zu beschäftigen, habe etliches weiterentwickelt und das in Fachzeitschriften publiziert.

Diese Professur, das mache das Angebot besonders interessant, werde zum Teil von der Schweizer Seilbahnwirtschaft bezahlt, um die es nicht zum besten bestellt zu sein scheine. Sie sei technisch in Rückstand geraten, und um diesen aufzuholen, engagiere man einen Wüstenbewohner. Ihm komme das gelegen. Er sei dreißig Jahre Unternehmer gewesen, wenn auch ein nichtkapitalistischer, zehn Jahre in Graz, zwanzig Jahre hier. Nun, im Alter, sei ihm das zu dumm und insofern zu anstrengend.

Freudensprung dachte, nun, da das Gespräch ins Belanglose abgleite, sei es an der Zeit, zu jener Sache zu kommen, derentwegen er nach Kairo gereist war. Doch er fand nicht den Mut, das Thema unvermittelt anzusprechen, und so versuchte er, den Faden des Gesprächs aufzunehmen: Ihm sei schon das bloße Leben zu anstrengend; und er hob das Glas auf das Wohl des Freundes.

Ob er, fragte Sarani sich, hierhergekommen sei, um sich Platitüden anzuhören oder um ein klares Wort zu sprechen? Doch der Mut dazu fehlte auch ihm, und so antwortete er: Was das Leben anstrengend mache, liege nicht im Leben begründet, sondern in den Verhältnissen, von denen es erdrückt werde. Er unternehme etwas, habe er als junger Mann gedacht, damit er und seine Mitstreiter gut und frei arbeiten und leben könnten. Habe er dann etwas unternommen, habe er erfahren müssen, daß man unter den gegebenen Verhältnissen zu List und Hinterlist greifen muß, damit ein Unternehmen wie das seine nicht zusammenbricht. Von Freiheit, Unabhängigkeit, gar einem befriedigenden Arbeiten und Leben gebe es, er wolle das nicht bagatellisieren, immerhin Spuren.

Dieser Spuren wegen, fuhr Sarani fort, habe er zu Heinrich über jene bitteren Erfahrungen nie gesprochen. Auch seien im Lauf der Jahre die Langeweile und der Stumpfsinn seiner Tätigkeit, wie antikapitalistisch und alternativ diese auch gewesen sei, etwas herstellen und verkaufen zu müssen, immer und immer wieder, zur größten Lebensanstrengung geworden. Er möge mit seinen Einwänden warten, bat Sarani den Freund, trank ein Glas Merlot in einem Zug leer, winkte nach einem Kellner, seine Bewegung war fordernd, Sarani schien rasch zu Kräften zu kommen, Maher eilte herbei, Sarani bestellte eine Platte mit Meeresfrüchten für vier Personen und weiteren Wein.

Der Kellner schmunzelte und sagte, es gebe tatsächlich einen Grund zu feiern. Mustafa habe, so laut, daß es jedermann hier hätte hören können, doch selbstverständlich habe niemand etwas gehört, telefonisch Befehl erteilt, Sarani in Stücke zu reißen. Sarani dürfte den Staatssekretär sehr beleidigt haben. Als Sarani jedoch in die Lounge gekommen sei, scheinbar dem Tod näher als dem Leben, habe Mustafa den Befehl zurückgenommen. Wozu jemanden ermorden, der bereits halbtot sei, meinte der Kellner. Mustafas Assistent sei hiergeblieben, um Sarani zu beobachten, für den Fall, daß der die Leute zum Narren halte, doch nachdem Sarani sich zur Toilette habe führen lassen, sei auch der Assistent weggegangen. Eine gute Idee dieser Trick, meinte der Kellner.

Sarani sagte zu Maher, er sei mit dessen Diensten außerordentlich zufrieden. Er würde sich gerne erkenntlich zeigen und ihm einen Geldbetrag als Extrazahlung zukommen lassen, diesmal aber nicht im Kuvert, sondern per Banküberweisung, wofür er die Kontonummer brauche. Verdutzt stand der Kellner da, erfreut, aber auch verunsichert durch Saranis Worte, er verneigte sich hastig und ging in die Küche.

Wie Heinrich wisse, sagte Sarani, arbeite Maher seit Jahren als Informant für ihn. Es spreche einiges dafür, daß er auch in Mustafas Diensten stehe, davon habe Zacharias dem Freund nichts gesagt. Er habe ihm darüber erst berichten wollen, sobald er für die merkwürdigen Fakten eine Erklärung habe.

Sarani skizzierte mit groben Strichen den Fall: Er hatte sich, wo immer er sich aufhielt, zuerst beobachtet gefühlt, dann beobachtet gewußt. Er engagierte Leute, unter ihnen Maher, die herausfinden sollten, wer, warum, in wessen Auftrag ihn bespitzelte. Er hatte es geahnt: Der Auftraggeber war Mustafa. Das habe er nicht dulden können, fuhr Zacharias fort, nicht nur weil es nicht angenehm sei, ständig belauert zu werden, sondern weil es für ihn von Anfang an klar gewesen sei, daß er, der Maschinenbauer, die Maschinen, die er für die Farm brauche, eines Tages in Ägypten herstellen und nicht vom Importeur Mustafa beziehen werde. Er habe also viel früher gewußt, als Mustafa es habe wissen können, daß es einen Wirtschaftskrieg geben werde, für den er, selbst wenn die Auseinandersetzung ins Gewalttätige ausarte, nicht schlecht gerüstet sei.

Parallel dazu, sagte Zacharias, habe er, da der Konflikt letztlich nur politisch und ökonomisch zu lösen sei, auf den Sturz Mustafas hingearbeitet. Er hatte ein Gespräch mit dem Staatspräsidenten geführt, das schon vor dem Treffen insofern gut begann, als Sarani, der damit gerechnet hatte, frühestens in einem Jahr einen Termin zu bekommen, bereits nach einer Woche in den Präsidentenpalast bestellt worden war. Der Regierungschef holte Sarani zu dessen größtem Erstaunen von der Empfangshalle ab, geleitete ihn nicht in die Repräsentationsräume, sondern durchschritt mit ihm den Palast bis zu einem kleinen Garten, wo er Sarani bat, an einem verwitterten Teakholztisch, Erbstück des englischen Kolonialismus, Platz zu nehmen.

Der Präsident bedauerte, daß Saranis Onkel – von den Brüdern spreche er gar nicht – in jungen Jahren umgekommen sei. Der Onkel könnte noch leben, wäre wohl über achtzig und gewiß der engste Berater des Präsidenten. Der Onkel wäre in der Lage gewesen, Politik zu machen, Wirtschaftspolitik, wozu der Präsident, sagte er, nicht die Zeit und auch nicht die Kraft habe. Er sei damit beschäftigt, den Status quo aufrechtzuerhalten – Ägypten als Dienstleistungsstaat. Die meisten Länder würden Außenpolitik machen, Ägypten *lebe* von der Außenpolitik; von dem Frieden mit Israel. Das Land, ohnedies nicht in der Lage, einen Krieg erfolgreich zu führen, werde von einigen Ländern dafür bezahlt, daß es Frieden halte. Eine absurde Dienstleistung, von der das Land existiere; woran es aber auch kranke. Eine Gefahr

auch der Tourismus. Jeder Ausländer, der die Altertümer sehen wolle, komme, um das, was der Totenkult an
Tempeln und Gräbern hinterlassen habe, wie ein Kolo-
nialherr zu genießen, mit Lebensmitteln, Getränken und
Amüsement aus dem Ausland. Der Kulturtourist bringe
das Land zum Verdorren. Saranis Onkel habe das ändern wollen.

Von der Farm, sagte Zacharias, sei der Präsident informiert, aber nur in Maßen beeindruckt gewesen, ihm sei
sie zu egalitär, zu demokratisch, gar sozialistisch, sie passe nicht in die heutige Welt. Andererseits würden dort
zunehmend Maschinen eingesetzt, im Auftrag Saranis,
der diese Maschinen selbst entwerfe, und zwar im Hin-
blick auf hiesige Bedingungen, der aber auch, und das sei
in den Augen des Präsidenten wichtig, Menschen ausbil-
de, um diese Maschinen zu warten und zu reparieren. Es
sei demütigend genug, habe der Präsident gesagt, jeden
Schmarren des täglichen Bedarfs importieren zu müssen,
unerträglich aber sei es, für die Reparatur dieses Krem-
pels auch noch Fachleute einfliegen zu lassen.

Unweigerlich, sagte Zacharias, sei die Rede auf Mustafa
gekommen. Er habe nicht viel sagen müssen, der Präsident sei im Bild gewesen. Er habe die Tätigkeit Mustafas,
seines Neffen, gelobt, der habe umsichtig importiert,
was im Land gebraucht wurde, habe dann aber, Opfer
seines Berufs als Importeur, jeden Ansatz zu eigenstän-
diger ägyptischer Produktion bekämpft als einen An-
schlag auf sein Geschäft. Deshalb werde Mustafa kalt-
gestellt, mitsamt seinen Scharfschützen. Heinrich über
all das zu informieren, sagte Sarani, hätte geheißen, ihn
in diese vielleicht nicht ungefährliche Sache hineinzuzie-
hen.

Freudensprung hatte keine Zeit, darüber nachzudenken oder gar eine Frage zu stellen, denn der rotblonde Kellner brachte die Platte mit Meeresfrüchten, zwei frische Teller und Wein. Sarani schob mit einem großen Stück Weißbrot die Tintenfischringe zur Seite, tunkte es in das Olivenöl, nahm einen herzhaften Bissen und lehnte sich behaglich zurück. Freudensprung spießte vier Stück vom Tintenfisch und ein paar Miesmuscheln, die aus den Schalen gefallen waren, auf die Gabel und steckte sie in den Mund, so rasch, als wolle jemand sie ihm wegnehmen.

Sarani war der erste der beiden, der, wenn auch mit vollem Mund, wieder sprechen konnte. Es sei ihm, selbst wenn Heinrich das nicht wahrhaben wolle, ernst damit, nach Zürich zu übersiedeln. Er brauche nur noch Sophies Zustimmung, er zweifle leider nicht, sie zu bekommen. Sophie kränkle seit einiger Zeit, ihr, die früher ähnlich prädestiniert schien für das Wüstenklima wie Heinrich, mache der krasse Temperaturwechsel zunehmend zu schaffen, was sie, auf das Gedeihen der Farm bedacht wie niemand sonst, vor sich verleugne, doch jedermann sehe, daß sie, des öfteren die Arbeit im Büro unterbrechen und sich auf das Sofa legen müsse. Sie werde, noch dazu da Johanna die Farm souverän leite, wenn auch nicht immer von Ägypten aus, gern nach Europa mitkommen.

Und noch etwas, sagte Sarani, sei zu klären. Heinrich stehe für seine Arbeit auf der Farm ein ansehnlicher Betrag zu, den er erst im Alter ausbezahlt haben wolle und der nun fällig werde. Zacharias begleiche diese Schuld aus seinem ererbten Vermögen. Dieses sei für ihn zeitlebens der alte Weg gewesen, auf den man zurückkehren könne, wenn der Bau des neuen wider Erwarten scheitere. Er habe, was er sehr schätze, seine Experimente ohne Sorgen machen können. Sorgen würden einen niederdrücken, Sorgen zu haben sei Denken in der unproduktivsten, in der Form der Angst.

Das Experiment, sagte Sarani, sei ein Kind des Überflusses, anders als die Improvisation, die ein Kind des Mangels sei. Die Improvisation mache aus der Not eine Tugend, das Experiment aus dem Überfluß eine neue Welt. Die Farm produziere sogar als Genossenschaft einen Überfluß, der in die Akademie, das Experimentierfeld für eine neue Welt, hätte fließen sollen. Die Akademie aber habe Heinrich zu Fall gebracht.

Sarani schwieg. Freudensprung nickte resigniert, als stimmte er stumm einem Verrückten zu, dessen Rede er vernommen hatte, ohne deren Sinn zu begreifen. Er habe in seinem Leben, sagte er schließlich, anders als Zacharias, wenig bewirkt, sollte es ihm aber gelungen sein, was nicht in seiner Absicht gelegen sei und wozu er gewiß nichts beigetragen habe, die Akademie zu zerstören, wäre das eine beachtliche Leistung.

Sarani schaute den Freund ratlos an. Wahrscheinlich, sagte er, sei es besser, sie würden nicht darüber sprechen. Freudensprung nickte abermals. Zacharias habe gewiß recht, sagte Freudensprung, das Leben, sofern es gegängelt werde, sei anstrengend. Es liege aber auch am Altern. Dem sei das Leben nicht gewachsen. Sonst hätte ein Geschehen, das, von außen betrachtet, sich komisch ausnehme, Freudensprung nicht an den Rand des Todes getrieben. Zacharias und sein Sohn hätten ein Komplott geschmiedet, um Heinrich die Freundin wegzunehmen. In jungen Jahren hätte er um die Geliebte gekämpft, nun, im Alter, versinke er in Resignation.

Sarani dachte nach. David, sagte er feierlich, liebe Heinrich so sehr, daß er eher den Vater kränkte als Heinrich. Doch Zacharias gefalle der Gedanke, Heinrich sei eine Frau weggenommen worden. Heinrich habe zu viele Frauen gehabt. Eine davon dürfe er ihm wohl stehlen. Darauf sagte Heinrich, es scheine tatsächlich besser zu sein, sie würden nicht darüber sprechen.

Die Gabeln der beiden stießen auf der Suche nach einer Muschel gegeneinander, da die Platte leer, die Meeresfrüchte aufgegessen waren, und Sarani, über diese Art der Auseinandersetzung mit dem Freund belustigt, sagte, während er nach dem Kellner winkte, man wolle sie hier verhungern lassen.

Freudensprung lächelte, ihn freute die Fröhlichkeit des Freundes, er bewunderte Zacharias ob der Fähigkeit, aus der körperlichen und seelischen Erstarrung zu jenem Übermut und Unernst zu finden, die den Umgang der beiden durch Jahrzehnte bestimmt hatten, wohingegen er selbst meinte, noch nicht auf den Boden der alten Freundschaft zurückgefunden zu haben.

Sarani bat Maher, Spaghetti zu bringen, die bisherigen Vorspeisen seien nicht schlecht, die Portionen aber zu klein gewesen. Sein Freund und er seien ausgehungert, sie seien in den vergangenen Wochen auf einer Expedition gewesen, zuerst durch die Wüste, dann hinauf auf viertausend Meter, der Proviant sei jedoch in der Wüstenhitze verdorben, was sie erst bemerkt hätten, als sie in Schnee und Eis waren, so daß ihnen bis zum Ende der Expedition nur Traubenzucker als Nahrung geblieben sei, sie hätten einiges nachzuholen.

Er werde zu einem anderen Tisch gerufen, sagte Maher. Dorthin, erwiderte Sarani, solle der Kollege gehen. Ma-

her möge in der Küche Spaghetti ordern und dann zu-
rückkommen. So geschah es. Er habe, sagte Sarani zu
Maher, eine Bitte. Sie beide würden sich über die Speisekarte beugen und so tun, als führten sie ein Gespräch
über die aufgelisteten Köstlichkeiten. Wenn sie das gut
spielten, könne niemand Maher vorwerfen, mit einem
Gast zu plaudern.

Sarani zeigte auf die Speisekarte und zwang so den Kellner, ebenfalls dorthin zu schauen. Dann fragte er ihn, ob
er mit seiner Arbeit zufrieden sei. Er frage das deshalb,
weil er, ehe er die Farm verlasse, die Probleme, die es
dort bei der Organisation der Arbeit gebe, wenn er sie
schon nicht lösen könne, wenigstens verstehen wolle,
wobei, und deshalb solle das Gespräch jetzt stattfinden,
sein österreichischer Freund zuhören müsse, um Sarani
helfen zu können.

Die Bedingungen auf der Farm, sagte Sarani, seien, er
würde es am liebsten nicht aussprechen, zu gut. Die
Leute könnten alles, Arbeitszeit ebenso wie Intensität der Arbeit, selbst bestimmen. Die Farm sei wirtschaftlich so etabliert, daß man beschließen könnte,
die Arbeitszeit zu reduzieren und neue Mitstreiter zu
suchen. Das werde mehrheitlich abgelehnt. Statt dessen wolle man Arbeitszeit und Arbeitsdruck erhöhen,
jedoch nicht aus dem verständlichen Grund, den eigenen Anteil am Gewinn zu steigern, sondern aus dem
erschreckenden, es nicht besser haben zu wollen als die
anderen in den Dörfern, um von den Nachbarn nicht
geschnitten zu werden. Man werde weiterhin zeitig zur
Arbeit gehen und spät nach Haus kommen wie die
anderen, die Taglöhner, die morgens für ein paar Stunden Arbeit haben, mittags schon wieder welche suchen

und abends so tun, als kämen sie von der Arbeit nach Hause.

Es sei ihm in früheren Gesprächen aufgefallen, sagte Sarani zu Maher, daß der die Fähigkeit habe, seine eigene Situation wie ein Außenstehender zu betrachten. Der Kellner schien zu überlegen, ob Sarani ihm eine Falle stelle, vielleicht sogar im Auftrag des Pächters der Lounge; zögernd sagte er, er sei über die Maßen zufrieden, es sei bekanntlich nicht leicht, in Kairo Arbeit zu finden, selbst wenn man wie er hochqualifiziert sei, er spreche vier Fremdsprachen. Er habe aber nicht nur an der hiesigen Universität studiert, dieser Arbeitslosenbildungsanstalt, sondern auch den Beruf des Kellners erlernt, im besten Hotel Kairos, da jedoch in Ägypten jeder sein Heil in der Tourismuswirtschaft suche, könne er von Glück sagen, die Stelle im staatlichen Restaurant der staatlichen Fluggesellschaft gefunden zu haben – er betonte das Wort »staatlich« so auffällig, daß mehr Spott denn Respekt herauszuhören war.

Maher möge nicht vergessen, sagte Sarani, daß gerade dieser staatliche Betrieb die Möglichkeit für lukrative Nebenbeschäftigungen biete. Der junge Mann arbeite für Sarani als Informant und gleichzeitig – das wisse Sarani längst – für Mustafa, weshalb Sarani ihm nur Dinge mitgeteilt habe, die auch für Mustafas Ohren gedacht waren.

Der Kellner deutete mit einer großen Geste auf die Speisekarte und sagte, um von dem unangenehmen Thema wegzukommen, unter den Sprachen, die er beherrsche, liege ihm das Italienische besonders; ein hoher Gast aus Italien, den er in diesem Lokal bediente, habe ihn auf Grund der Aussprache und des Wortschatzes für einen

Italiener gehalten, was den jungen Mann ermunterte, dem Gast, einem Minister, zuzuflüstern, er würde gern in Italien arbeiten, worauf der Minister ihm unauffällig seine Visitenkarte zusteckte und versprach, ihm behilflich zu sein.

Da er also nicht mehr lange in diesem Restaurant arbeite, fuhr Maher fort, könne er offen sprechen. Seine Tätigkeit hier sei Sklavenarbeit. Zwar werde er entlohnt, der Umstand jedoch, daß es ein Glücksfall sei, Arbeit zu bekommen, sei für den Glücklichen ein Unglück, denn derjenige, der einem Arbeit gebe, empfinde sich als großer, gütiger Herr über Leben und Tod, der einem durch Arbeit das Leben ermögliche, andererseits über das ganze Leben des Arbeiters verfüge, in der Arbeitszeit wie in der Freizeit.

Alle hätten sich um sieben Uhr früh einzufinden, da werde die Arbeit für den Tag eingeteilt, wer Dienst am Nachmittag habe, müsse den weiten Weg in die Stadt wieder zurückfahren, es gebe keine Planung für den nächsten Tag, der Dienstplan für den jeweiligen Tag sei konfus, man ertrage diese Willkür nur, indem man sie als Schicksal hinnehme. So sehe seine Arbeit aus.

Wenn Maher, sagte Sarani, sich nicht beeile, nach Europa zu gelangen, werde er auch dort Sklavenarbeit machen müssen. Dem Kapitalismus dienten die dritte und die zweite Welt als Vorbild für die erste – nicht umgekehrt.

Ehe Maher Ägypten verlasse, fuhr Sarani fort, wolle er ihm zu überlegen geben, auf der Farm zu arbeiten, die Produktion dort sei genossenschaftlich organisiert, aber auf eine primitive Weise, man werfe den Ertrag in einen Topf, lege beiseite, was man für Investitionen brauche, wobei es nur eine oberflächliche Debatte darüber gebe, worin zu investieren sei; und was im Topf bleibe, werde unter allen verteilt.

Er wundere sich, sagte Sarani zu Maher und Freudensprung, daß die Farm über zwei Jahrzehnte als sozialistischer Betrieb gleichsam naturwüchsig existiere, ohne daß es je eine Debatte über Sozialismus gegeben hätte, wo doch auf der Farm über so vieles andere unentwegt debattiert werde. In dieser Situation fände er Reflexion über das, was auf der Farm sich zutrage, höchst angebracht, und Maher scheine ihm für die Aufgabe, eine solche Debatte in Gang zu bringen, sehr geeignet.

Freudensprung genoß die Szene und wartete darauf, sie zu stören. Maher, sagte er, werde sich nicht beeilen, nach Italien auszuwandern. Er kenne ihn seit Jahren als begabten Intellektuellen – und als talentierten Lügner. Geschickt habe er verheimlicht, daß er in Kairo ein Taxiunternehmen mit sieben Autos besitze. Dieses werde er von Italien aus nicht erfolgreich führen können.

Der Kellner, obwohl von der Attacke überrascht, fiel nicht aus der Rolle, er ignorierte Freudensprung, blieb der Speisekarte und Sarani zugewandt, bat allerdings um die Erlaubnis, sich entfernen zu dürfen, da er andernorts gebraucht werde, hinterließ seine Kontonummer und eilte zu dem Gast, der ungeduldig nach ihm winkte.

Freudensprung fühlte sich durch Essen und Wein gestärkt, besonders belebte ihn, daß der junge Mann zwischen ihn und den Freund getreten war. Endlich bestand die Welt nicht mehr nur aus ihm und Sarani. Mißtrauen und Haß beherrschten ihn nicht länger, sie existierten zwar, aber außerhalb von ihm, als ein Thema, über das er mit Zacharias debattieren könne. Aber nicht hier und nicht jetzt.

11

Das Kunstwerk

Heinrich Freudensprung klopfte einen Dreivierteltakt auf den Tisch, zaghaft noch, und wunderte sich, daß seine Finger so beweglich waren wie früher. Zuvor, beim Essen, waren sie bloß unzulängliches Werkzeug gewesen, das ihm half, das Besteck zum Mund zu führen. Zacharias, dachte Freudensprung, habe recht gehabt, man müsse dem Körper nur Nahrung zuführen, dann finde er ins Leben zurück – auch wenn der Kompagnon des Körpers, das Bewußtsein, gefangen in der Tragödie von der verratenen Freundschaft, sich noch ziere.

Einem Geiger gleich hob Freudensprung, denn er glaubte sich von Sarani unbeobachtet, die Hände, so als stünde er vor einem Publikum und setzte die Geige an, um eine Violinsonate zu spielen. Sarani, der dem Kellner kopfschüttelnd nachgeschaut, den Freund aber aus den Augenwinkeln beobachtet hatte, fragte, ob der Kellner nicht nur Spaghetti, sondern auch eine Geige bringen solle, damit Freudensprung die Frühlingssonate spielen könne, worauf Freudensprung antwortete, Lampenfieber hindere ihn daran, mit dem Konzert zu beginnen. Wie in der Jugend treibe ihm auch jetzt die Aufregung den Schweiß aus den Poren, er müsse die Finger im Wasser kühlen, andernfalls sie auf den Saiten ausrutschten, so daß Beethovens Motiv: eine Quelle, die sich durch die Schneereste des Winters den Weg bahnt und sodann hinunterperlt ins frühlingswarme Tal, sich anhörte wie das Blubbern einer Ölquelle.

Er erinnere sich, sagte Sarani, daß Heinrich ihm vor Jahrzehnten von seinem Lampenfieber erzählt habe. Heinrich scheine ein zweigeteilter Mensch zu sein, einerseits begierig, sich zu produzieren, als Geiger, dann als Schriftsteller, aber auch als politischer Akteur, andrerseits scheue er öffentliches Auftreten. Die Geige in der Hand, bezweifle er, ihr je einen richtigen Ton zu entlocken, was dann doch gelinge, und wahrscheinlich nicht schlecht.

Freudensprung antwortete, er danke für diese psychologische Studie, wisse aber auch ohne Unterweisung über sich Bescheid. Sarani entschuldigte sich für den Fauxpas, das Verhalten des Freundes gedeutet zu haben; er habe vergessen, wohl auch eine Folge des Alters, daß es zu den unausgesprochenen Regeln ihrer Freundschaft gehörte, niemandes Innenleben nachzuspüren, da das Leben ohnedies alles nach außen kehre.

Um seinen Fehler zu überspielen, redete Sarani über Maher. Der, sagte er, sei ein moderner Sklave, welcher beides sein dürfe, Sklave und Sklavenhalter. Der Kapitalist, man wisse es seit langem, sei Sklave des Kapitals; der Sklave, der Kapital schaffe, das sei die Einsicht dieser Stunde, dürfe zum Kleinkapitalisten aufsteigen, damit er, Opfer des Systems, das System verteidige. Der Kapitalismus, sagte Sarani, sei die vollkommenste aller Religionen, die Herren würden mit der gleichen Inbrunst Opfer fordern, mit der die Sklaven Opfer brächten. Und gemeinsam würden sie, Herren und Sklaven, danach gieren, diejenigen zu opfern, welche diesen Schwindel durchschauen und beim Namen nennen.

Bravo, sagte Freudensprung. Es erschrecke ihn, von Sarani jenen Quatsch zu hören, den gewöhnlich er selbst zum besten gebe. Freudensprung habe die gute alte Theorie, die Sarani nun ausposaune, in den Gesprächen mit dem Freund nur deshalb immer wieder erwähnt, um ihn darin zu bestärken, seinen Weg des Experiments, des praktischen Versuchs, der ersehnten Neuerung unbeirrt weiterzugehen. Die heutige Kritische Theorie mit den Wurzeln in Hegel und Marx, welcher Freudensprung anhänge, sei in ihrer Verdammung des Bestehenden zu Recht unerbittlich, bleibe aber deshalb allgemein und unverbindlich, nicht auf Praxis gerichtet und schillere daher, wie das Bestehende selbst, vor Irrationalität – notwendigerweise, fügte Freudensprung hinzu. Er habe, ohne sich von jener Theorie lösen zu wollen, Saranis Praxis, Neuerungen, wo immer möglich, zu versuchen, nicht nur geschätzt, sondern als Korrektur der eigenen Theorie dringend benötigt.

Saranis Rückfall in die alte Theorie, fuhr Freudensprung fort, deute er als Resignation – dafür gebe es aber keinen Grund. Jedenfalls nicht für Freudensprung. Er fühle die Lebenskraft zurückkehren und reise ab. Er habe keine Lust, die Freundschaft, die von guten Gesprächen getragen gewesen sei, von schuldzuweisenden Debatten zerstören zu lassen. Zacharias gefalle sich in Anschuldigungen gegen Heinrich, er wiederum sei voll Bitterkeit gegen Zacharias – da empfehle es sich, Zeit verstreichen zu lassen, anstatt sie mit Aufrechnung von Schuld zu vertun.

Er fliege, sagte Freudensprung, mit dem nächsten Flugzeug nach Wien und werde von dort aus als erstes die Wohnung in New York kündigen, das sei das Wichtigste, denn er wolle in jener Stadt, in der er an den Rand des Todes geraten sei, keinen Tag mehr leben.

Sarani lachte. Freudensprung hörte entzückt hin. Endlich vernahm er wieder dieses wissende Lachen, wie Freudensprung es nannte. Im Stahlwerk hatte er es zum erstenmal gehört, als der Betriebsleiter Sarani in der Fabrikshalle, in der ein erster Rundblick genügte, um zu wissen, daß alle paar Meter Gefahr drohte, vor den Gefahren im Stahlwerk warnte, worauf Sarani dem Betriebsleiter, als hätte der einen Scherz gemacht, herzlich ins Gesicht gelacht hatte.

Nein, sagte Sarani, immer noch lachend, Freudensprung werde nicht abreisen, und er gab dem rotblonden Kellner ein Zeichen – zwei nervöse Finger taten so, als könnten sie es nicht erwarten, eine Zigarette zum Mund zu führen –, woraufhin auf einem Silbertablett Zündhölzer und eine kleine Blechschachtel mit Zigarillos serviert wurden. Sarani zündete sich einen Zigarillo an und sog daran, als könne er aus dem Tabak die Kraft ziehen, die er brauche, um weiterzureden. Er habe, sagte er –. Doch Freudensprung unterbrach ihn mit der Frage, seit wann er rauche.

Sarani rechnete nach. Seit vier Jahren, sagte er, und nur nachts und nur Zigarillos und nur mit Karem; oder aber hier in der Lounge, wenn er, weil ein Abflug sich verzögere, warten müsse.

Er sei es gewesen, behauptete Freudensprung, der Karem dazu gebracht habe, nicht mehr stinkende Zigaretten zu rauchen, sondern sich mit Freudensprungs Zigarillos zu bedienen, was Karem gern getan habe, aber mit der Frage verband, warum nicht auch Freudensprung diese wunderbaren Zigarillos rauche, sondern Pfeife, gestopft noch dazu mit englischem Tabak, wo doch dieser Kolonialherrengeruch ein Greuel für jeden Ägypter sei.

Karem und Heinrich, rief Sarani dazwischen, was für ein Gespann! Sie seien die Attraktion, aber auch der Schrekken der Volkshochschule gewesen. Unterrichtet wurde, erinnerte Freudensprung sich, wofür die Mehrheit auf der Farm sich entschied, die Kurse fanden in der Arbeitszeit statt, mindestens zwei Stunden Unterricht stand jeder und jedem zu, beliebt war Arabisch, man wollte die eigene Sprache ordentlich erlernen, auch Englisch, damit man sich mit Ausländern, die auf der Farm beschäftigt waren, unterhalten konnte, gewünscht war Unterricht über Gesundheit und Ernährung, überlaufen aber waren die Kurse zu den Themen Biologie und Musik.

Karem, erinnerte Freudensprung sich, hatte als Erntearbeiter begonnen, nebenbei jede Ausbildung, die damals auf der Farm angeboten wurde, absolviert, es als Tischler und Maschinenschlosser zum Gesellen gebracht; als Elektrotechniker machte er die Meisterprüfung, als Musikkenner war er Autodidakt.

Es sei, sagte Freudensprung, wieder ein Tag gewesen, an dem sich niemand gefunden habe, der Karem bei der Reparatur eines Dieselaggregats helfen wollte, denn Karem, noch nicht zwanzig, habe eine autoritäre Art gehabt, bei der Arbeit mit Gehilfen umzugehen, wie Zacharias und Heinrich es im Kapfenberger Stahlwerk nie, auch vom höchsten Vorgesetzten nicht erlebt hätten. Karems Kolleginnen und Kollegen, allesamt auf Saranis Vorschlag hin bereit, freundlich und zuvorkommend miteinander umzugehen, seien mit Karem zwar nach der Arbeit, nicht aber während der Arbeit zurechtgekommen, und so sei wieder einmal Heinrich vom Mittag bis zum Abend neben Karem gestanden und habe, sich selbst verleugnend, Befehl um Befehl entgegengenommen – Schraubenzieher! Zange! Schweißgerät! Schraubenschlüssel! Draht! Nicht diesen, den andern! – und auch ausgeführt.

Am Abend sei er, fuhr Freudensprung fort, erschöpft auf der Bank vor seinem Haus gesessen, nachdem er in einen Radiorecorder Schuberts Streichquintett geschoben habe, eine Kassette, deren Beschriftung nicht zu entnehmen gewesen sei, wer die Interpreten waren, und die, stellte man das Gerät auf Zimmerlautstärke, im Hintergrund preisgegeben habe, welche Musik auf ihr gespeichert war, ehe sie mit dem Streichquintett überspielt wurde.

Karem habe sich neben Freudensprung auf die Bank gesetzt und sich einen von Heinrichs Zigarillos angesteckt. Freudensprung habe an einer Studie über jenes Streichquintett zu arbeiten begonnen und erkannt, daß er nicht einmal den ersten Satz des Quintetts verstanden hatte, weshalb er mitten in diesem Satz die Kassette an den Anfang zurückspulte, und das wieder und wieder. Dann habe er den ersten Satz doch zu Ende gehört, sei ins Haus gegangen, habe sich ein Glas Wein eingeschenkt und eine Pfeife angezündet. Karem habe gesagt, die marokkanische Musik, die sie eben gehört hätten, sei innerhalb der arabischen wohl die schönste. Freudensprung habe vor Müdigkeit nichts darauf sagen können.

Das sei der Beginn ihrer zuerst privaten, dann öffentlichen Konversation über Musik gewesen, die vermutlich in der Volkshochschule deshalb solchen Anklang fand, weil jeder der beiden über etwas sprach, wovon er wenig wußte, Karem über Schubert und später über Alban Berg, Freudensprung über den Einfluß der arabischen Musik auf die frühen europäischen Tonarten, das Phrygische und Lydische, und, sein Lieblingsthema, über die

Vielstimmigkeit der Musik in Epochen, in denen feudalistische Einstimmigkeit geherrscht habe, und den Verlust der demokratischen Idee der Vielstimmigkeit in den modernen Demokratien.

Karem, unterbrach Sarani den Freund, sei ein genialischer Mensch, der mit Röntgenaugen durch alle Phänomene sehe, die sich ihm darböten, und davon auch zu berichten wisse: als spreche er vom Skelett der Dinge und zugleich von ihrer Oberfläche. Sarani habe diese Fähigkeit Karems erst bei dessen öffentlichen Gesprächen über Musik entdeckt, wo Karem an Beispielen von Schuberts Musik demonstriert habe, daß hier etwas in Bewegung sei und dennoch stillstehe, was, so habe Karem den Zuhörern erklärt, zu Schuberts Zeit in der Mechanik durchaus möglich gewesen sei, indem ein Zahnrad, von einer gespannten Feder angetrieben, in die folgenden Zahnräder, durch Bewegung eines Hebels, eben nicht einrastete.

Zum Gaudium der Zuhörer, sagte Sarani, habe Heinrich sich angesichts dieser Interpretation an den Kopf gefaßt und sei hinausgelaufen, worauf Karem, ebenfalls belustigt, erklärt habe, daß Freudensprung von Mechanik nichts verstehe und deshalb Schuberts Musik in Zusammenhang bringe mit dem Ende jenes Fortschritts, den die Französische Revolution Europa gebracht habe.

Es sei Karems Idee gewesen, sagte Sarani, nicht länger damit zuzuwarten, Maschinen nach eigener Konstruktion zu produzieren, was dann auch geschehen sei, wobei Karem technische Änderungen zwar vorgeschlagen, aber nicht immer in Zeichnungen habe umsetzen können, wozu er Saranis Unterstützung gebraucht und eingefordert habe.

Mitunter glaube er, sagte Sarani, daß er ein Gründervater sei, der zwar eine Grundlage schaffe, darauf aber nicht das Richtige zu stellen vermöge; dazu brauche es eine neue Generation, Leute wie Karem, aber auch wie Maher, deren Denken, anders als das Saranis, getränkt sei von lebendiger Erfahrung mit diesem Land. Wütend sei er auf Karem nur gewesen, weil der ihn zum Rauchen genötigt habe, doch dieser Zorn habe sich in Rauch aufgelöst.

Freudensprung sagte, er müsse zum Flugzeug, worauf Sarani meinte, es sei zu spät, was Freudensprung zum Widerspruch reizte: Es sei nie zu spät; wenn er diese Maschine nicht erwische, warte er auf die nächste.

Er habe immer bewundert, sagte Sarani und blies den Rauch des Zigarillos über Freudensprungs Kopf, wie es dem Freund gelungen sei, eine Gemeinschaft, von der Zacharias meinte, Heinrich würde sich darin wohl fühlen – mit einer Frau, mit literarischen Weggefährten oder mit politischen Aktivisten – plötzlich, ohne Ankündigung, zu fliehen.

Heinrich könne, fuhr Sarani fort, aus allen Beziehungen desertieren, nicht aber mutwillig von hier abreisen. Um eine Verbindung abzubrechen, müsse es etwas Verbindendes geben. Gemeinhin seien Menschen einander zugetan in Liebe, Sexualität oder durch Interessen – gesellschaftliche, wissenschaftliche, künstlerische. Sie beide, Heinrich und Zacharias, verbinde nichts. Das sei Freundschaft.

Freudensprung war aufgestanden, denn sich von Sarani einen Desperado nennen zu lassen, der, kaum habe er eine Brücke gebaut, sie wieder abreiße, wollte er sich nicht bieten lassen. Da ihn aber schwindelte, mußte er sich setzen. Sarani sagte, nicht ohne Schadenfreude, sie brauchten wohl ein paar Tage Ruhe.

Er nicht, entgegnete Freudensprung, er brauche nur ein paar Stunden Schlaf. Die Schmach, die Sarani, dessen Sohn und Lena ihm angetan hätten, habe ihn beinahe ausgelöscht. Nur beinahe. Seit Freudensprung dem Freund gegenübersitze, sei jeder Augenblick, den sie durchlebt hätten, von der ersten Begegnung im Stahlwerk bis zu ihrem letzten Gespräch in Wien über die neue, die experimentelle Phase des Sozialismus, nachdem dessen erste, die heroische, noch im Idealismus verhaftete Periode zu Ende gegangen sei, in Heinrich derart gegenwärtig, daß jene Intrige sich zwar nicht verflüchtigt habe, aber zu einer Nebensache verblasse.

Dafür, sagte Freudensprung, sei er Zacharias dankbar, aber auch dafür, daß Zacharias ihn, dem im Lauf des Lebens die Kunst – berufsbedingt – immer wichtiger geworden sei, auf diesem Weg voller Fallstricke nicht im Stich gelassen habe. Sosehr das Empfinden, fuhr Freudensprung fort, gegen die herrschenden Zustände rebelliere, so sehr öde es den Geist an, sich fortwährend mit Zuständen zu beschäftigen, die sich insbesondere in Zeiten des Stillstands nur durch Geistlosigkeit auszeichneten. Deshalb wohl hätten die Freunde immer öfter gemeinsame Ausflüge zu Kunstwerken und zu Werken der Philosophie unternommen.

Sie hätten als junge Menschen, sagte Freudensprung – die Gründung der Farm sei geplant, sein erster Band mit Erzählungen und ein Band mit Essays in Vorbereitung gewesen –, eingesehen, daß, um eine Revolution zu machen, was ohne Zweifel das Wichtigste sei, nicht zwei, sondern Hunderte, Tausende Leute notwendig wären;

und es sei den Freunden auch der düstere Gedanke nicht fremd gewesen, daß, was immer sie tatsächlich unternahmen, vielleicht nur ein Ersatz für Revolution war.

Vieler aufreibender, gleichwohl erhellender Gespräche an Wochenenden in Wien, sagte Freudensprung, habe es bedurft, ehe der Knoten in ihren Köpfen sich gelöst habe und sie eingesehen hätten, daß Revolution nicht etwas ist, worauf man zu warten, sondern etwas, worauf man hinzuarbeiten hat, mit praktischem Experiment, der Neuerung, und geistigem Experiment, dem Kunstwerk. Beides habe *ein* Ziel: einer wertlosen und unmenschlichen, weil nur Warenwert produzierenden Gesellschaft den größtmöglichen Gebrauchswert als menschliche und sachgemäße, also revolutionäre Antwort zu geben.

Sie hätten sich, sagte Freudensprung, zu der Ansicht durchgerungen, die sie ausdrücklich nicht als Kompromiß ansahen: daß das Denken dem Handeln, der Revolution, weder unter- noch übergeordnet sei, dasselbe gelte für das Verhältnis von Revolution und Kunst.

Sarani machte eine unwillige Handbewegung, als wollte er wegscheuchen, was Freudensprung gesagt hatte. Es gefalle ihm, sagte er, daß in Heinrich noch so viel Feuer brenne. Diese Energie beziehe er wohl daraus, Zacharias vernichtet zu haben. Freudensprung suchte mit den Augen die Tischplatte ab, als könnte ihm von dort Rat zuteil werden. Da das nicht der Fall war, sagte er, er könne in dem, was Zacharias gesagt habe, keinen Sinn erkennen.

Sarani lächelte. Nun, im Alter, sagte er, erreichten sie die höchste Form des Verstehens, indem sie einander nicht mehr verstünden. In der Jugend hätten sie gewußt, daß die Welt einer Revolution bedürfe, nicht damit Frieden und Glück einkehrten, sondern damit die Mehrheit der

Bevölkerung herauskomme aus dem Dreck, in den eine Minderheit sie hineinstampfe. Heinrich habe sich auf Marx bezogen, Zacharias auf Musil, dessen *Mann ohne Eigenschaften* sich lustig mache über die Phrase von den Möglichkeiten, die in der Wirklichkeit steckten, und statt dessen von möglichen Wirklichkeiten spreche. Was das bestehende Schlechte auch an Möglichkeiten in sich berge, es sei schlecht – ein Fluch, der auf jeder Reform laste. Von diesem Fluch könne auch eine Revolution eingeholt werden. Die Welt entziehe sich der vorschnellen Attacke ebenso wie der einverständlichen Umarmung.

Freudensprung wandte ein, es gehe im konkreten Fall nur um eine primitive Intrige Zacharias' gegen Heinrich, die primitiv bleibe, auch wenn man sie mit Theorie verbräme. Nun war Sarani nicht mehr zum Lachen zumute. Da er, sagte er, in seinem ganzen Leben keine Intrige gesponnen habe, scheine das Einander-nicht-Verstehen der beiden Freunde eine bemerkenswerte Form anzunehmen.

Sie schwiegen. Freudensprung, von der Angst gepackt, es könnte ein Schweigen sein, das, währte es auch nur eine Minute, nie wieder gebrochen würde, ging zum Angriff über. Sie hätten, sagte er, schon in jungen Jahren Ziele für sich formuliert, ohne zu bedenken, daß das Leben des einzelnen so wenig ein Ziel habe wie die Menschheitsgeschichte insgesamt, auch wenn diese, zwar nicht geradlinig, aber notgedrungen fortschreite. Zacharias habe, sobald feststand, daß die Farm sich wirtschaftlich gut entwickle, die Gründung – offenbar müsse Zacharias pausenlos etwas gründen – einer Akademie angekündigt, stets mit dem Zusatz, die werde sein *Lebenswerk* sein. Was für ein Blödsinn!

Er selbst, fuhr Freudensprung fort, sei um nichts besser. Er habe jeden Text, den er schrieb, als Stufe einer Entwicklung betrachtet, die im *Alterswerk* den Höhepunkt erreiche. Unsinn! Er sehe schon, wie das todessüchtige Alterswerk zusammen mit jenem toten Lebenswerk beerdigt werde. Nein, sagte Freudensprung, es verhalte sich anders, als die Freunde gedacht hätten: Das Lebenswerk stehe am Beginn, nicht am Ende des Lebens; und das Alterswerk beziehe seine Kraft aus dem Jugendwerk.

Zacharias, sagte Freudensprung, habe den Nachteil gehabt, durch die Prosperität der Farm über finanzielle Mittel zu verfügen, die es ihm ermöglichten, die erträume Akademie zu bauen. Nun stehe sie da als eine Ansammlung von Häusern: Bibliothek, Vortragssäle, Gästehäuser – eine Provinzuniversität noch ohne verschrobene, provinzielle Wissenschaftler und Intellektuelle, eine Institution, schon tot, ehe sie zu dem von Zacharias gewünschten Leben erblühen konnte.

Er habe, sagte Freudensprung, den Vorteil gehabt, der keiner sei, nie über mehr Mittel zu verfügen, als er zum Leben brauche, gleichzeitig den Nachteil, der sehr wohl einer sei, sich auf die kostenlose Dichtkunst konzentriert zu haben statt auf die kostspielige Musik – schon die Anschaffung eines Klaviers sei nicht erschwinglich gewesen –, mit dem unvorhersehbaren Effekt, daß die durch keine materiellen Schranken behinderte Konzentration auf die Dichtkunst die Tore zu den anderen Künsten aufgestoßen habe. Keine Schriftstellerin übrigens, kein Schriftsteller, der nicht die Leidenschaft verspüre, auch in den anderen Künsten zu Hause zu sein, wohingegen der Maler, dem Literatur fremd bleibe, der Komponist, den Malerei nicht interessiere, nicht selten zu finden sei.

Alle Künste, fuhr Freudensprung fort, das habe er so früh begriffen, daß er, als wäre es das Selbstverständlichste der Welt, mit Zacharias gar nicht darüber gesprochen habe, strebten die Darstellung der Welt an, wenn sie das auch selten – in Gestalt des gelungenen Kunstwerks – erreichten. Diese Darstellung der Welt sei mit der realen Welt unauflösbar verbunden, da sie eine Welt zeige, wie sie sein könnte, sein sollte: besser, als sie ist – oder aber schlechter: die Kunst sei übervoll von reaktionären Artefakten, welche man nicht mehr kenne, da sie so schnell vergessen werden, wie sie eil- und dienstfertig hergestellt worden sind.

Die Baukunst, sagte Freudensprung, er sprach leise und wirkte erschöpft, sei für ihn, der nie die Mittel gehabt habe, auch nur eine Hütte zu bauen, seine vertrauteste Begleiterin gewesen. Schon in dem Haus, das seine Eltern gebaut hatten, sei er davon besessen gewesen, den Raum, der ihm zugedacht war, so leer wie möglich zu halten. Und als er, nach der Trennung von seiner Frau, mit vierzig zum erstenmal allein eine kleine Wohnung von siebzig Quadratmetern bezog, habe er alle nichttragenden Wände, es seien viel zu viele gewesen, niedergerissen. Er atmete schwer.

Sarani schenkte Freudensprung Wein nach und häufte von einer Platte Spaghetti Bolognese, die inzwischen serviert worden war, eine große Portion auf Freudensprungs Teller, in der Hoffnung, er könne ihn auf diese Weise zum Weiterreden bewegen, denn die Baukunst war Saranis Obsession; daß auch Freudensprung, der zwar von seinem Architektenfreund Loser oft und schwärmerisch gesprochen hatte, von dieser Leidenschaft besessen war, hatte Sarani, der über den Freund alles zu wissen glaubte, nicht gewußt.

Statt zu sprechen, aß Freudensprung bedächtig, doch ohne einzuhalten, bis der Teller leer war, danach trank er langsam ein Glas Wein und noch eins, als sei das für die Verdauung unerläßlich. Das machte Sarani Appetit, und er holte sich ebenfalls eine Portion Spaghetti von der Platte. Nach Wein gelüstete ihn nicht mehr.

Sarani bat den Freund, seine Ausführungen über Architektur zu präzisieren. Architektur, sagte Freudensprung, interessiere ihn nicht, er spreche von Baukunst, nein, vom Ausgangspunkt der Baukunst, dem Raum. Für jemanden wie ihn, der sich Jahr um Jahr in ein und demselben Raum aufhalte, weil er dort nicht nur lebe, sondern auch arbeite, werde der Raum notgedrungen zum Problem. Glücklicherweise sei dieses nicht schwer zu lösen.

Ein leerer Raum, sagte Freudensprung, sei immer schön. Er werde entstellt, wenn man ihm das Licht nehme, die Wände und die Decke nicht weiß oder hell, sondern dunkel, das Licht absorbierend, ausmale und den Boden, Widerschein des Plafonds, nicht aus einheitlichem Material, Holz oder Stein, fertige.

Er bestreite nicht, daß der Bewohner des Raums einen Sessel, einen Tisch, ein Regal, einen Schrank benötige, doch es bleibe, was immer man in einen Raum plaziere, oberstes Gebot, den leeren, schönen Raum durch die Art, wie man einen Gegenstand hineinstelle, zu öffnen, aus dem leeren einen offenen Raum zu machen. Das sei Baukunst, ob es sich um einen Raum, um ein Haus oder um eine Stadt handle.

Wer sich einbilde, sagte Freudensprung, es sei gleichgültig, wie der Raum, in dem man lebe, beschaffen sei, werde sich selbst gleichgültig. Der Baukunst könne man nicht entsagen, insofern sei sie die höchste Kunst, aber auch die tragischste. Wer einen Roman nicht verstehe, verändere ihn dadurch nicht. Wer einen privaten Raum nicht verstehe, vernichte ihn, wer einen öffentlichen Raum nicht verstehe, verunstalte ihn.

In seiner Verliebtheit in die Künste, fuhr Freudensprung fort, habe er sich auch auf die Lebens- und Liebeskunst geworfen, nicht zu verwechseln mit dem Leben und der Liebe, wie ja auch die Kunst des Schreibens etwas anderes sei als das Schreiben.

Kunst gestalte die Wirklichkeit. Ähnlich forme die Lebenskunst das Leben, die Liebeskunst die Liebe. Beide Künste entstammten der Philosophie, die, indem sie die Welt deute, auch dem Leben und der Liebe Bedeutung gebe. Er zweifle nicht, sagte Freudensprung, daß die Kunst des Lebens und der Liebe die vielgestaltige Lebensfreude und die einfallsreiche Liebeslust hervorbrächten. Die Philosophie helfe dabei, indem sie darauf aufmerksam mache, daß das Dasein rasch vorbei sei und man sich nicht damit bescheiden solle, Leben und Liebe als Naturvorgang ablaufen zu lassen, ohne daraus Freude und Genuß zu ziehen.

Nun seien, sagte er, Freude und Lust die Todfeinde von Herrschaft, die Keime des Aufruhrs, die Anleitung zur Revolution, und solange man dem Menschen das Denken und Empfinden nicht ausgetrieben habe, werde er, raube man ihm Freude und Lust, das als Leid verspüren, welches er nicht hinzunehmen gedenke.

Er vermute, fuhr Freudensprung fort, daß Philosophie und Kunst sich von Anbeginn hätten tarnen müssen, um nicht ausgerottet zu werden, sie hätten die Fragen nach dem Leben und der Liebe so verschlüsselt, daß diese Fragen die Herrschenden nicht geschmerzt und die Beherrschten sie nicht verstanden hätten. Kunst und Philosophie seien im besten Fall geheime Dienste, die im wesentlichen sich selbst dienten. So würden sie sich davor schützen, liquidiert zu werden. Oder aber sie würden freiwillig abdanken, ins Lager der Herrschaft überlaufen und zu dessen Zierat werden, Kunst zu Kunstgewerbe, Philosophie zu Meditation.

Er sei zu müde, sagte Sarani, er könne Heinrich weder recht noch unrecht geben. Außerdem werde er aus Freudensprungs Rede, wenngleich er sie verstehe, nicht klug. Ihm gehe es nicht anders, antwortete Freudensprung, er sei so müde, daß er nur mehr nachplappern könne, was er in den schlaflosen Nächten der letzten Wochen vor sich hergesagt habe.

Ob Heinrich noch hungrig sei, fragte Sarani. Ja, antwortete Freudensprung, aber er könne nichts mehr essen, nichts trinken, er wolle nur mehr einen Zigarillo rauchen. Sarani schob dem Freund die Schachtel hin und gab ihm Feuer. Sein Leben, sagte Sarani, habe sich nicht zur Lebenskunst aufschwingen können. Wie gern hätte er nach Heinrichs Beispiel ein Fest auf der Farm gegeben. Doch ihm sei die Frage im Weg gestanden, wer er denn sei, gleich unter Gleichen oder ein Feudalherr, der aus einer Laune heraus die anderen mit einer Lustbarkeit beschenke.

Und so habe er sich fragend an die anderen auf der Farm gewandt, und niemand habe ein Bedürfnis nach einem Fest geäußert, stets mit dem Argument, man sollte von dem gemeinsam erwirtschafteten Ertrag jeden Piaster zehnmal umdrehen, ehe man ihn ausgebe, stünden doch wichtige Dinge an, das Zahnambulatorium sei in Planung, der Bau der Gebärklinik habe begonnen, von Vorhaben wie dem Theater ganz zu schweigen. Er sei das Gefühl nicht losgeworden, seine Mitstreiter, als Miteigentümer in die Farm eingebunden, hätten die Mentalität von Privateigentümern angenommen: Gier nach Eigentum, in Verbund mit Angst vor Lebenslust. Nicht zuletzt um sich an dieser Mentalität zu rächen, habe er, sagte Sarani, ein großes Geburtstagsfest für sie beide im Februar dieses Jahres geplant. Doch Heinrich habe es zu Fall gebracht.

Freudensprung widersprach entschieden. Erstens habe er, leider, nie etwas zu Fall gebracht, weder das bestehende Trottelsystem noch Zacharias' Plan für ein Fest. Er habe aber auch, fuhr er fort, nie eine lustfeindliche Atmosphäre auf der Farm verspürt. An Festen, von langer Hand geplant, habe es zwar gemangelt, nicht aber an festlichen Zusammenkünften da und dort, nach der Arbeit, sogar in Arbeitspausen. Er habe, sagte Freudensprung, den Alltag auf der Farm als ein fortwährendes Fest empfunden.

Er nicht, erwiderte Sarani, er habe die Farm als ständige Anstrengung, ja als ständigen Kampf um eine genossenschaftliche Unternehmung erlebt, die in einer trostlosen Umwelt nicht untergehen dürfe. Es habe in seinem Leben aber nicht nur zur Lebenskunst, sondern auch zur Liebeskunst nicht gereicht.

Freudensprung faßte sich mit beiden Händen an den Kopf, als hätte er einen Schlag erhalten und wolle sich vor einem weiteren schützen; er könnte aufschreien, sagte er, wenn er das höre, sei Zacharias' Liebe zu Sophie doch für Freudensprung allergrößte Liebeskunst, überstrahlt noch dazu von Treue.

Er habe, sagte Freudensprung, den beiden, auch wenn Zacharias das nicht bemerkt haben dürfte, stets nachgeeifert, wenngleich, das gestehe er ein, auf seine Weise. Zacharias halte Heinrich für jemanden, der von Frau zu Frau flattere, eine Beobachtung, zwar nicht falsch, die aber übersehe, daß Heinrich treu sei gerade dann, wenn die Liebe vorbei und zu einer Freundschaft geworden sei. Er habe, sei er einer Frau einmal ungetreu geworden, ihr danach stets die Treue gehalten.

Fänden aber, sagte Freudensprung, Liebe und Treue ungezwungen zusammen wie bei Sophie und Zacharias, ergebe das ein Liebespaar, das vom ersten Augenblick an außergewöhnlich sei. Wie die beiden einander kennengelernt hätten, mit der Untertasse in Sophies und der Kaffeetasse in Zacharias' Hand, das sei der Beginn einer Liebesgeschichte, so schön, wie Freudensprung noch nie eine gelesen habe.

Wie sie beide, sagte Freudensprung, einander fortwährend mit Blicken berührt, wie sie die Lippen geöffnet hätten, um mit jemandem zu sprechen, verständnisvoll in der Sache und voll Verständnis für den Gesprächspartner, so daß die Wörter sich ausgenommen hätten wie Küsse, das sei wohl der Grund gewesen, warum man, sprach man mit ihnen, sich liebkost fühlte. Auch hätten sie es nicht lassen können, wo immer sie sich aufhielten, einander mit den Fingerspitzen zu berühren, für andere kaum merklich. Wären Sophie und Zacharias anders gewesen, sagte Freudensprung, fast am Ende seiner Kräfte, hätte niemand sich ihnen auf dem Weg in die Wüste angeschlossen.

Wüste, sagte Sarani, und dieses eine Wort genügte, um Freudensprungs ersterbende Rede endgültig zu stoppen. Er sei, fuhr Sarani fort, am Morgen aufgebrochen mit dem Plan, nachdem er Heinrich gesehen und sich für immer von ihm verabschiedet habe, wie früher als Kind in die Wüste zu gehen, diesmal aber, um dort umzukommen. Er habe diesen Plan noch nicht aufgegeben. Sollte er ihn verwirklichen, ersuche er Heinrich – er zog aus der Innentasche einige Kuverts und ein Blatt Papier –, diese Abschiedsbriefe an seine Familie weiterzugeben.

Freudensprung schaute Sarani entgeistert an. Abschiedsbriefe, fragte er. Sarani nickte und reichte Freudensprung die Kuverts, und dieser nahm sie, als sei er dazu verurteilt, willenlos entgegen. Und auf diesem Blatt Papier, sagte Sarani, und er hielt es in die Höhe, stehe der Beginn der Rede, die Heinrich für das Geburtstagsfest der beiden geschrieben habe. Er steckte es zurück in die Rocktasche. Es sei ein schöner Text, sagte er, den sie gemeinsam hätten vollenden wollen. Dazu sei es nicht gekommen. Er werde diesen Text mit sich nehmen, wenn er in die Wüste gehe, und er wolle, sollte man seine Leiche je finden, mit diesem Text beerdigt werden.

Freudensprung begann zu schluchzen. Wie, sagte er, als er halbwegs sprechen konnte, hätten sie beide so heruntergekommen können.

Sarani zog das Stecktuch aus dem Sakko und wischte die Tränen weg, und als das Tüchlein zum Auswinden naß war, warf er es auf den Tisch. Sie beide, sagte er, hätten verloren, sie hätten gegen ihre Gegner verloren, und, schlimmer noch, sie hätten einander verloren. Die Niederlage sei vollkommen.

Nichts, sagte Freudensprung, sei vollkommen, was ihm

aber, wenn er das anfügen dürfe, vollkommen egal sei. Er würde nach dieser Mahlzeit gern schlafen, und sei es hier auf einer Bank.

Auch er –, Sarani hielt im Satz inne und schaute entsetzt zum Eingang, durch den Mustafas Assistent mit einer Pistole in der Hand hereinstürmte, zur Bar rannte und die Waffe auf Maher richtete, der eben einen Gast beriet. Ein Schuß fiel. Mustafas Assistent brach tödlich getroffen zusammen, während der rotblonde Kellner, zufrieden über den Treffer, seine Pistole zurück in das Halfter steckte, den Toten an einem Arm packte und in die Küche schleifte. Maher eilte von Tisch zu Tisch, um die Gäste zu beruhigen.

Freudensprung schaute Sarani fragend an, der aber nickte in einem fort, als würde ihm das helfen, den Vorfall zu verstehen. Er sei, sagte Sarani schließlich, in Geheimdienstsachen offenbar ein Dummkopf. Er habe den rotblonden Kellner für beschränkt und präpotent gehalten, nun stelle sich heraus, daß er, im Dienst des Präsidenten, die zentrale Rolle in der Lounge, einem Zentrum der internationalen Agententätigkeit, spiele.

Mustafas Assistent, fuhr Sarani fort, habe offenbar Wind davon bekommen, daß Maher nicht nur in Mustafas, sondern auch in Zacharias' Diensten stand, sei von Gefahr in Verzug ausgegangen und in die Lounge gelaufen, um den Verräter auszuschalten, nicht ahnend, daß der unscheinbare Rotblonde hier die oberste geheimdienstliche Instanz war. Ebendiese Instanz, wieder ganz Kellner, trat an den Tisch der beiden und sagte, er entschuldige sich im Namen der Geschäftsführung für die Störung, er bitte die Herren, die Lounge, um nicht in die Sache hineingezogen zu werden, zu verlassen und

die Heimfahrt unter dem Schutz von drei Männern an-
zutreten, die er ihnen zur Verfügung stelle, zwei würden
mit einem Auto voranfahren, einer würde in Saranis
Auto vorne sitzen, die beiden Herren aus Sicherheits-
gründen hinten.

Er müsse, erwiderte Sarani, den Plan korrigieren, sein
Freund und er würden nicht zur Farm fahren, sondern
zu einem Haus in der Wüste, und den Weg dorthin würden nur er und ein paar seiner Leute kennen. Er sehe
darin, sagte der Rotblonde, kein Problem, er kenne Saranis Leute, insbesondere Karem.

Freudensprung stand auf, Sarani blieb sitzen. Er habe
noch eine Frage, sagte er zu dem rotblonden Kellner:
ob Maher in diese Intrige, die immerhin mit dem Tod
eines Mannes geendet habe, eingeweiht gewesen sei.
Der Rotblonde antwortete, Sarani halte zu Recht große
Stücke auf den Kollegen, der sei zwar, was geheim-
dienstliches Wissen anlange, nicht auf dem laufenden,
auch greife er erst nach der Waffe, nachdem jemand
anderer ihm das Leben gerettet habe, gewiß aber sei er
ein kluger Kerl.

Sarani und Freudensprung nahmen im Fond jenes Autos
Platz, das Sarani am Vormittag gemietet hatte, Karem
startete das Fahrzeug und folgte sklavisch, die Distanz
betrug, schätzte Freudensprung, fünfzehn Meter, einem
Jeep in der Farbe eines Militärfahrzeugs. Karems Beifahrer kämpfte schon nach einigen hundert Metern gegen
den Schlaf an, der Kopf fiel nach vorn, wurde aber bald
wieder hochgerissen. Freudensprung vermutete, daß
dem Mann nach vierundzwanzigstündigem Dienst auch
noch diese Fahrt aufgebrummt worden sei, und er fragte
Sarani, ob der hoffnungslos gegen den Schlaf ankämp-

fende Beifahrer, da er eine Maschinenpistole in Händen halte, nicht sich und andere gefährde.

Sarani antwortete nicht, er schlief. Karem sagte, er sei froh, Heinrich endlich wiederzusehen. Er werde mit Freudensprung und Sarani das Wüstenhaus teilen. Ob Karem, fragte Freudensprung, in Saranis Plan, zum Wüstenhaus zu fahren, eingeweiht gewesen sei. Nein, sagte Karem, man sei Sarani gefolgt, zu seiner Sicherheit, aber in sicherer Distanz, denn hätte er bemerkt, daß auch seine eigenen Leute ihn beobachteten, hätte er sie zum Teufel gejagt. Man habe auch nicht gleich verstanden, warum er am Vormittag diesen Geländewagen mietete, doch habe das darauf hingedeutet, daß er zum Wüstenhaus fahren wolle.

Ob Karem, fragte Freudensprung, noch Vorträge über Musik halte. Karem lachte. Mehr denn je, sagte er, er wäre bereits Professor für Maschinenbau an einer der Kairoer Universitäten, käme er nicht immer wieder den Wünschen der Musikliebhaber auf der Farm nach, Vorträge zu halten.

Worüber Karem referiere, fragte Freudensprung. Alles, sagte Karem, drehe sich zur Zeit um Anton von Webern, der die europäische Musik zu einer Essenz konzentriert habe, in der, nähmen sie die Anstrengung auf sich, die Kompositeure anderer Länder und Kontinente einen Ausweg aus ihrer alles lähmenden Routine finden könnten. Er und seine Zuhörer verfolgten ein aussichtsloses Projekt, das aber mit Enthusiasmus.

Auch er, sagte Karem, habe eine Frage. Warum Sarani in den letzten Wochen zu einem gebrochenen Mann geworden sei. Er müsse hinzufügen, daß auch Freudensprung elend und krank wirke und Sarani zum Erschrecken ähnle.

Der Jeep vor ihnen bremste. Er müsse jetzt voranfahren, sagte Karem, es gehe Richtung Wüstenhaus. Nun schlief auch Freudensprung ein.

12

Das Wüstenhaus

Heinrich Freudensprung wurde geweckt, er spürte, wie jemand ihm auf die Schulter tippte, hatte aber Mühe, die Lider zu heben, was ihm gleichgültig gewesen wäre, hätte er nicht sehen wollen, wer ihn aufstörte. Was los sei, fragte er. Der Mann, eine Maschinenpistole umgehängt, antwortete auf arabisch, streckte, er stand neben dem Auto, Freudensprung die Hand entgegen, der ergriff sie, worauf der Mann Freudensprung mit einer Geste bat auszusteigen; Freudensprung aber fragte Sarani, da das Auto mitten in der Wüste vor einer Düne stand, ob das Fahrzeug defekt sei. Doch Sarani saß nicht mehr neben ihm.

Freudensprung entschloß sich, im Auto sitzen zu bleiben, er umklammerte den Leinenbeutel, als wäre der sein letzter Halt, und gab sich verloren. Er verstand nicht, was die Mörder davon hätten, wenn er ausstiege, sie könnten ihn doch genausogut im Auto erschießen. Doch, er verstand es: Die Lederpolsterung wäre mit Blut versaut. Man werde ihn hinter die Düne schleifen, wo Sarani bereits liege – tot. Freudensprung glaubte sich zu erinnern, durch einen Schuß geweckt worden zu sein und dann erst das Schulterklopfen gespürt zu haben. Es gehöre zur Bestialität, dachte er, dem, der vor dem Erschießen stehe, zu zeigen, daß man den Freund schon erschossen habe; sich daran zu erfreuen, wie die Todesangst des zu Tötenden ins Unermeßliche steige, bringe Abwechslung in den tristen Mörderalltag – *eine* Maschinenpistole gegen *einen* Wehrlosen –, eine Abwechslung, für die an diesem Tag Freudensprung zu sorgen habe.

Er blickte aus dem Auto, der Bewaffnete war weggegangen, Freudensprung wußte, wohin: hinter die Düne, von dort hole er einen Helfer, um Freudensprung aus dem Auto zu werfen und wegzuschleifen. Wie, fragte er sich, hätten Zacharias und er so dumm sein können, nicht zu erkennen, daß Mustafa auf den Tod seines Assistenten umgehend mit einer Racheaktion reagieren werde?

Freudensprung bedauerte, in Manhattan nicht die Kraft gehabt zu haben, aus dem Fenster zu springen, ein Selbstmord aus Eifersucht hätte besser zu seinem Leben gepaßt, das wäre wenigstens eine Lebensäußerung gewesen; andrerseits sei die Vorstellung, in der Tradition von Zacharias' Brüdern und dessen Onkel in der Wüste zu verschwinden, nicht ohne Reiz, sofern, dachte er, man nicht selbst derjenige sei, der verschwinde.

Heinrich! rief jemand, und Freudensprung schaute auf, er sah Sarani, der wieder und wieder Heinrich! rief und ihm winkte, damit er endlich aus dem Auto steige, was er schließlich tat. Wäre nicht Karem an Saranis Seite gestanden, Freudensprung hätte Zacharias für ein Gespenst gehalten, denn die beiden befanden sich vor der Sanddüne, als wären sie ihr entstiegen, es mußte also eine Öffnung geben, die ins Innere der Düne führte, vielleicht in jenes Haus, von dem Zacharias gesprochen hatte. Freudensprung fixierte den Totgeglaubten, damit der ja nicht verschwinde, und Sarani stand geduldig da in zu großen weißen Boxershorts, Preisträger bei der Meisterschaft der Hungerkünstler, ein Skelett mit Spitzbauch, letzterer eine Folge des Siegesbanketts.

Freudensprung watete – zum Stapfen fehlte ihm die Kraft – durch den Sand auf die beiden zu, Karem kam ihm, um zu helfen, entgegen, und so gingen sie auf die Düne zu, in die eine Glastür, gehalten von einem Metallrahmen, eingelassen war, durch die sie dann – Sarani hatte sich ins Schlafzimmer zurückgezogen – schritten und sogleich in den Innenhof des Hauses gelangten.

Wunderbar, rief Freudensprung, schaute sich in dem Innenhof um, der nur in der Mitte offen, sonst überdacht war, empfand die Proportionen des Atriums als Balsam für seine Seele, fragte sich, von welchen Materialien die Schönheit dieses Raums wohl ausgehe, und näherte sich einer Mauer, um sie zu betasten, doch der Weg durch den Sand hatte ihn mitgenommen, was Karem bemerkte, und er schob Freudensprung schnell einen Sessel hin.

Er sei hier, sagte Karem, nicht um mit Freudensprung über Musik zu debattieren, er wolle sich um die beiden Männer kümmern, er werde Heinrich das Schlafzimmer zeigen, was der allerdings mit einer Handbewegung von sich wies. Ob es in diesem Haus einen Zigarillo gebe, vielleicht auch einen Grappa, fragte Freudensprung, worauf Karem eine Art Servierwagen, der als Tisch diente, hereinrollte, aus der Küche eine Schachtel Zigarillos brachte und drei Flaschen Grappa, eine aus Friaul, zwei aus Trento. Freudensprung entschied sich für den gelben, öligen Grappa aus Friaul, trank aber weder den Schnaps, noch rauchte er einen Zigarillo, sondern fragte Karem, wer den Servierwagen entworfen habe.

Loser, war die Antwort; in diesem einfachen Möbel, fuhr Karem fort, stecke so viel Planungsaufwand wie im Rest des Hauses, das immerhin von mehreren Menschen entworfen worden sei, von Jenna Vanzetti, Georg Loser und David Sarani als Architekten und, gleichberechtigt, wie Karem betonte, von Zacharias und Karem selbst als Techniker.

Georg Loser, sagte Freudensprung, habe ihm von dieser Arbeit nie erzählt, auch nicht, daß er hier gewesen sei. Loser, erwiderte Karem, sei nie nach Ägypten gereist und habe ein gutes Argument dafür gehabt: Durch einen kurzen Besuch werde man nicht zum Fachmann. Mit zurückhaltendem Rat aus Berlin aber werde er nicht geizen. Das Konzept, ein Haus als Halbkugel zu erstellen, sei gut, habe Loser geschrieben, aber zu schematisch. Er empfehle, Berechnungen anzustellen über die Bewegung des Wüstensandes, denn er vermute, die Form der Halbkugel lade den Sand ein, es sich auf dem Haus bequem zu machen und dieses statisch zu überfordern.

Loser habe recht gehabt, sie, die Techniker, seien beschämt gewesen und hätten nach genaueren Studien zu einer Form gefunden, welche die Halbkugel variierte, steiler aufsteigend am Anfang, wodurch die unvermeidlichen Dünen sich zeitweilig ans Haus lehnten und wieder verschwanden, nicht aber auf ihm lasteten. Dadurch sei ein größerer Innenraum entstanden, für Loser wichtig, denn nur in diesem Fall habe er sich an der Arbeit beteiligen wollen.

Loser, erzählte Karem, stellte in einem Brief die Frage: Gibt es im Inneren eines Gebäudes – ob Wohnhaus, Arbeitsstätte, Kaufhaus – Gegenstände, die sich für längere Zeit als brauchbar erweisen? Seine Antwort: das Regal, auf das Dinge gelegt oder gestellt, der Haken, an den Dinge gehängt werden. Der Platz des Regals und des Hakens ist die Wand; im Raum stehen der Arbeitstisch, der Eßtisch, der Verkaufstisch, die Maschine. Diese Überlegung, schrieb Loser weiter, hat nur am Rand mit der Idee des Einfachen oder des Praktischen zu tun. Sie soll vor allem helfen, Geschmack und Geschmacklosigkeit, die beiden Feinde der Kunst, vom Bauen fernzuhalten.

Er erzähle das, fuhr Karem fort, weil Heinrich neben dem fahrbaren Tisch sitze, den Loser entworfen habe als Beispiel dafür, wie Gegenstände in diesem Haus gestaltet werden könnten: ein Regal in der Höhe und Länge eines Tisches, auf vier Rädern, oben und unten eine Glasplatte. Loser habe betont, daß er von einem fahrbaren Tisch spreche und nicht von einem Servierwagen, und den Tisch für das Atrium entworfen habe, weil es in diesem oben offenen Raum keinen Tisch geben könne mit fixem Platz, denn man suche im Sommer den Schatten, im Winter die Sonne – und fahre mit dem Tisch dorthin, wo man sich wohl fühle.

Freudensprung schlug vor, daß Karem ihm das Schlafzimmer zeige, er werde sich entkleiden und dann allein an den Tisch setzen, einen Zigarillo rauchen, einen Grappa trinken, sich im Atrium umschauen und bald zu Bett gehen; für ein längeres Gespräch werde es in den nächsten Tagen genug Gelegenheit geben. Karem stand sofort auf, er müsse, sagte er, die Betriebsräume inspizieren, das elektrische System, auf Solartechnik basierend, sei von ihm entwickelt worden, ob es sich bewähre, werde sich zeigen. Für den Notfall habe er ein Diesel-Stromaggregat installiert, ohne Wissen der anderen, die hätten Vertrauen in seine Erfindungen, er nicht.

Da Freudensprung nicht den Eindruck hatte, Karem werde den Redeschwall beenden, ging er in die Küche,

Karem rief ihm nach, er solle geradeaus weitergehen. Er kam in ein Schlafzimmer, warf den Leinenbeutel mit den Briefen neben das Bett, hier, dachte er, seien sie sicher, und er atmete auf, als wäre er einen zentnerschweren Sack losgeworden. Dann wollte er, wie er es, wenn er in ein Hotelzimmer kam, zu tun pflegte, das Sakko ausziehen und über die Sessellehne hängen, doch er trug keins, also zog er das kurzärmelige Hemd aus und hängte es über die Lehne, zog die Schuhe und die Socken aus, dann die Hose, nachdem er den Paß aus der einen, die Geldtasche aus der anderen Hosentasche genommen und auf den Tisch gelegt hatte. Als Unterhose trug er wie Sarani weite, weiße Boxershorts aus Baumwolle – sie hatten am Broadway in Manhattan im Ausverkauf zwanzig Stück für jeden erworben, zu viel für ein Leben, wie sich herausstellte, denn diese Unterhosen waren unverwüstlich, ein Beweis für die These von Zacharias und Heinrich, daß Amerikaner mehr wert auf Strapazfähigkeit legten als Araber und Europäer.

Zurück im Atrium rückte Freudensprung den Sessel vom Schatten ins Licht, schob den Tisch zu sich, genoß die Wärme der tiefstehenden Sonne – dieser Tag, sagte er zu sich, der längste seines Lebens, neige sich endlich dem Ende zu –, betrachtete die Schachtel Zigarillos und die Flasche Grappa, hatte dabei das Empfinden, zwar allein im Atrium, aber nicht allein auf der Welt zu sein, zündete sich einen Zigarillo an, legte ihn auf den Aschenbecher, schenkte Grappa ein, nippte aber nicht daran, sondern schaute um sich und sah sich von diesem Raum verzaubert.

Die Höhe des Raums schätzte Freudensprung auf drei Meter; das Mauerwerk bildete ein Quadrat, etwa zehn mal zehn, in jede Seite waren zwei Türöffnungen eingelassen, manche durch eine Milchglastür geschlossen, manche ohne Tür, was sich dahinter verbarg, wußte Freudensprung noch nicht. Das Dach des Atriums sprang auf allen Seiten zirka zweieinhalb Meter vor, die Öffnung in der Mitte betrug fünf mal fünf Meter; genauso groß das quadratische Bassin, in dem, man merkte es an kleinen Strudeln, das Wasser bewegt wurde, so daß seine Kühle und sein Geruch das Atrium erfüllten.

Die Mauern waren aus Lehmziegeln, gelb, in der Wüstensonne getrocknet, nicht im Feuer gebrannt, und mit weißer Farbe dünn überstrichen, so daß sie sowohl das Gelb behielten als auch weiß strahlten. Der weiße Plafond des Atriumdaches stützte sich nur auf vier schlanke Säulen, sie standen an den Eckpunkten des offenen Quadrats und waren tiefrot lackiert. Daß auch der Thonetsessel, auf dem Freudensprung saß, in ähnlicher Farbe gehalten war, etwas heller, dunkelrot, sah Freudensprung erst, während sein Kopf langsam auf die Brust sank. Als er am nächsten Morgen, der Wecker neben dem Bett zeigte sechs Uhr, aufwachte, wußte er nicht, wie er ins Bett gekommen war. Er stand auf, ging aufs Klo, kniete sich im Atrium an den Rand des Bassins und wusch sich das Gesicht, setzte sich auf den Steinboden, der wärmer war als die Luft, und gelangte zu dem Schluß, daß er im Sessel zusammengesunken und von Karem zu Bett gebracht worden sein mußte.

Das Altern, dachte Freudensprung, sei eine ununterbrochene Folge von Demütigungen, die als normal zu empfinden er noch nicht alt genug sei. David habe ihm die Freundin weggeschnappt, nun regrediere Heinrich zum Kind, das, auf dem Sessel eingeschlummert, ins Bett getragen werde. Er frage sich, wer ihm nächstens den Hintern auswische.

Er hörte jemanden ein Glas füllen und rief, ob Zacharias in der Küche sei, der kam aber schon mit einem Glas Wasser ins Atrium und bat Heinrich, nicht so laut zu reden, sie seien nicht allein im Haus, auch sei es erst sechs Uhr am Morgen, zu früh fürs Frühstück, außerdem liege ihm noch das Abendessen im Magen, weshalb er schlecht geschlafen habe, anders wahrscheinlich Heinrich, der, jedenfalls sei das früher so gewesen, am besten mit vollem Magen schlafe.

Er sei froh, sagte Freudensprung, nicht wie in den vergangenen Nächten von Albträumen heimgesucht worden zu sein, doch sei im Traum eine Geschichte aufgetaucht, die Zacharias ihm erzählt habe, als dieser an seinem ersten Arbeitstag im Stahlwerk einen Schwächeanfall erlitten hatte, allmählich zu sich kam und in einem Zustand, als sei er nicht bei Sinnen, von einem Lebensmittelgeschäft in Graz berichtete, wo man ihn nötigen wollte, die Dinge in den Regalen neu zu ordnen, was Zacharias ablehnte. Heinrich sei sowohl vom Aberwitz der Geschichte als auch von der Bestimmtheit, mit der Zacharias nein gesagt habe, beeindruckt gewesen, noch dazu, da Heinrich, der sich in Zacharias' Lage versetzt habe, gewiß nicht so mutig reagiert –

Er hielt inne, denn Zacharias sah ihn an, als rede er irr. In Graz, sagte Zacharias, sei er jeden Tag in ein Lebensmittelgeschäft gegangen, um eine Semmel, belegt mit hundertfünfzig Gramm Kalbspariser, zu kaufen. Nirgendwo auf der Welt habe er eine so köstliche Wurst gegessen. Er sei übrigens noch müde und gehe wieder zu Bett. Beim Frühstück würden sie sich wiedersehen.

Mittags trafen sie einander in der Küche, tranken Wasser, sagten kein Wort und verschwanden wieder in ihre Zimmer. Um sieben Uhr abend fühlte Sarani sich ausgeschlafen. In seinen Gliedern spürte er eine neue Müdigkeit, die nicht mehr von der wochenlangen Überspannung durch Schlaflosigkeit und Verzweiflung herrührte, sondern sich der erlösenden Entspannung eines langen, tiefen Schlafes verdankte und eine vergnügliche Unlust hervorrief, etwas in gewohntem Tempo zu tun, weshalb Sarani, sicher ausschreitend, aber sehr langsam vom Schlafzimmer ins Atrium ging; auf Freudensprung, der bereits dort saß, wirkte das, als komme Sarani feierlichen Schritts daher – was er ihm auch sagte.

Sarani nickte bedächtig und meinte, jedes Wort für sich setzend, Feierlichkeit sei durchaus angebracht, werde doch heute mit ihnen beiden ins Gericht gegangen, und zwar von ihnen selbst, da sonst niemand hier sei, Karem sei auf der Farm, um dort nach dem Rechten zu sehen, und fahre dann nach Kairo, um für Heinrich Kleidung zu kaufen.

Freudensprung, im Sessel am Rand des Wasserbeckens sitzend, mit dem Rücken zum Wasser und vor sich die Lehmziegelwand, an der er sich nicht satt sehen konnte, sagte, wobei er nach dem Mokka griff, der vor ihm auf dem kleinen Tisch stand, er glaube nicht, daß es auf der Welt einen schöneren Gerichtssaal gebe als dieses Atrium. Und sollte Zacharias nichts dagegen einzuwenden haben, beginne Heinrich mit seiner Aussage.

Er habe während des langen heilsamen Schlafes abstruses Zeug geträumt, an das er sich, zu Mittag erwacht, als an eine Wirklichkeit erinnert habe, die ihm in New York widerfahren sei. Nachdem er Lena und David in der *Pitti*

Bar, Heinrichs Stammlokal, an seinem kleinen runden Stammtisch als Liebespaar – die Hände der beiden lagen vereint auf dem Tisch, ebendort ruhten weltvergessen ihre Blicke – gesehen habe, sei er nach Hause getaumelt, habe sich aus dem Fenster werfen wollen, sei aber zusammengebrochen.

Auf dem Boden liegend, habe er mitansehen müssen, wie seine Füße und seine Unterschenkel mitsamt den Knien von ihm weggingen und er mit Beinstümpfen zurückblieb. Lena, dachte er, habe ihn verlassen, nun verließen ihn die Beine, sie eilten wohl zu dem Liebespaar und setzten sich zu diesem an den Tisch, dort sei es vergnüglicher als bei ihm, dem Verlierer.

Zacharias Sarani sagte, nun sei er am Wort. Leider könne er mit Geschichten, in denen Gliedmaßen sich verselbständigen, nicht aufwarten. Von Lena wisse er nicht mehr, als Heinrich ihm am Tag zuvor erzählt habe. Die Sache mit dem Sohn wiege schwerer; seit einem halben Jahr habe er ihn nicht gesehen, auch keine Nachricht von ihm erhalten außer nichtssagenden Grüßen auf Ansichtskarten, welche David aus Berlin geschickt habe, mit dem Vermerk, er werde über kurz oder lang nach Ägypten zurückkehren und dem Vater erklären, warum er wegmußte. Kein Wort über die Akademie, auch nicht zu seiner Mutter, mit der er hin und wieder telefoniere.

Möge das, fuhr Sarani fort, jeder halten, wie er wolle. Inakzeptabel allerdings sei, daß David, der es auf sich genommen habe, die Akademie in diesem Herbst eröffnen und zu diesem Anlaß eine Konferenz einzuberufen, für die aus aller Welt Leute gewonnen werden sollten, mit dem Ziel, eine neue Internationale zu gründen, nicht auf Manifesten beruhend, von denen gebe es genug, sondern auf Lebens- und Arbeitspraxis gerichtet, denn man könne die waffenstarrende, zugleich ausgelaugte und vor Angst zitternde Herrschaft nicht mit einem Streich wegfegen, man werde sie aber frohgemut untergraben – daß also David diese Sache nicht nur im Stich gelassen, sondern Zacharias von der Entscheidung nicht einmal in Kenntnis gesetzt habe, sei bislang nicht die Art seines Sohnes gewesen. Der habe treuherzig sein Ohr einem Menschen geliehen, der für ihn ein väterlicher Freund gewesen sei, und der, die Rede sei von Heinrich, habe ihn dem Vater entfremdet, um die Akademie zu Fall zu bringen.

Heinrich Freudensprung nickte dem Freund zu, der nicht wußte, wie er das verstehen sollte – als Geständnis? –, und als Freudensprung aufstand, in die Küche ging, lässig, als sei er hier zu Haus, und sich an der Espressomaschine Kaffee machte, wollte Sarani ihm nachrufen, man solle die Sache auf sich beruhen lassen, doch Freudensprung setzte sich bereits mit einem Mokka an den Tisch und sagte, für ihn sei im vergangenen Winter die Welt eingestürzt.

Er habe das, fuhr er fort, keineswegs hingenommen, habe sich dagegengestemmt, mit der Folge, daß er geradezu zertrümmert worden sei. Wie Zacharias wisse, habe Heinrich, in dieser Hinsicht dem Freund nicht unähnlich, stets Freude am Wechsel der Jahreszeiten empfunden und an den Kapriolen, die sie bereithielten. Wenn in früheren Jahren eine Nebeldecke sich über Wien gelegt habe, sei Freudensprung aus dem Haus geeilt, um den Nebel willkommen zu heißen, denn der habe wie in jedem Herbst die Stadt wieder zu einem kommoden

Raum zusammengedrängt, in dem man, umherspazierend und ohne es eilig zu haben, auf das Ende des Jahres warten konnte.

Im vergangenen Winter aber habe die Nebeldecke ihn niedergedrückt. Sei er, um etwas zu erledigen, aus dem Haus gegangen, habe er nach wenigen Schritten kehrtmachen und sich daheim niedersetzen müssen. Keuchend, als seien es seine letzten Atemzüge, habe er sich ins Badezimmer geschleppt, um das Fieberthermometer zu suchen, doch dieses Vorhaben sei in dem Augenblick vergessen gewesen, in dem er sein Gesicht im Spiegel erblickt habe. Zwei Monate vor seinem sechzigsten Geburtstag habe der Körper, insbesondere das Gesicht, Freudensprung die Gefolgschaft aufgekündigt: die Stirn von Furchen zerschnitten, die Wangen eingefallen, das Kinn zum Hals hinunterhängend. Das Schrecklichste seien die Augen gewesen, die zwar ihr Spiegelbild sehen konnten, im Spiegel aber aussahen, als hätten sie sich in den Kopf verkrochen.

Und dann, in der Mitte der ersten Nebelwoche, dieser Sonneneinbruch! Am Morgen sei das Zimmer von weißem Licht erfüllt gewesen, es habe von dem Rauhreif hergerührt, der in unzähligen Spitzen von den Sträuchern wegstand und an dem die Sonnenstrahlen in Abermillionen kleine Lichter zersplitterten.

Da habe er, fuhr Freudensprung fort, einen Entschluß gefaßt. Er sei in die Kleider gesprungen, in den Keller gelaufen, habe Schihose, Anorak, Schischuhe in eine Tasche gesteckt, Schi und Stöcke unter den Arm genommen, alles ins Auto geworfen und sei losgefahren, ein neuer Mensch auf dem Weg zum Semmering, froh darüber, nur eine halbe Stunde von Wien entfernt, auf dem

Weg zum Berg, die Landschaft neben der Straße von Schnee bedeckt zu sehen.

Der neue Mensch, sagte Freudensprung, habe dem alten Tribut zollen und in einer Raststätte einen doppelten Espresso trinken müssen, ehe es hinaufging auf die Paßhöhe, wo ein Viertelmeter Schnee lag und auf einer Tafel zu lesen war, daß alle Lifte in Betrieb seien.

Er habe zwar, da er zügig gefahren sei, während der ersten Abfahrt zweimal abgeschwungen und verschnauft, sei aber mit seiner Kondition nicht unzufrieden gewesen, so daß es ihn zu jener Abfahrt gezogen habe, die, nicht nur weil sie steil, sondern auch weil sie nicht präpariert war, von Kennern geschätzt wurde. Für ihn allerdings habe diese Abfahrt ein vorerst ungeklärtes Ende gefunden. Als er, nach einem schweren Sturz unterkühlt im Schnee liegend, erwachte, sei er, so rasch es ihm möglich war, hinunter zur Liftstation gefahren, wo er, obwohl benommen, nur einen Wunsch gehabt habe: zur Unfallstelle zurückzukehren, um zu rekonstruieren, was passiert war.

Auf dem Lift habe er sich, sagte Freudensprung, schlecht gefühlt, was er darauf zurückführte, noch nichts gegessen zu haben, und so sei er in Gedanken an Specklinsen in das Berggasthaus gegangen, wo er aber wegen seiner Übelkeit nur Kaffee bestellt habe, und dieser sei ihm bekommen, so daß er die Schi angeschnallt und wieder in den steilen Hang hineingefahren sei, wo er, der eigenen Spur folgend, nach wenigen Schwüngen sah, daß er in einen unter dem Schnee verborgenen Baumstrunk gefahren, sich überschlagen und, ein Blutfleck zeigte es an, mit dem Kopf auf einem anderen Baumstrunk aufgeschlagen sei.

Auf der Autofahrt nach Wien habe er sich noch einmal

schwach gefühlt und in einer Raststätte Kaffe getrunken. Für die Zeit danach fehle die Erinnerung. Zwei Tage später sei er in seinem Bett erwacht und sehr hungrig gewesen, auf dem Weg zurück von dem Lebensmittelgeschäft habe er seinen Nachbarn getroffen, ihn gegrüßt und, er sei schon an dem Mann vorbeigewesen, den Ausruf Heinrich! vernommen und die Frage, was mit ihm sei, er sehe derart schlecht aus, der Nachbar habe ihn nicht erkannt. Freudensprung habe sich mit der Bemerkung, er sei erkältet, aus der Affäre gezogen, habe von Brot, Wurst und Käse nichts gegessen, sondern weitere zwei Tage geschlafen und dann einen Brief an Zacharias geschrieben, in dem er ihm habe sagen müssen, er könne zu dem großen Geburtstagsfest der beiden im Februar, auf das sie seit einem Jahr hingelebt hatten, nicht kommen, er habe nicht die Kraft dazu, es gehe mit ihm zu Ende.

Weihnachten habe er vor sich hin dösend und in der Gewißheit verbracht, sich von jenem Sturz nie mehr zu erholen – nachdem er, von seinen besorgten Kindern gefragt, wo er die Feiertage verbringe, geantwortet hatte, bei seiner alten Mutter, und nachdem er seiner Mutter auf eine ähnliche Frage versichert hatte, bei seinen Kindern. Am Silvestertag habe er, da er befürchtete, zu verwesen, am Vormittag gebadet, sich rasiert und mit einer Maschine die Haare geschnitten, daraufhin sei er in die Euphorie gefallen, noch ein paar Tage zu leben, worauf er sich festlich kleidete, Jeans, Sakko, helles Hemd anzog und eine Krawatte umband und mit der Straßenbahn vom Rand der Stadt ins Zentrum fuhr.

Dort sei er, begierig, endlich ordentlich zu essen, von Lokal zu Lokal gegangen, doch, da Wien damals, vielleicht heute noch, von Weihnachten bis Neujahr als Touristenattraktion galt, habe er in keiner Gaststätte Platz gefunden, so daß er, zwar wissend, daß das *Café Landtmann* von Touristen überrannt wurde, auch noch dorthin gegangen sei, wo er in dem übervollen Lokal eine junge Frau allein an einem kleinen runden Tisch habe sitzen sehen. Daneben sei ein Sessel, der einzige, der frei war, gestanden, so daß er ganz gegen seine Art, denn er liebte es, allein an einem Tisch zu sitzen, die Frau gefragt habe, ob er Platz nehmen dürfe, er wolle sie auf keinen Fall bei ihrer Lektüre, die Frau las in einer Zeitschrift, stören.

Sie habe aufgeschaut und gelacht, er habe, ermuntert von ihrem freien Wesen, seine Geschichte erzählt, beginnend vom Semmering bis zu dieser Minute, sie lachte Tränen, und als sie die Zeitschrift weglegte, hatte er bereits eine Lungenstrudelsuppe gegessen, wartete auf den Tafelspitz, überlegte, ob er drei Mohnpalatschinken als Nachspeise nehmen sollte; und er fragte die Frau, was sie lese. Nichts, was von Interesse sei, antwortete sie, und auf seinen Einwand, ihn interessiere auch, was nicht von Interesse sei, sagte sie, sie habe einen Aufsatz gelesen, den sie publiziert hatte, für dessen Niederschrift aber so wenig Zeit gewesen war, daß sie den freien Tag nutze, um den Aufsatz in Ruhe zu lesen. Woraus, sagte er, da er sie störe, nichts geworden sei. Der Tag, antwortete sie, sei noch nicht zu Ende. Das Jahr auch nicht, sagte er, und da sie schwieg, fragte er, ob sie Lust habe, mit ihm morgen, am letzten Tag des Jahres, einen Spaziergang zu machen, worauf sie lange nachgedacht, dann unmerklich genickt und zu ihrer Zeitschrift gegriffen habe, als Zeichen, nun wieder lesen zu wollen. Leise habe er vorgeschlagen, sie morgen um fünfzehn Uhr von hier abzuholen.

Tags darauf habe er die Wohnung geputzt, Lebensmittel eingekauft, habe die Frau mit dem Auto abgeholt, es sei, als sie nach Laxenburg kamen, wegen des dichten Nebels schon dämmrig gewesen, sie seien auf dem zugefrorenen Teich, in dessen Mitte ein Schlößchen steht, gerutscht und gegangen, und nach einer Stunde hätten ihre Hände sich gefunden, und sie hätten einander geküßt, aber dann aufgeschaut, weil wenige Meter über dem Teich mit lauten Flügelschlägen ein Schwanenpaar geflogen und in weitem Bogen umgekehrt sei, bis einer der Schwäne sich in einem vom Schloß zum Ufer gespannten Drahtseil verfangen habe, aufs Eis gekracht und sofort tot gewesen sei.

Die Frau habe die Einladung, bei ihm zu Abend zu essen, angenommen, er habe zwei Forellen gebraten und auch beide gegessen, denn die Frau mochte Fisch nicht, sie hätten miteinander geschlafen, es sei eine elegische Nacht gewesen; erst am Neujahrstag hätten sie die Sprache wiedergefunden. Er habe, ermuntert von der Liebe zu Lena, zwar wieder Lebensmut gefaßt, die Absage des Geburtstagsfestes aber nicht rückgängig gemacht, im Wissen, daß Zacharias, wie Heinrich selbst, sprunghafte, willkürlich scheinende Meinungsänderungen verabscheute. Heinrich habe sich nicht in der Lage gesehen, brieflich seine Zerrüttung und die Errettung daraus darzulegen, weil er sich den ganzen Jänner nicht sicher gewesen war, nicht doch wieder im Jammertal zu landen, sei es, daß Lena sich von ihm zurückziehe, sei es, auch das habe er nicht ausschließen können, daß er aus eigenem dorthin zurückkehre.

Erst Ende Jänner habe er das Empfinden gehabt, in der neuen Liebe gut gebettet, bei Lena keinesfalls Zaungast zu sein, so daß er, ohne zu zögern, Davids Hilferuf, für einen Tag oder zwei nach Kairo zu fliegen, gefolgt sei.

Seit die Welt bestehe, rief Sarani dazwischen, habe es das nicht gegeben, daß jemand von einem Kontinent in den anderen reise und den Freund, der dort wohne und schon seit Monaten besorgt sei über das ungewohnte Schweigen des anderen, nicht besuche, ja seinen Aufenthalt verheimliche.

Das Gegenteil, sagte Freudensprung, sei der Fall. Aus den zwei Tagen, um die David ihn gebeten hatte, seien zwei Wochen in Kairo geworden, in denen er – Freundschaft und schlechtes Gewissen schlössen einander aus – nie daran gedacht habe, Zacharias anzurufen, in denen er aber auch dem Wunsch Davids, zwischen ihm und dem Vater zu vermitteln, nicht entsprochen habe, für David eine Enttäuschung.

Heinrich hätte, warf Sarani ein, ihn sofort in das Gespräch mit dem Sohn einbeziehen müssen. Quatsch, rief Freudensprung, es gebe Situationen, die müsse man fliehen, in diesem Fall die Aussprache zwischen Vater und Sohn. Denn David hätte nur als Schuft vor dem Vater stehen können. Zacharias habe David, mit dessen Einverständnis, die Vorarbeit zur Gründung der Akademie aufgehalst, im Februar hätte David beginnen sollen, Leute anzuschreiben, David habe Freudensprung die Liste gezeigt, einhundertdreißig Namen und Adressen, zusammengestellt von Zacharias.

David habe diese Liste, fuhr Freudensprung fort, als sein Todesurteil empfunden, egal, ob er die Korrespondenz mit den Genannten aufnehme und an ihr ersticke – oder sie verweigere und an der Trauer und dem Zorn des Vaters zugrunde gehe.

Wie immer er, sagte Freudensprung, das Problem gedreht und gewendet habe, er konnte ihm keinen interessanten Aspekt abgewinnen, er habe David sagen müssen, er solle sich glücklich schätzen, unter einem Problem zu leiden, das keines sei. Diese Ansicht habe David als falsch zurückgewiesen und seine Bitte wiederholt, Heinrich möge bei Zacharias ein gutes Wort für ihn einlegen. Freudensprung habe das von sich gewiesen, jedoch angesichts eines verzweifelten und zornigen David ein letztes Mal dargelegt, wie er die Sache sehe.

Davids Vater, habe Freudensprung gesagt, sei kein antiker Gott, der am Beginn der Weltveränderung, weil der Sohn dabei nicht mitmache, diesen opfere. Und selbst wollte er ihn opfern, er könnte es nicht. Denn Freudensprung habe David geraten, das Naheliegende zu tun: wegzugehen von der Farm, Ägypten zu verlassen, nach Berlin zu fliegen und bei Loser zu arbeiten, bei dem er eine Zeitlang studiert hatte, bald als junger Meister der Architektur anerkannt wurde und eigene Entwürfe realisieren konnte. Eines Anrufs von Freudensprung bedürfe es nicht, Loser werde froh sein, David in seiner Nähe zu haben.

Um die Akademie brauche David sich keine Sorgen zu machen, habe Freudensprung ihm versichert, ob die noch im selben Jahr oder im nächsten zu arbeiten beginne, sei ohne Bedeutung, den geplanten Auftakt mit unzähligen Gleichgesinnten halte er für falsch. Gewiß seien viele Menschen nicht nur zu Neuerungen bereit, sondern bereits dabei, sie zu realisieren, doch mit Leuten, die, vereinzelt noch, in die Gesellschaft eingreifende

Experimente machten, eine Massenveranstaltung zu organisieren, scheine Heinrich absurd. Das habe er Zacharias vor Jahren gesagt, doch der höre ja in dieser Frage nicht auf ihn.

Grußlos sei David weggegangen, von Loser habe Freudensprung am Telefon erfahren, daß David schon tags darauf in Berlin die Arbeit aufgenommen hatte, als wäre er nie weg gewesen. Später erst, sagte Freudensprung, sei ihm bewußt geworden, daß er David, indem er nicht auf ihn eingegangen sei, verletzt haben könnte, so daß der sich rächen wollte. Das habe er, unterstützt vom Vater, auch getan.

Ob Heinrich ihm, fragte Sarani, das Motiv verraten könne, das Zacharias bewogen habe, gegen Heinrich zu intrigieren. Gern, sagte Freudensprung; er habe es abgelehnt, zwischen dem Sohn und dem Vater zu vermitteln, und er habe keinen Finger dafür gerührt, daß der geflohene Sohn zum Vater, also zur Arbeit für die Akademie, zurückkehre, und das habe Zacharias erzürnt.

Er gebe, sagte Sarani, folgendes zu Protokoll und ersuche Heinrich, Zweifel an der Aussage auf der Stelle anzumelden: Er habe den Namen Lena am Tag zuvor zum erstenmal gehört. Sarani machte eine Pause, in der er Freudensprung, welcher sogleich aufbrausen wollte, aber vorerst nichts sagte, Gelegenheit zum Nachdenken gab.

Ihm sei, sagte Freudensprung nach einer Weile, nicht der Name Lena, sondern eine Frau dieses Namens gestohlen worden, worauf Sarani antwortete, er nehme diese Wortmeldung als wenig originell und die Sache nicht erhellend zur Kenntnis. Er kenne keine Frau dieses Namens. Worauf Freudensprung einwandte, man müsse jemanden, den man zum Spielball einer Intrige erwähle, nicht persönlich kennen.

Sarani nickte, wie man jemandem zunickt, bei dem Argumentation zu bemühen keinen Sinn hat, und holte sich aus der Küche Weißbrot, Käse und Rotwein. Freudensprung wandte sich von Sarani ab und schaute auf die leicht bewegte Wasseroberfläche im Zentrum des Atriums als auf einen Quell der Klarheit. Da er, sagte Freudensprung, Wort für Wort zu einem Satz zusammenfügend, im Gespräch mit David Lena nicht erwähnt habe, da David deshalb seinem Vater von Lena nicht erzählt haben könne, da Heinrich, nachdem er Lena kennengelernt hatte, Zacharias nicht mehr geschrieben habe, stelle sich die Frage, ob Lena in New York David zufällig begegnet sei, was allerdings hieße, dem Zufall eine Last aufzubürden, welcher der nicht gewachsen sei.

Das Geheimnis des Zufalls sei, sagte Sarani mit vollem Mund – er schien sich mit der Blamage abzufinden, dem Freund fälschlich eine Intrige unterstellt zu haben –, daß der Zufall den Eindruck erwecke, in ihm walte eine Absicht, und sei es eine göttliche; erst eine von Zwang freie Menschheit werde den Zufall als ein willkommenes, die Menschen belustigendes Phänomen begrüßen. Er, fuhr Sarani fort, habe bislang nur gewußt, was Sophie ihm im August nach einem Telefonat mit dem Sohn mitgeteilt habe: daß David im Februar Heinrich in Kairo getroffen habe, um mit ihm über die Akademie zu reden. Er akzeptiere Heinrichs Darstellung, daß jene Begegnung in Unfrieden zwischen Heinrich und David geendet habe. Seine Idee, sagte Sarani, man habe damals ein Komplott gegen ihn geschmiedet, könne er nicht von einem Augenblick auf den anderen aufgeben, es sei ja nicht nur eine schreckliche, sondern auch eine schöne Idee gewesen.

Zacharias' Überlegung, sagte Freudensprung – er unterbrach seine Rede, da Karem mit einigen Einkaufssäcken ins Atrium trat, jedoch rasch den Raum durchquerte und in der Küche verschwand –, könne er einiges abgewinnen; für ihn sei die Vorstellung, die wohl der Realität entspreche, daß Lena und David einander zufällig begegneten und sofort in Liebe entflammten, schmerzlicher als jene, er sei Opfer einer Intrige geworden.

Sarani schienen Freudensprungs Ausführungen nicht zu interessieren, er widmete sich dem Käse und dem Brot, so daß Freudensprung in die Küche ging, erstaunt war, was der Kühlschrank alles bot, und sich für ein Stück Salami entschied, aus dem Brotkorb ein Stück Weißbrot mitnahm, vom Regal die Flasche Rotwein, in der Meinung, auch Sarani werde ein weiteres Glas trinken.

Diese Pause nutzte Karem, um seine Neuigkeiten loszuwerden: David und Lena befänden sich seit gestern auf der Farm, David sei aufgeregt gewesen, man habe ihm gesagt, daß seine Mutter nach Graz gereist sei zu einer ärztlichen Untersuchung. David habe sie sofort angerufen, sie habe ihm versichert, bloß unter Erschöpfungszuständen zu leiden, wohl eine Folge des Alters, vielleicht auch des Wüstenklimas, das sie im Sommer nicht mehr vertrage; sorgen müsse man sich jedoch um Zacharias, der in den vergangenen Wochen rapid an Gewicht verloren und, sie müsse das sagen, manchmal wirr geredet habe.

David habe ihm das, sagte Karem, überstürzt berichtet, in der Erwartung, von ihm mehr zu erfahren. Er habe David beruhigt: Zacharias sei im Wüstenhaus, in Gesellschaft von Heinrich; Zacharias wirke abgemagert, gewiß, das falle aber, sitze er neben Freudensprung, nicht auf, da der ebenfalls spindeldürr sei; ansonsten seien die beiden, wenn Karems Eindruck ihn nicht trüge, ein Herz und eine Seele, wenn auch mit wenig Fleisch dran.

Worauf David und die junge Frau, die sich, fuhr Karem fort, als Lena vorstellte, begeistert kundgetan hätten, sie müßten die beiden Männer sehen, sie hätten ihnen Wichtiges zu sagen. Sarani sprang auf. Einen besseren Zeitpunkt, sagte er, die beiden zu sehen, gebe es nicht, er werde, um die Verhandlung über die Affäre zu einem Abschluß zu bringen, nun auch eine dritte und vierte Stimme hören, er brenne darauf, die beiden zu sprechen. Heinrich werde selbstverständlich mitkommen, um seine Sicht der Dinge darzulegen.

Eher, sagte Freudensprung, ertränke er sich in diesem Bassin, als Lena, vor einem Monat noch seine große Liebe, und David, vor einem halben Jahr noch sein Schüler in Fragen der Lebenskunst, als glückliches Paar sehen zu müssen. Sarani ging in sein Zimmer, um das Sakko zu holen, durchschritt das Atrium und reagierte auf die Warnung Karems, ein Wüstensturm sei im Anzug, mit der Frage, warum Karem, der sich vor der Wüste ängstige, ihm, der sie kenne, Ratschläge über das Verhalten in der Wüste gebe; er werde, sagte er, dem Sandsturm, von dessen Nahen er seit einem Tag wisse, davonfahren, und verließ das Haus.

Freudensprung sagte, er würde gern einen Spaziergang machen, worauf Karem nickte und sich hinsetzte. Er müsse hinaus, sagte Freudensprung. Zu gefährlich, antwortete Karem. Nur ein paar Schritte, erwiderte Freudensprung, dazu brauche er Karems Hilfe nicht; sie könnten sich ja nach Heinrichs Spaziergang im Atrium zusammensetzen.

Unwillig erhob Karem sich, folgte Freudensprung ins Freie, der, nachdem sie gut fünfzig Meter hinaus in die Wüste gegangen waren, anhielt und Karem auf ein breites schwarzes Band am Horizont aufmerksam machte. Dieses Schwarz, sagte Freudensprung, nehme nach einiger Zeit einen Grünstich an, woraufhin der Sturm den Probelauf starte, indem er auf dem Boden, bis zur Knöchelhöhe, daherrase, dann langsam höher steige, während der schwarzgrüne Streifen, näher kommend, sich als Wolke aus Sand entpuppe, die, ehe sie einen verschlinge – es sei denn, man habe wie Zacharias gelernt, ihr standzuhalten –, sich in ein freundliches Gelb verfärbe.

Heinrich habe, antwortete Karem, mit vielen Worten gesagt, was er in wenigen sagen könne: Es gebe nichts Hassenswerteres als die Wüste; er habe sich Zacharias angeschlossen, weil der sie in einen Garten verwandle.

Zacharias, sagte Freudensprung, werde seine Arbeit eine Zeitlang ruhen lassen. Wahrscheinlich fahre er morgen nach Graz, denn er könne ohne Sophie nicht leben. Er habe, sagte Karem, auf eine solche Lösung der Probleme nicht zu hoffen gewagt; worauf Freudensprung ihn belustigt ansah und fragte, ob man einen Putsch gegen Zacharias plane. Im Gegenteil, antwortete Karem; er wolle aber der Reihe nach berichten: Er solle einen Gruß von Jenna Vanzetti bestellen. Außerdem habe er Mustafa getroffen, der sei als Staatssekretär entlassen worden, somit auch seiner Firma verlustig gegangen, und suche Arbeit.

Mustafa habe interessante Pläne für die Farm, er plädiere

für eine stärkere Einbeziehung des ägyptischen und der umliegenden Märkte; sich zu sehr auf Europa zu konzentrieren sei ökonomisch und ökologisch unklug. Des weiteren schlage er vor, Lehrwerkstätten zu errichten, um rasch Fachkräfte auszubilden, mit denen man eine kleinindustrielle Produktion in Angriff nehmen könne, wie Sarani das bereits begonnen habe.

Freudensprung fragte, ob Karem telefonisch oder per Funk mit Mustafa Verbindung aufnehmen könne. – Selbstverständlich. – Karem möge Mustafa auf der Stelle engagieren. – Das stehe ihm nicht zu, ohne Sarani zu fragen, es sei denn, Heinrich übernehme die Verantwortung. – Er übernehme sie, sagte Freudensprung.

Karem und Heinrich hatten einander während des Gesprächs nur hin und wieder angeschaut, denn ihre Blicke waren fixiert auf die Wolkenbank, deren Schwarz langsam in ein Grün wechselte. Auch sei er, sagte Karem, mit Maher zusammengetroffen, der für Mustafa und Zacharias als Informant gearbeitet habe, nun, da diese Feindschaft zerfallen sei, beträchtliche Einkünfte verliere und an einer Arbeit auf der Farm interessiert sei. Maher werde, sagte Freudensprung, dringend gebraucht, um die Vorarbeiten für die Akademie zu betreiben, vor allem aber, um die genossenschaftliche Form der Arbeit zu verbessern.

Und Jenna Vanzetti? fragte Karem. Ach, sagte Freudensprung, er sei froh, daß sie sich in Kairo aufhalte. Sie werde, sagte Karem, längere Zeit in Ägypten sein. Er habe, fuhr Freudensprung fort, keine Frau so geliebt wie sie, doch um ihr das zu sagen, bedürfe es eines längeren Briefes, schließlich müsse sie glauben, er habe sie vergessen. Nein, sagte Karem, dazu bedürfe es keines Briefes; Jenna habe sich ihm gegenüber ähnlich geäußert: Sie bedaure, wegen der Arbeit an verschiedenen Orten der Welt nicht die Zeit gefunden zu haben, Heinrich zu versichern, daß sie die ganze Zeit an ihn gedacht hatte.

Es sei nicht die Wolkenbank, sagte Freudensprung, es sei der ganze Himmel, der von Schwarz in Grün übergehe. Weg von hier! schrie Karem und lief los. Freudensprung folgte ihm. Doch so kräftig, um durch den tiefen Sand laufen zu können, war er noch nicht, und so ging er Schritt um Schritt auf das Wüstenhaus zu. Daß nach Sekunden ein Sturm einsetzte, der über den Sandboden dahinstrich, wunderte ihn nicht, das wußte er aus Zacharias' Erzählungen.

Er hatte keine Sorge, das Haus zu erreichen, äußerstenfalls würde Karem ihm zu Hilfe kommen. Doch das war nicht nötig. Freudensprung ging weiter, wenn auch, wie er bemerkte, mit immer kleiner werdenden Schritten. Der Sturm war so mächtig, daß er Freudensprungs Fuß, zog er ihn aus dem Wüstensand, gegen das Bein schlug. Freudensprung dankte dem Sturm für die Abwechslung.

Epilog

Zacharias Sarani betrat das Atrium in einem dunkelblauen Anzug, in welchem er auf Freudensprung legerer wirkte als in dem strengen grauen Flanell, der Kragen des frischen weißen Hemdes war offen. Erstaunt sah Zacharias, daß auch Heinrich umgezogen war.

Karem, alles andere als ein dienstbarer Geist, dem aber zu Herzen ging, daß sein alt gewordener Freund Heinrich nicht nur mitgenommen aussah, sondern auch verwirrt schien – er war mit der Hand über die Mauer des Atriums gestrichen, als streichelte er die Wange einer Frau –, Karem also hatte aus Kairo Klamotten herangeschafft, nachdem er, ein Pfiffikus, der die handwerkliche Lösung eines Problems parat hatte, ehe er die theoretische kannte, an einem Verkäufer von der Statur Heinrichs Maß genommen hatte für ein Sakko, ein Hemd und ein Paar Jeans.

Als Zacharias und Heinrich einander im Atrium am Rand des Bassins gegenübersaßen, in weißen Hemden und blauen Sakkos, mußten sie, da sie sich vorkamen wie in Kostümen, lachen, was Heinrich aber, in Gedanken an die kranke Sophie, unpassend fand und fragte, welche Nachrichten es aus Graz gebe. Um Sophie, sagte Zacharias, brauche man sich nicht zu sorgen. Er habe mit ihr telefoniert, sie sei ein Ausbund an Lebenslust wie schon lange nicht, wohl weil sie den verdrießlichen Mann nicht an ihrer Seite habe.

Auch fühle sie sich ärztlich gut versorgt; sie brauche sich nur als Tochter ihrer Eltern zu erkennen geben, die, wenngleich tot, noch immer einen guten Namen in der Stadt hätten, schon stünden ihr die Praxen der Kapazitäten offen, vor allem aber weil sie Privatpatientin sei. Im übrigen unterschieden sich die Befunde, die sie vom Ambulatorium auf der Farm erhalten habe, in nichts von den Grazer Befunden.

Sie sei, habe Sophie gesagt, erschreckend bürgerlich, deshalb wohl habe sie die gemeinnützigen Einrichtungen auf der Farm, auch die medizinischen, stets der Rückständigkeit verdächtigt. An ihrer eigenen Borniertheit könne sie ermessen, wie isoliert die Farm als Versuch eines neuen Gemeinwesens dastehe. Jedenfalls hätten ihr die Ärzte in Graz ebenso wie der Arzt auf der Farm Ruhe verordnet, weshalb sie vom Hotel in ein Apartment am Stadtrand übersiedelt sei, wo man, wenn man lange schlafe, nicht schon mittags von einem Putztrupp geweckt werde. In einer Woche quartiere sie sich in Etmißl am Fuß des Hochschwabs ein, sie wolle diesen Berg, von dem Zacharias ihr so viel erzählt habe, endlich sehen.

Ihre Sorge, zu Hause zu fehlen, habe sich verflüchtigt, schließlich sei es von Anfang an Zacharias' und ihr Bestreben gewesen, daß die Menschen auf der Farm nicht auseinanderfallen in Hammel und Leithammel, und so habe sie in ihrem, dem kaufmännischen Bereich, Leute nicht als Spezialisten ausgebildet, sondern als Fachkräfte, die ein paar Stunden auf dem Feld, ein paar Stunden im Büro arbeiteten, so daß es heute zwei Dutzend Frauen und Männer gebe, die Sophies Arbeit so gut machten wie sie selbst und die noch dazu mit Johanna besser zu Rande kämen als sie, die Mutter.

Zu seinem Erstaunen, sagte Sarani, habe Sophie auf die Mitteilung, Heinrich sei überraschend auf der Farm eingetroffen, nur gesagt, sie lasse ihn schön grüßen. Und auf die sensationelle Nachricht, David sei gekommen, um den Eltern seine zukünftige Frau, eine Österreicherin, die er in New York kennengelernt hatte, vorzustellen, habe Sophie nur gesagt: Eine Österreicherin, wie originell; sie wünsche dem Paar viel Glück und bitte um Nachsicht, daß sie nicht zur Hochzeit kommen könne, sie genieße die Ruhe und habe nicht vor, dem ärztlichem Rat zuwiderzuhandeln.

Heinrich mußte Sarani unterbrechen. Wie Lena, fragte er, sich auf der Farm fühle. Sie habe jedenfalls, antwortete Sarani, das große Wort geführt, was er als angenehm empfand, denn dadurch sei David, der sich die Unart des Vaters, das Wort an sich zu reißen, zu eigen gemacht habe, kaum zu Wort gekommen.

Ob sie, fragte Freudensprung weiter, fröhlich sei – oder versonnen – oder niedergeschlagen. Sie sei, sagte Zacharias, wenn Heinrich ihm gestatte, der Frage auszuweichen, eine herbe Schönheit; dunkle Mähne, hohe Stirn, Hakennase, darüber zur Tarnung melancholische Augen. Lena sei genau die Frau für Heinrich, sagte Sarani, aber auch für David.

Freudensprung, den es noch schmerzte, Lena verloren zu haben, wehrte sich gegen das gelassene Urteil eines Unbeteiligten und warf Sarani vor, sich, und zwar nicht zum erstenmal in diesen Tagen, als Psychologe zu betätigen, was Sarani anfeuerte, seine Sicht der Dinge weiter auszubreiten. Heinrich und David, sagte er, seien weiche Männer, was man daran erkenne, daß sie fortwährend ein männliches Gehabe hervorkehrten, in Wirklichkeit aber bei starken Frauen Halt suchten. Er hingegen, ohne sich als männlichen Mann stilisieren zu wollen, bedürfe einer weiblichen Frau. Ob er sie in Sophie gefunden habe, wie er jahrzehntelang glaubte, sei angesichts des spöttischen, ja harten Tons, den sie heute angeschlagen habe, fraglich.

Freudensprung faßte sich an die Stirn und fragte Sarani, ob er auch noch über Rinderhaltung unter wüstenähnlichen Bedingungen zu referieren gedenke, in diesem Fall wolle Heinrich vorher wissen, ob Lena tatsächlich vorhabe zu heiraten. Nicht nur sie, sagte Sarani; die beiden seien aber nicht nach Ägypten gereist, um ihre Hochzeit anzukündigen, sondern – um Heinrich und ihm zu danken!

Sarani genoß die Verwirrung, die er bei Freudensprung angerichtet hatte, ehe er fortfuhr: Der Dank, so habe Lena sich ausgedrückt, schließe, als wären Heinrich und Zacharias eine Person, beide ein. David und Lena, sagte Sarani, hätten von Karem erfahren, daß Heinrich im Wüstenhaus war, worauf David losgerannt sei zu einem Auto, um Heinrich zu holen. Karem, der im Atrium aus Gesprächsfetzen geschlossen habe, daß es sich bei Davids Lena um Heinrichs Lena handle, griff zu einer Notlüge und beteuerte, Heinrich sei nach Kairo gefahren, um eine Frau zu treffen, man wisse nicht, in welchem Hotel er wohne, auch nicht, wann er zurückkomme.

Lena habe wirr drauflosgeredet, doch habe Zacharias in dieser erschütternd konfusen Rede bald eine unerschütterliche Logik erkannt. Die beiden, sagte Sarani, seien derart verliebt, daß sie es für ausgeschlossen hielten, zufällig aufeinander gestoßen zu sein. Lena habe eine lückenlose Kette von Ereignissen konstruiert, beginnend mit dem Silvestertag 2000 in Wien, endend im August 2001 in New York, aus der man nur den Schluß ziehen könne, daß Heinrich, immer in Absprache mit Zacharias, aber auch mit Loser, die Wege Davids umsichtig geleitet hatte: von Kairo nach Berlin, von dort nach Manhattan, wo für David von Losers Architekturbüro eine Wohnung ausgerechnet in der Thompson Street gemietet worden war, nicht weit von Heinrichs Wohnung; auf dem Weg ins Büro in der Mercer Street kam David unweigerlich am *Café Bruno* vorbei, das ihm, warum wohl, von Loser empfohlen worden war: der beste Kaffee, die beste Topfentorte. Warum wohl hatte Heinrich, als sie im August in New York waren, Lena das *Café Bruno* empfohlen? Unausweichlich, daß David und sie einander vor genau diesem Café begegneten.

Sie wüßten, habe Lena gesagt, daß es nicht jedermanns Sache sei, das eigene Bedürfnis zurückzustellen, um dem Glück anderer nicht im Weg zu sein. Heinrich habe auf Lena verzichtet; Zacharias habe David ziehen lassen; Loser habe David, ohne ihm eine Wahl zu lassen, nach New York beordert.

Oder aber, habe David dazwischengerufen, es könnte, wie ihm eben durch den Kopf gehe, so gewesen sein, daß Heinrich und Zacharias ohne Absicht das Richtige getan hätten. Zeitlebens hätten die beiden über Neuerungen nicht nur nachgedacht, sondern die Gedanken, soweit sie konnten, auch verwirklicht; das habe sie geprägt. Sie seien in der Sache, die sie betrieben, aufgegangen, hätten sich nicht als Verwalter oder Besitzer darüber gestellt, und ihre eigenen Bedürfnisse hätten ihnen nicht mehr gegolten als die anderer. Wahrscheinlich, sagte David, hätten die beiden Männer nicht mit Absicht etwas bewirkt, sondern in ihrer Großmut die Dinge und Menschen einfach treiben lassen, so daß Lena und er früher oder später aufeinandertreffen mußten.

Genau so, habe Lena gesagt und nochmals den beiden Männern, aber auch dem ihr unbekannten Loser großen Dank ausgesprochen, genau so habe sie das Ereignis eben geschildert.

Sarani hatte, während er berichtete, einen Zigarillo geraucht; dessen erloschenen Rest wollte er nun in das Bassin werfen. Freudensprung hinderte ihn daran: Die Umlaufpumpe könnte verstopft werden. Am Ende des Lebens, sagte Sarani, zu einem großmütigen Menschen verklärt zu werden, noch dazu in der falschen Sache, denn es fehle ihm nach wie vor das Verständnis dafür, daß David die Akademie im Stich gelassen habe, grenze an Verhöhnung.

Er gehe nicht so weit, sagte Freudensprung; er wünsche zwar dem jungen Paar die Pest an den Hals, als einzelne habe er die beiden aber liebgewonnen. Dennoch, Zacharias habe nicht unrecht: Als gut gepriesen zu werden, obwohl man nichts Gutes getan habe, mache einen wehrlos. Warum Karem in der Küche solchen Lärm mache, fragte Freudensprung. Karem koche, sagte Sarani, es gebe ein Abschiedsfest.

Ob Karem sie verlasse, fragte Freudensprung. Nein, er, Sarani, verlasse Farm und Wüstenhaus, war die Antwort. Er möge, sagte Freudensprung, Sophie schön grüßen. Er fahre, antwortete Sarani, nicht in die Steiermark, sondern nach Zürich. In zwei Wochen halte er die erste Vorlesung.

Sarani stand auf. Sie sollten Karem helfen, sagte er. Sie gingen in die Küche, trugen einen Eßtisch ins Atrium und deckten ihn festlich für drei Personen. Er habe Karem gebeten, mit ihnen zu essen, sagte Sarani, denn es habe sich in den vergangenen Stunden einiges ereignet, was zu Streit Anlaß geben könnte; Karem aber, der Streit hasse, außer wenn er selbst einen vom Zaun breche, werde das beschwichtigende Element des Abschiedsfestes sein.

Freudensprung schloß daraus, daß Sarani von Karem über die Anstellung Mahers und Mustafas, von Freudensprung eigenmächtig betrieben, informiert worden sei, was ihm recht war, so brauchte er nicht alles zu erzählen. Mustafa, sagte Freudensprung, politisch entmachtet, wodurch seine Firma ohne Wert sei, habe Vermögen, das wolle er in die Farm stecken und außerdem Lehrwerkstätten bauen, neben der Akademie, dort sei Platz genug, und solange die ihre Arbeit nicht aufgenommen habe, könne man die Räume für den Unterricht der Lehrlinge nutzen.

Sarani war sprachlos. Karem bat ihn, die gehobelten Mandeln zu rösten, er brauche sie für die Zucchinisuppe; Freudensprung wies er an, Pilze in eine heiße Pfanne zu geben, sie würden zu den Krebsen als erste Vorspeise serviert, zu der man, Wein und Wasser sollten noch auf den Tisch gestellt werden, umgehend schreiten könne. Wer, fragte Zacharias, die Werkstätten bauen solle, David sei in New York, er in Zürich. Wer schon, antwortete Heinrich, wenn nicht Jenna Vanzetti, sie sei im Land und freue sich auf diese Arbeit. Schade, sagte Zacharias, er habe sich auf der Fahrt von der Farm hierher Heinrich ohne Geliebte vorgestellt, einsam, verbittert, mit einem Wort: endlich zur Vernunft gekommen.

Heinrich lobte Karems Kochkunst, dieser entgegnete, er freue sich schon darauf, daß Heinrich ihm bald ein

Kalbsschnitzel zubereite. Zacharias, als suchte er doch noch Streit, dankte Karem dafür, daß er ihn über Mustafas Bestreben, nicht mehr gegen, sondern für die Farm zu arbeiten, wenigstens informiert habe.

Was Heinrich machen werde, fragte er, während Karem die Suppe auftrug, ob er nach New York oder nach Wien gehe. Weder noch, antwortete Freudensprung, er bleibe im Wüstenhaus, um diese Geschichte niederzuschreiben. Darauf stießen sie an.

Dank an Andreas Kurz. Seit Jahrzehnten begleitet er meine Arbeit mit seiner Kritik – kenntnisreich, liebevoll, schonungslos.

Inhalt